STS

山田社

U0080297

STS

山田社

STS

山田社

破繭成蝶，自學神器

考試分數大躍進
累積實力
百萬考生見證
應考秘訣

根據日本國際交流基金考試相關概要

線上音檔
QR Code

絕對合格
日檢必背文法

1 N

文法精解

例句
生字 注解

完全自學版型

これ
1冊で
大丈夫！

山田社日檢題庫小組
吉松由美・田中陽子
林勝田　　◎合著

新制對應！
文法突然間清楚了！

▶ 前言 ◀

日語是您通往成功的金色翼膀，帶您飛越未知，開闢無限可能！

制霸日檢終極自學攻略，一書在手，萬事俱備：

創新詞性分類技巧 →文法口訣濃縮→ 情境模擬日常劇場 →
獨家自學模式 →〔一針見血逐條剖析例句文法＋詳解例句生詞中譯〕
在家自學也能展翅高飛。

精準抓住重點，揭開日檢勝利的面紗，擊中最關鍵的甜蜜點，讓您的成績如火箭般騰飛，成為萬人矚目的焦點。

我們的方法輕鬆又充滿樂趣，讓您在學習日語的道路上，不再孤單和艱辛。一起攜手走向夢想巔峰，探索不同的世界，讓未來的您，感激今日之自己！

日檢大師終極自學秘籍——頂尖教師傳授的絕技，極速精煉，讓您的學習成果翻倍迅猛！

獨家亮點一覽：

① 「關鍵字法寶」瞬間濃縮文法精華，考前速攻掌握，一鍵開啟記憶寶庫。

② 創意滿分的日常小劇場，讓文法例句在生活中跳躍，活靈活現！

③ 日檢大師的超級自學武器，完美攻略〔深度剖析例句文法＋例句生詞中譯一目了然〕，讓您變身自學達人，輕鬆駕馭文法。

④ 「文法速記表秘籍」一覽無遺的重點概要，結合個性化學習計劃，實現全面且體系化的學習效果！

⑤ 邁入精熟的「類義表現專區」，機智的比較學習法為您保駕護航，讓相似和對立用法變得易如反掌。

⑥ 書末用 3 回模擬試題完美總結，確保您的考題命中率達到驚人的 100％！

8大絕佳技法，讓日檢學習變得既輕鬆又高效，記憶牢固在心。本書的精華包括：

1 神奇口訣：「瞬間記憶法寶」文法口訣一語中的，考試時秒速取用！

為何文法常讓人頭痛？我們用「關鍵字」神技，把文法精華煉成易消化小點心。

這不僅讓您迅速把握重點，還能激發聯想，實現長期深刻記憶。依靠這個記憶法寶，考試時輕鬆喚醒記憶，高分近在咫尺！

006
Track006

いかんによらず、によらず
不管…如何、無論…為何、不按…

接續方法 ▸ {名詞 (の)} ＋いかんによらず、{名詞} ＋によらず

文法關鍵字

1 【無關】表示不管前面的理由、狀況如何，都跟後面的規定有關係。也就是後面的行為，不受前面條件的限制，強調後項的成立沒有影響。

2 【いかん＋によらず】「如何によらず」是「いかん」跟「によらず」(不管…)，兩個句型的結合。

2 戲劇體驗：透過生動的日常小劇場，將文法例句帶入生活！具現文法！

本書狡猾將每項文法與創意滿溢的劇場融合，讓情境、文法、故事無縫接軌！

每個文法點都搭配一張引人入勝且令人會心一笑的插圖，並配上生活常用的句子，生動而細緻地展現文法特色，讓您的學習成果迅速顯現，享受使用日語的樂趣，語感飛躍提升。

影響因素　　　依據決定　　　　　可能結果

例1 回復具合の いかんによって、入院が長引くかもしれない。

看恢復情況如何，可能住院時間會延長。

生活小故事 —— 太郎！叫你騎車不要騎太快！你看現在骨折了吧！什麼時候才能出院啊？

「いかんによって」指出「住院期間」可能因「恢復進度」而延長，凸顯恢復速度的影響。

插圖

3　版型升級：獨創自學版型，文法解析與單字中譯並進，成為自學高手！

例句文法運用和單字變化往往讓人困惑？我們獨創超凡自學式版型，深入文法解析，讓讀者能夠自學得心應手。

在例句旁細緻文法說明，揭示各種情境下的應用。同時，標示例句中譯，及例句中的生字中譯，讓學習輕鬆、易懂，一邊學文法一邊增詞彙。

您將驚喜發現「原來還有這種用法！」、「原來是這個意思！」，讓您的學習過程變得更加清晰明了，絕對能夠看懂學懂。

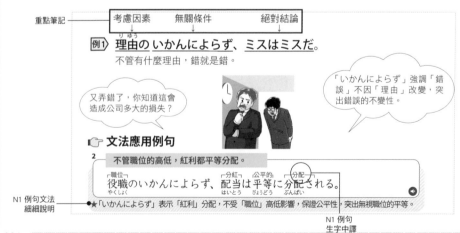

重點筆記 —— 考慮因素　　無關條件　　絕對結論

例1 理由の いかんによらず、ミスはミスだ。

不管有什麼理由，錯就是錯。

又弄錯了，你知道這會造成公司多大的損失？

「いかんによらず」強調「錯誤」不因「理由」改變，突出錯誤的不變性。

☞ 文法應用例句

2　不管職位的高低，紅利都平等分配。

　　職位　　　　　　分紅　公平的　　分配
役職のいかんによらず、配当は平等に分配される。
やくしょく　　　　　はいとう びょうどう　　ぶんぱい

N1 例句文法 細細說明 ——●★「いかんによらず」表示「紅利」分配，不受「職位」高低影響，保證公平性，突出無視職位的平等。

N1 例句 生字中譯

4 **深度解析**：「多義神解」專攻，例句用法全景展開，開啟終極學習革命！

文法多樣性，讓同一規則呈現萬千姿態。以「～をおいて」為例：其可以表示一、前項是唯一的、沒有能替代的「除了…之外（沒有）…」；二、比任何事情都要優先「以…為優先」。

面對讀者的困惑「文法的應用場景難懂，選擇答案常感迷惘！」因此，本書深挖 N1 文法每一隙縫，附贈生動例句，考場上立刻變身答案獵人！

我們不僅揭秘文法接續規則，還細致呈現文法常用詞彙、場合和表述，命中考試核心！此外，與 N1 程度時事、日常生活等真實內容糅合其中，讓您對文法考點遊刃有餘！

014
Track014

がさいご、たらさいご

（一旦…）就必須…、（一…）就非得…

類義文法
からには
既然…，就…

接續方法▶ {動詞た形}＋が最後、たら最後

1 **【條件】** 假定條件表現。表示一旦做了某事，就一定會產生後面的情況，或是無論如何都必須採取後面的行動。後面接說話人的意志或必然發生的狀況，且後面多是消極的結果或行為，如例 (1)～(3)。

2 **〖たら最後～可能否定〗**「たら最後」的接續是「動詞た形＋ら＋最後」而來的，是更口語的說法，句尾常用可能形的否定，如例 (4)、(5)。

細分例句中的用法

3
一旦踏進這個地方，就一輩子出不去了。

この地に足を踏み入れた が最後、一生出られない。

★「が最後」指出一旦「進入這地」，就「永遠無法離開」，強調了行為的終極後果。

5 比較法極速學：對比分析術，瞬間洞悉相似與相反概念，學習效率翻倍！

　　無論是正式或日常對話，相同句子展現不一樣的風采。考試中，不同說法的類義表達是常見題型，因此掌握類義表達的微妙差異，成為成功的關鍵所在。

　　本書巧妙整理N1文法類義精髓，多角度對比學習，全方位強化您的日語實力，迎接考試挑戰毫不畏懼！

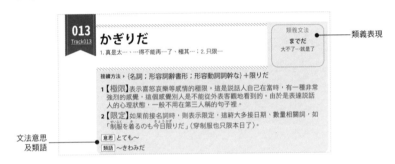

6 策略高效學：清晰重點速記表，精心設計學習計劃，文法全面制霸。

　　精心打造的文法概要表，完整展現關鍵點，配上詳細中譯，助您快速複習。剪下概要表，隨身攜帶，考前密集複習的神器。

　　這就像您隨身攜帶的N1文法秘籍！書中更附送讀書計劃表，有序安排學習，跟著計劃走，成功就在眼前！

7

精準攻擊考點：3回模擬試題，深度挖掘考點，全方位攻克考試精髓！

融入豐富隨堂練習，即時反映學習成果。書末，更有金牌日檢大師級模擬試題，完美包羅日檢新制全貌。

嚴格依照由國際交流基金和財團法人日本國際教育支援協會公布的日語能力試驗文法部分考核標準。深度揭秘題型，解開答題秘密。

在您開始模擬試題之旅後，立即掌握學習成就，全面洞察考試要點，提升應戰能力，仿佛進入保證通關的特訓營！

迫不及待地想準備迎戰全方位模擬考試？推薦《絕對合格攻略！新日檢6回全真模擬N1寶藏題庫＋解題秘訣》來進行鍛煉！

問題說明
應試訣竅

模擬考題

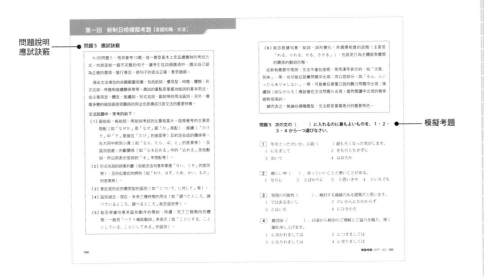

5 **聽力致勝：** QR 碼音檔強力支援，攜手征服「新制日檢」聽力關卡！

精選日籍聲優錄製所有日文句子，發音、語調精準匹配 N1 聽力考試。

線上音檔

005
Track005

いかんによって（は）
根據…、要看…如何、取決於…

學習過程中，熟悉 N1 標準發音，視聽雙重刺激激發思維活力，奠定日檢成功基石，順利取得合格證書。讓未來職場上無數機會向您招手，開啟輝煌未來！

目錄

Contents

Contents

▶ Contents ◀

Contents

▶ 詞性說明 ◀

詞　性	定　義	例（日文／中譯）
名詞	表示人事物、地點等名稱的詞。有活用。	門_{もん}（大門）
形容詞	詞尾是い。説明客觀事物的性質、狀態或主觀感情、感覺的詞。有活用。	細_{ほそ}い（細小的）
形容動詞	詞尾是だ。具有形容詞和動詞的雙重性質。有活用。	静_{しず}かだ（安静的）
動詞	表示人或事物的存在、動作、行為和作用的詞。	言_いう（説）
自動詞	表示的動作不直接涉及其他事物。只説明主語本身的動作、作用或狀態。	花_{はな}が咲_さく（花開。）
他動詞	表示的動作直接涉及其他事物。從動作的主體出發。	母_{はは}が窓_{まど}を開_あける（母親打開窗戶。）
五段活用	詞尾在ウ段或詞尾由「ア段＋る」組成的動詞。活用詞尾在「ア、イ、ウ、エ、オ」這五段上變化。	持_もつ（拿）
上一段活用	「イ段＋る」或詞尾由「イ段＋る」組成的動詞。活用詞尾在イ段上變化。	見_みる（看）起_おきる（起床）
下一段活用	「エ段＋る」或詞尾由「エ段＋る」組成的動詞。活用詞尾在エ段上變化。	寝_ねる（睡覺）見_みせる（讓…看）
變格活用	動詞的不規則變化。一般指カ行「来る」、サ行「する」兩種。	来_くる（到來）する（做）
カ行變格活用	只有「来る」。活用時只在カ行上變化。	来_くる（到來）
サ行變格活用	只有「する」。活用時只在サ行上變化。	する（做）
連體詞	限定或修飾體言的詞。沒活用，無法當主詞。	どの（哪個）
副詞	修飾用言的狀態和程度的詞。沒活用，無法當主詞。	余_{あま}り（不太…）

詞　性	定　義	例（日文／中譯）
副助詞	接在體言或部分副詞、用言等之後，增添各種意義的助詞。	～も（也…）
終助詞	接在句尾，表示説話者的感嘆、疑問、希望、主張等語氣。	か（嗎）
接續助詞	連接兩項陳述內容，表示前後兩項存在某種句法關係的詞。	ながら（邊…邊…）
接續詞	在段落、句子或詞彙之間，起承先啟後的作用。沒活用，無法當主詞。	しかし（然而）
接頭詞	詞的構成要素，不能單獨使用，只能接在其他詞的前面。	御_お～（貴〈表尊敬及美化〉）
接尾詞	詞的構成要素，不能單獨使用，只能接在其他詞的後面。	～枚_{まい}（…張〈平面物品數量〉）
寒暄語	一般生活上常用的應對短句、問候語。	お願_{ねが}いします（麻煩…）

關鍵字及
符號表記說明

符號表記	文法關鍵字定義	呈現方式
【　】	該文法的核心意義濃縮成幾個關鍵字。	【義務】
〔　〕	補充該文法的意義。	〔決心〕

▶ 形容詞

活　用	形容詞（い形容詞）	形容詞動詞（な形容詞）
形容詞基本形（辭書形）	大_{おお}きい	綺麗_{きれい}だ
形容詞詞幹	大_{おお}き	綺麗_{きれい}
形容詞詞尾	い	だ
形容詞否定形	大_{おお}きくない	綺麗_{きれい}ではない
形容詞た形	大_{おお}きかった	綺麗_{きれい}だった
形容詞て形	大_{おお}きくて	綺麗_{きれい}で
形容詞く形	大_{おお}きく	×
形容詞假定形	大_{おお}きければ	綺麗_{きれい}なら（ば）
形容詞普通形	大_{おお}きい 大_{おお}きくない 大_{おお}きかった 大_{おお}きくなかった	綺麗_{きれい}だ 綺麗_{きれい}ではない 綺麗_{きれい}だった 綺麗_{きれい}ではなかった
形容詞丁寧形	大_{おお}きいです 大_{おお}きくありません 大_{おお}きくないです 大_{おお}きくありませんでした 大_{おお}きくなかったです	綺麗_{きれい}です 綺麗_{きれい}ではありません 綺麗_{きれい}でした 綺麗_{きれい}ではありませんでした

▶文型接續解說◀

▶ 名詞

活　用	名　詞
名詞普通形	雨（あめ）だ 雨（あめ）ではない 雨（あめ）だった 雨（あめ）ではなかった
名詞丁寧形	雨（あめ）です 雨（あめ）ではありません 雨（あめ）でした 雨（あめ）ではありませんでした

▶ 動詞

活　用	五　段	一　段	カ　変	サ　変
動詞基本形 （辭書形）	書（か）く	集（あつ）める	来（く）る	する
動詞詞幹	書（か）	集（あつ）	0 （無詞幹詞尾區別）	0 （無詞幹詞尾區別）
動詞詞尾	く	める	0	0
動詞否定形	書（か）かない	集（あつ）めない	来（こ）ない	しない
動詞ます形	書（か）きます	集（あつ）めます	来（き）ます	します
動詞た形	書（か）いた	集（あつ）めた	来（き）た	した
動詞て形	書（か）いて	集（あつ）めて	来（き）て	して
動詞命令形	書（か）け	集（あつ）めろ	来（こ）い	しろ
動詞意向形	書（か）こう	集（あつ）めよう	来（こ）よう	しよう
動詞被動形	書（か）かれる	集（あつ）められる	来（こ）られる	される
動詞使役形	書（か）かせる	集（あつ）めさせる	来（こ）させる	させる

動詞使役被動形	書かされる	集めさせられる	来させられる	させられる
動詞可能形	書ける	集められる	来られる	できる
動詞假定形	書けば	集めれば	来れば	すれば
動詞命令形	書け	集めろ	来い	しろ
動詞普通形	行く 行かない 行った 行かなかった	集める 集めない 集めた 集めなかった	来る 来ない 来た 来なかった	する しない した しなかった
動詞丁寧形	行きます 行きません 行きました 行きませんでした	集めます 集めません 集めました 集めませんでした	来ます 来ません 来ました 来ませんでした	します しません しました しませんでした

▶ N1 文法速記表 ◀

請沿虛線裁切

五十音順	文法		中譯	讀書計畫
あ	あっての		有了…之後…才能…、沒有…就不能（沒有）…	
い	いかん…	いかんだ	…如何，要看…、取決於…；將會如何	
		いかんで（は）	要看…如何、取決於…	
		いかんにかかわらず	無論…都…	
		いかんによって（は）	根據…、要看…如何、取決於…	
		いかんによらず、によらず	不管…如何、無論…為何、不按…	
う	うが…	うが、うと（も）	不管是…都…、即使…也…	
		うが～うが、うと～うと	不管…、…也好…也好、無論是…還是…	
		うが～まいが	不管是…不是…、不管…不…	
	うと～まいと		做…不做…都…、不管…不	
	うにも～ない		即使想…也不能…	
	うものなら		如果要…的話，就…	
か	かぎりだ		真是太…、…得不能再…了、極其…；只限…	
	がさいご、たらさいご		（一旦…）就必須…、（一…）就非得…	
	かた…	かたがた	順便…、兼…、一面…一面…、邊…邊…	
		かたわら	一邊…一邊…、同時還…；在…旁邊	
	がてら		順便、在…同時、借…之便；一邊…，一邊…	
	（か）とおもいきや		原以為…、誰知道…	
	がはやいか		剛一…就…	
	がゆえ（に）、がゆえの、（が）ゆえだ		因為是…的關係；…才有的…	
	からある、からする、からの		足有…之多…、值…、…以上	
	かれ～かれ		或…或…、是…是…	
き	きらいがある		有一點…、總愛…、有…的傾向	
	きわ…	ぎわに、ぎわの	臨到…、在即…、迫近…	
		きわまる	極其…、非常…、…極了	
		きわまりない	極其…、非常…	
く	くらいなら、ぐらいなら		與其…不如…（比較好）、與其忍受…還不如…	
	ぐるみ		全部的…	
こ	こそ…	こそあれ、こそあるが	雖然、但是；只是（能）	
		こそすれ	只會…、只是…	
	こと…	ごとし、ごとく、ごとき	如…一般（的）、同…一樣（的）	
		ことだし	由於…	
		こととて	（總之）因為…；雖然是…也…	
		ことなしに、なしに	不…就…、沒有…；不…而	
	この、ここ～というもの		整整…、整個…來	
さ	（さ）せられる		不禁…、不由得…	
し	しまつだ		（結果）竟然…、落到…的結果	
	じゃあるまいし、ではあるまいし		又不是…	
す	ずくめ		清一色、全都是、淨是…	
	ずじまいで、ずじまいだ、ずじまいの		（結果）沒…（的）、沒能…（的）、沒…成（的）	
	ずにはおかない、ないではおかない		不能不…；必須…、一定要…、勢必…	
	すら、ですら		就連…都、甚至連…都；連…都不…	

そ	そばから		才剛…就…、隨…隨…	
た	ただ…	ただ〜のみ	只有…才、只、唯…	
		ただ〜のみならず	不僅…而且、不只是…也	
	たところ…	たところが	…可是…、結果	
		たところで〜ない	即使…也不…、雖然…但不、儘管…也不…	
	だに		一…就…、只要…就…；連…也（不）…	
	だの〜だの		又是…又是…、一下…一下…、…啦…啦	
	たらきりがない、ときりがない、ばきりがない、てもきりがない		沒完沒了	
	たりとも〜ない		那怕…也不（可）…、就是…也不（可）…	
	たる（もの）		作為…的	
つ	つ〜つ		（表動作交替進行）一邊…一邊…、時而…時而…	
て	であれ…	であれ、であろうと	即使是…也…、無論…都…	
		であれ〜であれ	即使是…也…、無論…都、…也…也…	
	てからというもの（は）		自從…以後一直、自從…以來	
	てしかるべきだ		應當…、理應…	
	てすむ、ないですむ、ずにすむ		…就行了、…就可以解決；不…也行、用不著…	
	でなくてなんだろう		難道不是…嗎、不是…又是什麼呢	
	ては…	てはかなわない、てはたまらない	…得受不了、…得要命、…得吃不消	
		てはばからない	不怕…、毫無顧忌…	
	てまえ		由於…所以…；…前、…前方	
	てもさしつかえない、でもさしつかえない		…也無妨、即使…也沒關係、…也可以	
	てやまない		…不已、一直…	
と	と〜（と）があいまって、〜が／は〜とあいまって		…加上…、與…相結合、與…相融合	
	とあって		由於…（的關係）、因為…（的關係）	
	とあれば		如果…那就…、假如…那就…	
	といい〜といい		不論…還是、…也好…也好	
	という…	というか〜というか	該説是…還是…	
		というところだ、といったところだ	頂多…；可説…差不多、可説就是…	
	といえども		即使…也…、雖説…可是…	
	といった…	といった	…等的…、…這樣的…	
		といったらない、といったら	…極了、…到不行；一旦…就…	
		といったらありはしない	…之極、極其…、沒有比…更…的了	
	といって〜ない、といった〜ない		沒有特別的…、沒有值得一提的…	
	といわず〜といわず		無論是…還是…、…也好…也好…	
	といわんばかりに、とばかりに		幾乎要説…；簡直就像…、顯出…的神色、似乎…一般地	
	ときたら		説到…來、提起…來	
	ところ（を）		雖説…這種情況，卻還做了…；正…之時	
	としたところで、としたって		即使…是事實，也…；就算…也…	
	とは…	とは	連…也、沒想到…、…這…、竟然會…；所謂…、就是…	
		とはいえ	雖然…但是…	

五十音順		文法	中譯	讀書計畫
と		とみえて、とみえる	看來…、似乎…	
	とも…	ともあろうものが	身為…卻…、堂堂…竟然…、名為…還…	
		ともなく、ともなしに	雖然不清楚是…，但…；無意地、無意中…	
		と（も）なると、と（も）なれば	要是…那就…、如果…就…、一旦處於…就…	
な		ないではすまない、ずにはすまない、なしではすまない	不能不…、非…不可	
	ない…	ないともかぎらない	也並非不…、不是不…、也許會…	
		ないまでも	沒有…至少也…、就是…也該…、即使不…也…	
		ないものでもない、なくもない	也並非不…、不是不…、也許會…	
		ながら、ながらに、ながらの	保持…的狀態；雖然…但是…	
	なく…	なくして（は）〜ない	如果沒有…就不…、沒有…就沒有…	
		なくはない、なくもない	也不是沒…、並非完全不…	
		なしに（は）〜ない、なしでは〜ない	沒有…不、沒有…就不能…；沒有…	
		なみ	相當於…、和…同等程度	
	なら…	ならいざしらず、はいざしらず、だったらいざしらず	（關於）我不得而知…、姑且不論…、（關於）…還情有可原	
		ならでは（の）	正因為…才有（的）、只有…才有（的）；若不是…是不…（的）	
	なり…	なり	剛…就立刻…、一…就馬上…	
		なり〜なり	或是…或是…、…也好…也好	
		なりに、なりの	那般…（的）、那樣…（的）、這套…（的）	
に		にあって（は／も）	在…之下、處於…情況下；即使身處…的情況下	
		にいたって（は）、にいたっても	即使到了…程度；至於、談到；到…階段（才）	
	にいたる…	にいたる	最後…、到達…、發展到…程度；最後…	
		にいたるまで	…至…、直到…	
		にかぎったことではない	不僅僅…、不光是…、不只有…	
		にかぎる	就是要…、…是最好的；最好…	
		にかこつけて	以…為藉口、托故…	
		にかたくない	不難…、很容易就能…	
		にして	在…（階段）時才…；是…而且也…；雖然…但是…；僅僅…	
		にそくして、にそくした	依據…（的）、根據…（的）、依照…（的）、基於…（的）	
		にたえる、にたえない	經得起…、可忍受…；值得…；不堪…、忍受不住…；不勝…	
		にたる、にたりない	可以…、足以…、值得…；不夠…；不足以…、不值得…	
		にとどまらず（〜も）	不僅…還…、不限於…、不僅僅…	
	には…	には、におかれましては	在…來說	
		に（は）あたらない	不需要…、不必…、用不著…；不相當於…	
		にはおよばない	不必…、用不著…、不值得…；不及…	
		にひきかえ〜は	與…相反、和…比起來、相較起…、反而…	
		によらず	不論…、不分…、不按照…	
		にもまして	更加地…、加倍的…、比…更…；最…、第一	
の		のいたり（だ）	真是…到了極點、真是…；都怪…、因為…	
		のきわみ（だ）	真是…極了、十分地…、極其…	

は	はいうにおよばず、はいうまでもなく		不用説…（連）也、不必説…就連…	
	はおろか		不用説…、就連…	
	ばこそ		就是因為…才…、正因為…才…	
	はさておき、はさておいて		暫且不説…、姑且不提…	
	ばそれまでだ、たらそれまでだ		…就完了、…就到此結束	
	はどう（で）あれ		不管…、不論…	
ひ	ひとり…	ひとり～だけで（は）なく	不只是…、不單是…、不僅僅…	
		ひとり～のみならず～（も）	不單是…、不僅是…、不僅僅…	
へ	べからず、べからざる		不得…（的）、禁止…（的）、勿…（的）、莫…（的）	
	べく…	べく	為了…而…、想要…、打算…	
		べくもない	無法…、無從…、不可能…	
	べし		應該…、必須…、值得…	
ま	まぎわに（は）、まぎわの		迫近…、…在即	
	まじ、まじき		不該有（的）、不該出現（的）…	
	まで…	までだ、までのことだ	大不了…而已、只是…、只好…、也就是…；純粋是…	
		まで（のこと）もない	用不著…、不必…、不必説…	
	まみれ		沾満…、満是…	
め	めく		像…的樣子、有…的意味、有…的傾向	
も	もさることながら～も		不用説…、…（不）更是…	
	もなんでもない、もなんともない		也不是…什麼的、也沒有…什麼的、根本不…	
	（～ば／ても）～ものを		可是…、卻…；…的話就好了、可是卻…	
や	や、やいなや		剛…就…、一…馬上就…	
を	を～にひかえて		臨進…、靠近…、面臨…	
	をおいて、をおいて～ない		除了…之外（沒有）；以…為優先	
	をかぎりに、かぎりで		從…起、從…之後就不（沒）…、以…為分界	
	をかわきりに、をかわきりにして、をかわきりとして		以…為開端開始…、從…開始	
	をきんじえない		不禁…、禁不住就…、忍不住…	
	をふまえて		根據…、以…為基礎	
	をもって…	をもって	以此…、用以…；至…為止	
		をもってすれば、をもってしても	只要用…；即使以…也…	
	をものともせず（に）		不當…一回事、把…不放在眼裡、不顧…	
	をよぎなくされる、をよぎなくさせる		只得…、只好…、沒辦法就只能…；迫使…	
	をよそに		不管…、無視…	
ん	んがため（に）、んがための		為了…而…（的）、因為要…所以…（的）	
	んばかり（だ／に／の）		簡直是…、幾乎要…（的）、差點就…（的）	

N1
JLPT

あっての

有了…之後…才能…、沒有…就不能（沒有）…

類義文法

からこそ
正因為…才…

接續方法▶ {名詞}＋あっての＋{名詞}

1 **【強調】**表示因為有前面的事情，後面才能夠存在，強調後面能夠存在，是因為有至關重要的前面的條件，如果沒有前面的條件，就沒有後面的結果了，如例（1）～（3）。

2 〖**後項もの、こと**〗「あっての」後面除了可接實體的名詞之外，也可接「もの、こと」來代替實體，如例（4）、（5）。

意思 ～があって、はじめて成立する

類語 ～あるから成り立つ／～がなければ成り立たない

主體提及　存在基礎　結論對象　　　　　　　　　　行為說明
　↓　　　　↓　　　↓　　　　　　　　　　　　↓

例1 **読者 あっての 作家だから、いつも 読者の 興味に 注意を 払っている。**

有了讀者的支持才能成為作家，所以他總是非常留意讀者的喜好。

> 山田大師的小說，都能切入一般人感興趣的話題，難怪本本暢銷！

> 「あっての」表「作家」的存在，依賴於「讀者」的支持，凸顯讀者的重要性和影響力。

👉 文法應用例句

2　有顧客才有生意，所以要將顧客奉為上賓。

お客様あっての商売ですから、お客様は神様です。
きゃくさま　　　　　　　　　　　　　　[買賣]しょうばい　　　　　　　きゃくさま　　[神明]かみさま

★「あっての」表「買賣」的成功，依靠於「客戶」的存在與支持，凸顯客戶的重要性。

3　沒有選民的支持就沒有政治家，因此應該好好傾聽選民的聲音。

有権者あっての政治家だから、有権者の声に耳を傾けるべきです。
[有選舉權者]ゆうけんしゃ　　[從政者]せいじか　　　　　ゆうけんしゃ　こえ　みみ　[關注]かたむ

★「あっての」表「政治人物」的職位，取決於「選民」的投票與支持，凸顯選民的影響力。

4　他的肌肉正是每天努力的成果。

彼の筋肉は、日々の努力あってのものだ。
かれ　[肌肉]きんにく　ひび　どりょく

★「あっての」表「肌肉」由於「日常鍛鍊」而成（もの＝成果），強調持續努力的重要性。

5　本公司能有優良的業績，都要歸功於員工的努力。

当社の業績が良好なのも、社員の努力あってのことだ。
とうしゃ　[績效]ぎょうせき　[優秀的]りょうこう　　しゃいん　どりょく

★「あっての」指「業績好」，歸功於「員工勤勉」（こと＝原因），突出員工努力的核心角色。

いかんだ

1. …如何，要看…、能否…要看…、取決於…；2. …將會如何

接續方法▶{名詞（の）}＋いかんだ

1【關連】表示前面能不能實現，那就要根據後面的狀況而定了。前項的事物是關連性的決定因素，決定後項的實現、判斷、意志、評價、看法、感覺。「いかん」是「如何」之意，如例（1）～（4）。

2【疑問】句尾用「いかん／いかに」表示疑問，「…將會如何」之意。接續用法多以「名詞＋や＋いかん／いかに」的形式，如例（5）。

意思 ～かどうかで（決まる）

類語 ～による／～次第だ

| 可能結果 | 影響因素 | 依據判斷 |

例1 勝利できるかどうかは、<u>チームのまとまり</u> **いかんだ**。

能否獲勝，就要看團隊的團結與否了。

喝！拔河需要全隊的呼吸和節拍一致，才能打敗對手。

「いかんだ」表「勝敗」取決於「團隊團結」的程度，凸顯團結力的關鍵性。

☞ 文法應用例句

2　會合併或是倒閉，全看老闆的決斷了。

合併か倒産かは、社長の決断いかんだ。
がっぺい　とうさん　　　しゃちょう　けつだん

★「いかんだ」表「合併或倒閉」的結果取決於「社長的決策」情況，強調社長決策的關鍵性。

3　今年春天是否會職務異動，全看上級的意思了。

今春転勤するかどうかは、上の意向いかんだ。
こんしゅんてんきん　　　　　　うえ　いこう

★「いかんだ」強調「是否調職」完全依賴於「上級意向」，突出決策的高層依賴。

4　作文最重要的，不是字跡的漂亮與否，而是取決於內容的優劣。

作文で大切なのは、字の上手下手よりも内容のいかんだ。
さくぶん　たいせつ　　　じ　じょうず へ た　　　　ないよう

★「いかんだ」指出「作文的優劣」關鍵在於「內容質量」，凸顯內容遠勝於寫字技巧。

5　究竟結果為何，就要看佐助的造化了。

果たして、佐助の運命やいかん。
は　　　　さすけ　うんめい

★「やいかん」提出疑問「佐助命運如何」，展現命運的不可預測性，強調未知的命運。

いかんで（は）

要看…如何、取決於…

接續方法 ▶ {名詞（の）}＋いかんで（は）

【對應】表示後面會如何變化，那就要取決於前面的情況、內容來決定了。「いかん」是「如何」之意，「で」是格助詞。

意思 ～かどうかで（決まる）

類語 ～によって

影響因素　　依據判斷　　　　　結果表達
　↓　　　　　↓　　　　　　　　　↓　↓　↓

例1　展示方法 いかんで、売り上げは大きく変わる。
てん じ ほうほう　　　　　う あ　　　　おお か

随著展示方式的不同，營業額也大有變化。

> 這次北部的展場配合年節氣氛，海報設計也用心，還請明星代言，難怪業績第一。

> 「いかんで」表示「銷售額」會隨「展示方式」而變，強調展示策略的影響力。

📢 文法應用例句

2
端看品質如何，也可以考慮和那家公司交易。

品質いかんでは、その会社と取引してもいい。
ひんしつ ［質量］　　　　かいしゃ とりひき ［買賣］

★「いかんでは」表「是否交易」的標準是由「品質」決定，凸顯對品質的重視。

3
根據檢查的結果，來決定今後的治療方向。

検査結果いかんで、今後の治療方針が決まる。
けん さ けっ か ［檢驗］　　こん ご　 ち りょうほうしん き ［治療方針］

★「いかんで」指「未來治療方針」依「檢查結果」而定，突出診斷在醫療決策中的重要性。

4
視身體狀況如何，或許會取消週末的預定行程。

体調のいかんで、週末の予定は取りやめるかもしれない。
たいちょう ［身體狀態］　　しゅうまつ よ てい と ［取消］

★「いかんで」表明「週末計劃」會根據「健康狀況」調整，凸顯健康對生活安排的影響。

5
按照總經理的判斷，也可能停止生產。

社長の判断のいかんでは、生産中止もあり得る。
しゃちょう はんだん ［評斷］　　せいさんちゅうし し え ［中止］

★「いかんでは」說明「生產是否繼續」取決於「總經理決策」，突出高層管理的決定力。

いかんにかかわらず

無論…都…

類義文法
といわず～といわず
無論是…還是…

接續方法 ▶ {名詞 (の)} ＋いかんにかかわらず

1 **【無關】**表示不管前面的理由、狀況如何，都跟後面的規定、決心或觀點沒有關係。也就是後面的行為，不受前面條件的限制，強調前項的內容，對後項的成立沒有影響。

2 **〖いかん＋にかかわらず〗**這是「いかん」跟不受前面的某方面限制的「にかかわらず」（不管…），兩個句型的結合。

意思 ～に関係なく
類語 ～に関係なく／～のいかんを問わず

考慮因素　　　　　無關條件　　　　　　　　強制指示
↓　　　　　　　　↓　　　　　　　　　　　↓

例1 **本人の意向の いかんにかかわらず、業務命令には従ってもらう。**

無論個人的意願如何，都要服從公司的命令。

社長説一，員工就不敢説二。

「いかんにかかわらず」意味著無論「個人意願」如何，必須遵從「公司指令」，凸顯公司指令的絕對性。

☞ 文法應用例句

2　無論賠償金額多寡，被害人方面並不打算和解。

┌賠補損失┐金額
賠償額のいかんにかかわらず、被害者側は和解に応じないつもりだ。
ばいしょうがく　　　　　　　　　　ひがいしゃがわ　わかい　おう

★「いかんにかかわらず」表不管「賠償金額」多少，「受害方」決不接受和解，突出賠償金額不影響決策。

3　無論審查結果為何，台端繳交的文件一概不予退還。

┌審査┐　　　　　　　　　　┌提交┐　　┌資料┐┌退還┐
審査の結果いかんにかかわらず、ご提出いただいた書類は返却できません。
しんさ　　　　　　　　　　　　　ていしゅつ　　　しょるい　へんきゃく

★「いかんにかかわらず」指出無論「審查結果」如何，「提交文件」不予退回，強調文件處理不受審核結果影響。

4　無論自覺症狀如何，都必須動手術。

┌感覺┐┌症狀┐　　　　　　　　┌手術┐
自覚症状のいかんにかかわらず、手術する必要がある。
じかくしょうじょう　　　　　　　　しゅじゅつ　ひつよう

★「いかんにかかわらず」表示不管「自我感覺」怎樣，「手術」是必要的，突出手術需求不因個人感覺改變。

5　不管有什麼理由，說謊就是不好。

┌原因┐　　　　　　　　　　┌謊言┐
理由のいかんにかかわらず、嘘はよくない。
りゆう　　　　　　　　　　　うそ

★「いかんにかかわらず」強調無論「理由」為何，「說謊」始終是不當行為，突出行為正確性不因理由而變。

いかんによって（は）

根據…、要看…如何、取決於…

接續方法▶ {名詞（の）}＋いかんによって（は）

【依據】表示依據。根據前面的狀況，來判斷後面發生的可能性。前面是在各種狀況中，選其中的一種，而在這一狀況下，讓後面的內容得以成立。

意思 〜かどうかで（決まる）

類語 〜によって／〜次第では

影響因素　　　依據決定　　　　　　　可能結果
↓　　　　　　↓　　　　　　　　　↓

例1 回復具合の いかんによって、入院が長引くかもしれない。
かいふくぐあい　　　　　　　　　にゅういん　なが び

看恢復情況如何，可能住院時間會延長。

太郎！叫你騎車不要騎太快！你看現在骨折了吧！什麼時候才能出院啊？

「いかんによって」指出「住院期間」可能因「恢復進度」而延長，凸顯恢復速度的影響。

☞ 文法應用例句

2

看反省的態度如何，也有可能減輕處分。

┌反思┐　　　　　　　┌懲罰┐┌減輕┐
反省の態度のいかんによって、処分が軽減されることもある。
はんせい　たいど　　　　　　　　しょぶん　けいげん

★「いかんによって」強調「處分」的輕重，將取決於「反省態度」情況，凸顯態度對決策的影響。

3

根據判定，比賽的結果也有可能會翻盤。

┌判斷┐　　　　　　　　　　┌反轉┐
判定のいかんによって、試合結果が逆転することもある。
はんてい　　　　　　　　　しあいけっか　ぎゃくてん

★「いかんによって」表示「賽事結果」可能因「裁判判決」而翻轉，突出裁判決定的影響力。

4

根據講話的方式，對方接受的態度會有所變化。

　　　　　　　　　　　　　┌接收┐
話し方いかんによって、相手の受け止め方は変わってくる。
はな　かた　　　　　　　あいて　う　と　かた　か

★「いかんによって」表明「對方的反應」將因「講話方式」而異，強調溝通方式的重要性。

5

根據成績的好壞，也有可能畢不了業。

┌成績┐　　　　　　　　　┌畢業┐
成績のいかんによっては、卒業できないかもしれない。
せいせき　　　　　　　　　そつぎょう

★「いかんによっては」暗示「是否畢業」可能由「成績」決定，突出成績在畢業資格上的關鍵作用。

いかんによらず、によらず

不管…如何、無論…為何、不按…

接續方法 ▶ {名詞 (の)} ＋いかんによらず、{名詞} ＋によらず

1 **【無關】** 表示不管前面的理由、狀況如何，都跟後面的規定、決心或觀點沒有關係。也就是後面的行為，不受前面條件的限制，強調前項的內容，對後項的成立沒有影響。

2 〖**いかん＋によらず**〗「如何によらず」是「いかん」跟不受某方面限制的「によらず」(不管…)，兩個句型的結合。

意思 〜に関係なく

類語 〜に関係なく／〜 (の) いかんを問わず／〜いかんにかかわらず

考慮因素　　無關條件　　　　絕對結論

例1 **理由の いかんによらず、ミスはミスだ。**

不管有什麼理由，錯就是錯。

又弄錯了，你知道這會造成公司多大的損失？

「いかんによらず」強調「錯誤」不因「理由」改變，突出錯誤的不變性。

☞ 文法應用例句

2 不管職位的高低，紅利都平等分配。

役職のいかんによらず、配当は平等に分配される。
やくしょく　　　　　　　　　はいとう　びょうどう　ぶんぱい

★「いかんによらず」表示「紅利」分配，不受「職位」高低影響，保證公平性，突出無視職位的平等。

3 不管天氣如何，抗議遊行照常進行。

天候のいかんによらず、デモは実行される。
てんこう　　　　　　　　　　　　じっこう

★「いかんによらず」表「示威」不受「天氣」影響，顯示決心的堅定。

4 在美國出生的孩子就可以取得美國國籍，而不管其父母的國籍為何。

アメリカで生まれた子どもは、親の国籍によらずアメリカの国籍を取得できる。
　　　　　う　こ　　　　　おや　こくせき　　　　　　　　こくせき　しゅとく

★「によらず」說明「獲美國籍」不看「父母國籍」，強調出生地原則。

5 這位政治家在不分年齡與性別的廣大族群中普遍得到支持。

この政治家は、年齢や性別によらず、幅広い層から支持されている。
せいじか　　　ねんれい　せいべつ　　　　　はばひろ　そう　　しじ

★「によらず」顯示政治家「支持」不分「年齡、性別」，突出廣泛支持。

うが、うと（も）

不管是…都…、即使…也…

類義文法

につけ～につけ
無論…都

接續方法▶ {[名詞・形容動詞] だろ／であろ；形容詞詞幹かろ；動詞意向形}＋
うが、うと（も）

1 【無關】表示逆接假定。前常接疑問詞相呼應，表示不管前面的情況如何，後面的事情都不會改變，都沒有關係。後面是不受前面約束的，要接想完成的某事，或表示決心、要求、主張、推量、勸誘等的表達方式，如例 (1) ～ (3)。

2 〖評價〗後項大多接「勝手だ、影響されない、自由だ、平気だ」等表示「隨你便、不干我事」的評價形式，如例 (4)、(5)。

意思 ～ても（無関係に）

類語 ～ても

| 假設引入 | 假設情況 | 即使如此 | 決心表達 |
| ↓ | ↓ | ↓ | ↓ |

例1 <u>たとえ</u> ライバルが大企業の社長だろ <u>うと</u>、僕は彼女を諦めない。

就算情敵是大公司的老闆，我對她也絕不死心。

我對她的愛比太平洋要深，比玉山要高！就算情敵是大老闆，我也不會輕易放棄！

「うと」表示不管對手「有多強大」，仍堅定「追求她」，凸顯不懼競爭的決心。

☞ 文法應用例句

2 不管有多辛苦，我都要做到完。

　　　　　　　　　　　　　　　　　┌堅持到底┐
どんなに苦しかろうが、最後までやり通すつもりだ。
　　　　　くる　　　　　　さいご　　　とお

★「うが」表無論情況「多艱難」，都決心「堅持到底」，凸顯無視挑戰的堅持。

3 即使再有錢，如果天天悶悶不樂也就沒意義了。

┌無論怎麼┐　　　　　　　　　　　　　　　　　┌價值┐
いくらお金があろうが、毎日が楽しくなければ意味がない。
　　　かね　　　　　　まいにち　たの　　　　　　　い　み

★「うが」強調不論「財富多少」，若「日常無樂趣」則無意義，突顯快樂的價值。

4 不管那個人會有什麼下場，都不干我的事。

　　　　　　　　　　　　　┌有關┐
あの人がどうなろうと知ったことではない。
　　ひと　　　　　　　し

★「うと」顯示不管「他人如何」，與自己「無關」，強調對事情的漠不關心。

5 不管別人說什麼，只管照著自己想做的去做。

┌他人┐
他人に何と言われようとも、やりたいようにやる。
たにん　なん　い

★「うとも」表明不論「他人言論」，不改「自己行動」，突出個人意志的堅持。

うが～うが、うと～うと

不管…、…也好…也好、無論是…還是…

接續方法 ▶ {[名詞・形容動詞]だろ／であろ；形容詞詞幹かろ；動詞意向形}＋うが、うと＋{[名詞・形容動詞]だろ／であろ；形容詞詞幹かろ；動詞意向形}＋うが、うと

【無關】舉出兩個或兩個以上相反的狀態、近似的事物，表示不管前項如何，後項都會成立，都沒有關係，或是後項都是勢在必行的。

意思 ～かどうかに関係なく

類語 ～にせよ～にせよ

可能情況一　　可能情況二　　　　　　　　結果說明
　　↓　　　　　↓　　　　　　　　　　　↓

例1 **事実だろうと なかろうと、うわさはもう広まってしまっている。**

不管事實究竟為何，謠言早就傳開了。

那個女星只不過是稍微發胖就被說是懷孕，她還真倒楣。

「うと～うと」強調無論「是否事實」、「謠言已經擴散」，凸顯事實與謠言間的差異。

☞ 文法應用例句

2
不管是男人還是女人，人生中重要的事都是相同的。

男だろうと女だろうと、人として大切なことは同じだ。
おとこ　　　おんな　　　ひと　　　たいせつ　　　　おな

［珍貴的］

★「うと～うと」表示不論「男性」或「女性」，「人類的重要價值」相同，突顯性別與共通價值的無關性。

3
不管昂貴還是便宜，我說我想要就是想要。

高かろうが安かろうが、これが欲しいと言ったらこれが欲しい。
たか　　　やす　　　　　　　ほ　　　　　い　　　　　　ほ

［渴望的］

★「うが～うが」表明無論「昂貴還是便宜」，對「渴望的物品」的堅定不變，強調欲望不因價格而改變。

4
你喜歡我也好，討厭我也罷，對我來說根本不痛不癢。

あなたが私を好きだろうと嫌いだろうと、痛くもかゆくもない。
わたし　す　　　　　きら　　　　　いた

［發癢的］

★「うと～うと」顯示不管對方「喜不喜歡」我，對「我來說無所謂」，突出自我感受的獨立性。

5
哭泣也好，吶喊也罷，明天的比賽將會決定一切。

泣こうがわめこうが、明日の試合で全てが決まる。
な　　　　　　　　　あす　しあい　すべ　　き

［大聲喊叫］　　　　　［比賽］

★「うが～うが」不論是「哭泣」或「大叫」，「明天比賽」將決定一切，凸顯噪音對結果無關緊要。

うが〜まいが

不管是…不是…、不管…不…

接續方法▶ {動詞意向形}＋うが＋{動詞辭書形；動詞否定形 (去ない)}＋まいが

1【無關】表示逆接假定條件。這句型利用了同一動詞的肯定跟否定的意向形，表示無論前面的情況是不是這樣，後面都是會成立的，是不會受前面約束的，如例 (1) 〜 (3)。

2〖冷言冷語〗表示對他人冷言冷語的說法，如例 (4)。

3〖同うと〜まいと〗用法跟「うと〜まいと」一樣，如例 (5)。

意思 ～かどうかに関係なく

類語 ～してもしなくても／～することにしようが／～しないことにしようが

可能情況一　　可能情況二　　　　　必要行動
↓　　　　　　↓　　　　　　　　　↓

例1 台風が来ようが 来るまいが、出勤しなければならない。

不管颱風來不來，都得要上班。

聽說颱風可能會登陸耶！不過不管如何我還是得去上班，好多工作等著我去處理！

「うが〜まいが」強調「颱風來與否」，「出勤」是必須的，顯示工作責任不因天氣而變。

☞ 文法應用例句

2　希望也好，不希望也罷，全球化的浪潮依舊持續推進。

┌盼望┐　　　　　　　┌─國際化─┐
望もうが望むまいが、グローバル化の流れは止まらない。
のぞ　　　のぞ　　　　　　　　　　か　なが　　と

★「うが〜まいが」表示無論「希望」與否，「全球化趨勢不會停止」繼續發生，強調意願不影響結果。

3　這家公司看待員工，不論是不是大學畢業生，只要有實力，就會被賦予重任。

　　　　　　　　　　　　　　　　┌能力┐　　　┌發揮作用┐
この会社は、大学を出ていようがいまいが、実力があれば活躍できる。
かいしゃ　　だいがく　で　　　　　　　　じつりょく　　　　かつやく

★「うが〜まいが」表明無論「大學畢業與否」，憑「實力」可成功，突顯能力優於學歷。

4　不管要認真工作還是不工作，那都是我的自由！

┌踏實的┐　　　　　　　　　┌任意┐
真面目に働こうが働くまいが、俺の勝手だ。
まじめ　はたら　　はたら　　おれ　かって

★「うが〜まいが」冷漠表示「認真工作與否」，都是「個人選擇」，凸顯工作態度的自主性。

5　不管他贊不贊成，我都會做。

　　　┌同意┐
彼が賛成しようとするまいと、私はやる。
かれ　さんせい　　　　　　　わたし

★「うと〜まいと」顯示無論「他人贊不贊成」，「我將堅持」，強調不受他人意見左右。

うと～まいと

做…不做…都…、不管…不

類義文法
うが～まいが
不管是…不是…、不管…不…

接續方法▶｛動詞意向形｝＋うと＋｛動詞辭書形；動詞否定形（去ない）｝＋まいと

1 **【無關】** 跟「うが～まいが」一樣，表示逆接假定條件。這句型利用了同一動詞的肯定跟否定的意向形，表示無論前面的情況是不是這樣，後面都是會成立的，是不會受前面約束的，如例 (1) ～ (4)。

2 **〖冷言冷語〗** 表示對他人冷言冷語的說法，如例 (5)。

意思 ～かどうかに関係なく

類語 ～ても～なくても

可能情況一　　可能情況二　　　　　堅定目標
　　　↓　　　　　　↓　　　　　　　　↓

例1 <u>売れようと</u> <u>売れまいと</u>、<u>いいもの</u>を作りたい。

不論賣況好不好，我就是想做好東西。

現在多數產品為了壓低成本，品質都難以保證。為了消費者的權益與安全，我堅持把關產品的品質！

「うと～まいと」強調無論「銷售如何」，「追求品質」的決心不變，凸顯品質的重要性。

☞ 文法應用例句

2　不管能不能接受，誰都有面臨死亡的一天。

受け入れようと受け入れまいと、死は誰にでもやって来る。

★「うと～まいと」表示不論「接受」與否，「每人終將面臨死亡」為不可避免，突顯生命的必然性。

3　無論景氣是否恢復，與我的工作沒有太大的相關。

景気が回復しようとしまいと、私の仕事にはあまり関係がない。

★「うと～まいと」表明無論「景氣是否復甦」，「我的工作」不受影響，顯示工作獨立性。

4　不管這場官司打贏或打輸，總之被殺死的女兒都不會復活了。

裁判に勝とうと勝つまいと、殺された娘は帰って来ない。

★「うと～まいと」表示無論「訴訟勝敗」，「女兒不會復生」，突出不可逆轉的悲劇。

5　管她有沒有男朋友，那都不關我的事。

彼女に男がいようといまいと、知ったことではない。

★「うと～まいと」顯示無論「她是否有男友」，「對我無所謂」，表達個人的漠不關心。

うにも～ない
即使想…也不能…

接續方法▶ {動詞意向形} ＋うにも＋ {動詞可能形的否定形}

1【可能】 表示因為某種客觀的原因的妨礙，即使想做某事，也難以做到，不能實現。是一種願望無法實現的說法。前面要接動詞的意向形，表示想達成的目標。後面接否定的表達方式，可接同一動詞的可能形否定形，如例 (1) ～ (3)。

2〔ようがない〕 後項不一定是接動詞的可能形否定形，也可能接表示「沒辦法」之意的「ようがない」，如例 (4)、(5)。另外，前接サ行變格動詞時，除了用「詞幹＋しようがない」，還可用「詞幹＋のしようがない」。

意思 ～しようと努力してもできない

類語 ～したいが～できない

原因說明　　　　　　　嘗試挑戰　　　無法實現
　↓　　　　　　　　　　↓　　　　　　↓

例1 **語彙が少ないので、文を作ろうにも 作れない。**
　　ご　い　　すく　　　　　　ぶん　つく　　　　　　つく

語彙太少了，想寫句子也寫不成。

剛學日文沒多久，老師竟然要我們用日文寫一篇文章，怎麼寫得出來！

「うにも～ない」表示想「寫句子」，卻因「詞彙缺乏」難以完成，凸顯語言能力的限制。

☞ 文法應用例句

2　依照這個天氣看來，就算想出門也出不去吧。

この天気じゃ、出かけようにも出かけられないね。
　　てん き　　　　で　　　　　　　　　で

★「うにも～ない」表示即使「出門」，但在「惡劣天氣」下，可能難以實現，強調外部條件限制行動。

3　他沒有回家，就是想跟他說也沒辦法。

家に帰ってこないので、話そうにも話せない。
いえ　かえ　　　　　　　　はな　　　　　はな

★「うにも～ない」顯示欲「交談」，卻因「他不在家」無法實現，突出現實限制的影響。

4　對他，我就算想忘也忘不了。

彼のことは、忘れようにも忘れようがない。
かれ　　　　　わす　　　　　　わす

★「うにも～ない」意味著想「忘記他」，但因「深刻印象」無法做到，強調情感的綑綁。

5　即使想確認事故的狀況，但是電話聯繫不上，根本無從確認起。

事故の状況を確認しようにも、電話がつながらず確認のしようがない。
じ こ　じょうきょう　かくにん　　　　　　　でん わ　　　　　　　かくにん

★「うにも～ない」表示嘗試「確認事故」，卻因「通訊障礙」無法達成，突出溝通障礙的問題。

うものなら

如果要…的話，就…

類義文法
としたら
如果…的話

接續方法▶ {動詞意向形} ＋うものなら

【條件】 假定條件表現。表示假設萬一發生那樣的事情的話，事態將會十分嚴重。後項一般是嚴重、不好的事態。是一種比較誇張的表現。

意思 もし～なら

類語 しようものなら

對象指示　　　假設挑戰　　　　　　　立即後果

例1 昔は、親に反抗しようものなら すぐに叩かれたものだ。

以前要是敢反抗父母，一定會馬上挨揍。

以前的父母可是很嚴厲的，小孩動不動就被扁！愛就是要讓孩子多一點磨練！

「うものなら」表達若「違抗父母」，則「立即遭受懲罰」，強調行為與後果的直接關聯。

👉 文法應用例句

2 只要稍微靠近那隻狗就會被吠。

あの犬は、ちょっとでも近づこうものならすぐ吠えます。

★「うものなら」表示一旦做出「靠近」動作，則「那狗會立即吠叫」，突出行動與反應的直接關聯。

3 他呀，只要女生對他稍微溫柔一點，就會認定「那傢伙對我有意思」。

彼は、女性にちょっと優しくされようものなら、「アイツは俺に気がある」と思い込む。

★「うものなら」指出一旦「女性展現友善」，他便「認為有好感」，突顯誤解的可能性。

4 假如我發生外遇，肯定會被妻子殺死的。

もし浮気でもしようものなら、妻に殺されるに違いない。

★「うものなら」暗示若「有外遇行為」，則「妻子會極度生氣」，凸顯行為的嚴重後果。

5 只要敢在教室裡吵鬧，肯定會被老師罵得很慘。

教室で騒ごうものなら、先生にひどく叱られます。

★「うものなら」顯示若「在教室裡吵鬧」，則「遭老師嚴厲斥責」，突出行為導致的立即反應。

かぎりだ

1. 真是太…、…得不能再…了、極其…；2. 只限…

接續方法▶ {名詞；形容詞辭書形；形容動詞詞幹な} ＋限りだ

1【極限】表示喜怒哀樂等感情的極限。這是說話人自己在當時，有一種非常強烈的感覺，這個感覺別人是不能從外表客觀地看到的。由於是表達說話人的心理狀態，一般不用在第三人稱的句子裡。

2【限定】如果前接名詞時，則表示限定，這時大多接日期、數量相關詞，如「制服を着るのも今日限りだ」（穿制服也只限本日了）。

意思 とても～

類語 ～きわみだ

喜悅事實　　　　　　情感表達　　情感極致
↓　　　　　　　　　　↓　　　　↓

例1 孫の花嫁姿が見られるとは、うれしい限りだ。

能夠看到孫女穿婚紗的樣子，真叫人高興啊！

花兒！真美啊！
一定要幸福喔！

「かぎりだ」表達見到「孫女嫁人」的幸福，感受「無比的喜悦」，凸顯深切的快樂。

☞ 文法應用例句

2
能和條件那麼好的人結婚，實在讓人羨慕極了。

あんなすてきな人と結婚できて、うらやましい限りだ。

─欣羨不已的─

★「かぎりだ」用於表達「娶到如此佳人」之幸運，使人「極度羨慕」，強調深切的羨慕之情。

3
連那種事都不知道，實在是丟臉到了極點。

そんなことも知らなかったとは、お恥ずかしい限りです。

─羞愧的─

★「かぎりだ」用以表達「無知的尷尬」，感到「極度羞愧」，突顯深深的羞恥感。

4
雖說是為了留學，但還要準備各式各樣的文件，實在是麻煩得要命。

留学するためとはいえ、いろいろな書類を揃えるのは面倒な限りだ。

─資料─ ─準備齊全─ ─費事的─

★「かぎりだ」表示處理「留學文件」的煩瑣，感到「極大的麻煩」，強調劇烈的不悅。

5
能和心愛的人結婚，可以說是無上的幸福。

好きな人と結婚できて、幸せ限りです。

─結婚─ ─快樂的─

★「かぎりだ」用於描述與「心愛之人結婚」的幸福，感到「極度的幸福」，突出深刻的滿足。

がさいご、たらさいご

（一旦…）就必須…、（一…）就非得…

類義文法

からには
既然…，就…

接續方法 ▶ {動詞た形}＋が最後、たら最後

1【條件】假定條件表現。表示一旦做了某事，就一定會產生後面的情況，或是無論如何都必須採取後面的行動。後面接説話人的意志或必然發生的狀況，且後面多是消極的結果或行為，如例（1）～（3）。

2〔たら最後～可能否定〕「たら最後」的接續是「動詞た形＋ら＋最後」而來的，是更口語的説法，句尾常用可能形的否定，如例（4）、（5）。

意思 もし～なら
類語 一旦～したら／～すると、もう必ず

　　　　行動開始　　　　無回頭點　　　　　　必然後果
　　　　　↓　　　　　　　↓　　　　　　　　　↓

例1 <u>契約にサインした</u> <u>が最後</u>、<u>その通りにやるしかない</u>。

　　　一旦在契約上簽了字，就只能按照上面的條件去做了。

那份契約怎麼看都不合理，保留款要那麼多。哎！不景氣也沒辦法了。

「が最後」表示一旦「簽訂契約」，便「必須遵守其條款」，強調了決策的不可逆性。

☞ 文法應用例句

2
盜用公款一事遭到了揭發之後，不但被公司革職，到最後甚至連妻子也離家出走了。

横領がばれたが最後、会社を首になった上に妻は出て行った。
おうりょう　　　　さいご　　かいしゃ　くび　　　　うえ　つま　で　い

★「が最後」表一「公款挪用曝光」，「被解僱，妻離家出走」也接踵而至。凸顯事件後連鎖反應。

3
一旦踏進這個地方，就一輩子出不去了。

この地に足を踏み入れたが最後、一生出られない。
　　ち　あし　ふ　い　　　さいご　　いっしょう　で

★「が最後」指出一旦「進入這地」，就「永遠無法離開」，強調了行為的終極後果。

4
萬一放過了這一次，就再也不會遇到第2次機會了。

これを逃したら最後、こんなチャンスは二度とない。
　　　のが　　　さいご　　　　　　　　にど

★「たら最後」意味著一旦「錯過此機會」，則「不會再有第二次」，突顯機遇的一次性。

5
要小心喔，按下這個按鍵以後，可就再也沒辦法恢復原狀了。

ここをクリックしたら最後、もう元には戻せないから気をつけてね。
　　　　　　　　　　さいご　　　　もと　　もど　　　　き

★「たら最後」表明一旦「點擊此處」，就「不能撤銷」，凸顯行動的不可逆轉。

かたがた

順便…、兼…、一面…一面…、邊…邊…

類義文法

いっぽう
另一方面…

接續方法 ▶ {名詞}＋かたがた

【附帶】 表示在進行前面主要動作時，兼做（順便做、附帶做）後面的動作。也就是做一個行為，有兩個目的。前接動作性名詞，後接移動性動詞。前後的主語要一樣。大多用於書面文章。

意思 ～がてら

類語 ～のついでに／～しがてら（ＡかたがたＢ、Ａ為主要動作）

主要目的　順便進行　　　　　　　　　次要活動

例1 **帰省** かたがた、**市役所に行って手続きをする。**
　　　きせい　　　　　　しやくしょ　い　　てつづ

返鄉的同時，順便去市公所辦手續。

> 這次的年假，就回家看看老爸老媽吧！順便去市公所辦一下事。

> 「かたがた」表示「返鄉時」順道「辦理市役所手續」，突出效率和目標的兼顧。

🖙 文法應用例句

2

出差時，順道去拜訪以前的同事吧！

┌出差┐　　　　　　┌同事┐
出張かたがた、**昔の同僚に会ってこよう。**
しゅっちょう　　　むかし　どうりょう　あ

★「かたがた」用於同時進行「出差」和「拜訪舊同事」，強調兩目標的共同達成。

3

拜訪公司的同時，也順便跟前輩打個招呼吧！

┌造訪┐　　　　　　　　┌問候┐
会社訪問かたがた、**先輩にも挨拶しておこう。**
かいしゃほうもん　　　せんぱい　　あいさつ

★「かたがた」用於「拜訪公司」同時「向前輩問好」，凸顯雙重目的的合理安排。

4

去拜訪了恩師，順便報告自己即將結婚。

┌通知┐　　　　　　┌尊師┐
結婚の報告かたがた、**恩師を訪ねた。**
けっこん　ほうこく　　　おんし　たず

★「かたがた」表示「訪問恩師」同時「通報婚訊」，強調效率與禮節的雙重考量。

5

以上，謹此報告並敬表謝意。

　　　　　　　　　　　┌敬告┐
以上、お礼かたがた**ご報告申し上げます。**
いじょう　れい　　　　ほうこくもう

★「かたがた」用於「報告進展」同時「表達感謝」，突出禮貌和信息傳遞的同步進行。

かたわら

1. 一邊…一邊…、同時還…；2. 在…旁邊

接續方法▶ {名詞の；動詞辭書形}＋かたわら

1【附帶】表示集中精力做前項主要活動、本職工作以外，在空餘時間之中還兼做（附帶做）別的活動、工作。前項為主，後項為輔，且前後項事情大多互不影響，如例(1)～(4)。跟「ながら」相比，「かたわら」通常用在持續時間較長的，以工作為例的話，就是在「副業」的概念事物上。

2【身旁】在身邊、身旁的意思，如例(5)。用於書面。

意思 ～する一方で
類語 ～一方で、別に（A傍らB、A為主要動作）

主要職務 → 　　同時進行 → 　　副業／興趣 →

例1 <u>支店長として多忙を極める</u> かたわら、<u>俳人としても活動している。</u>

他一邊忙碌於分店長的工作，一邊也以俳人的身分活躍於詩壇。

他真是多才多藝。

「かたわら」表示在「忙於分店長」的同時，也「活躍為俳人」，突顯雙重身分的平衡。

☞ 文法應用例句

2 她一面寫作，一面到處巡迴演講。

彼女は執筆のかたわら、あちこちで講演活動をしている。
かのじょ　しっぴつ〔撰稿〕　　　　　　　　こうえんかつどう〔講說〕

★「かたわら」用於同時進行「寫作」與「各地演講」，強調同時兼顧兩項活動。

3 妻子是家庭主婦，同時也靠股票賺錢。

妻は主婦業のかたわら、株でもうけている。
つま　しゅふぎょう　　　　〔股票〕〔獲利〕

★「かたわら」用於描述「作為家庭主婦」同時「投資股市」，強調生活與財務的雙重角色。

4 一面在銀行工作，一面也寫小說。

銀行に勤めるかたわら、小説も書いている。
ぎんこう　つと〔任職〕　　しょうせつ　か

★「かたわら」表明在「銀行工作」的同時，亦「撰寫小說」，凸顯工作與興趣的並行。

5 妹妹歡鬧不休，一旁的姊姊卻愣愣地發呆。

はしゃいでいる妹のかたわらで、姉はぼんやりしていた。
〔興高采烈〕いもうと　　　　　　あね〔心不在焉〕

★「かたわら」用以描繪「妹妹玩耍」，旁邊「姊姊在發呆」的場景，突出兩者的位置與心境差異。

がてら

1. 順便、在…同時、借…之便；2. 一邊…，一邊…

類義文法
ながら
一邊……一邊……

接續方法▶{名詞；動詞ます形}＋がてら

1【附帶】表示在做前面的動作的同時，借機順便（附帶）也做了後面的動作。大都用在做後項，結果也可以完成前項的場合，也就是做一個行為，有兩個目的，後面多接「行く、歩く」等移動性相關動詞，如例 (1) ～ (5)。

2【同時】表示兩個動作同時進行，前項動作為主，後項從屬於前項。意思相當於「ながら」。例如：「勉強しがてら音楽を聞く／一邊學習一邊聽音樂」。

意思 〜しながら、そのついでに

類語 〜のついでに（AがてらB、A為主要動作）

主要目的　　順便進行　　　　　　　次要任務
　↓　　　　　↓　　　　　　　　　　　↓

例1 **自分の診察がてら、おじいちゃんの薬ももらって来る。**
じぶん　しんさつ　　　　　　　　　　　くすり

我去看病時，順便領爺爺的藥回來。

今天我要去看醫生！啊！爺爺你的藥也沒了！那我就順便幫你拿囉！

「がてら」用於在「自己看醫生」時，兼顧「取爺爺的藥」，顯示兩任務同時進行的效率。

☞ **文法應用例句**

2
平常都騎自行車上班，順便運動。

運動がてら、自転車で通勤している。
うんどう　　　じてんしゃ　つうきん

★「がてら」表示在「運動」時同時進行「騎自行車上班」，突出兩活動的同時進行。

3
去接孫子，順便到麵包店。

孫を迎えに行きがてら、パン屋に寄る。
まご　むか　い　　　　　　　や　よ

★「がてら」表示在「接送孫子」的過程中，順道「光顧麵包店」，強調多任務的同時完成。

4
嘗試用電腦好玩地把照片加上了後製。

パソコンで遊びがてら写真を加工してみた。
あそ　　　しゃしん　かこう

★「がてら」用於描述在「玩電腦」的同時，進行「照片編輯」，突出娛樂與創作的並行。

5
散步時順道繞去了祖母家。

散歩がてら、祖母の家まで行ってきた。
さんぽ　　　そぼ　いえ　　　い

★「がてら」表示在「散步」過程中，順道「訪問祖母」，凸顯行走與探訪的雙重目的。

（か）とおもいきや

原以為…、誰知道…

類義文法

とは

沒想到…

接續方法 ▶ {[名詞・形容詞・形容動詞・動詞] 普通形；引用的句子或詞句} ＋（か）と思いきや

1【預料外】表示按照一般情況推測，應該是前項的結果，但是卻出乎意料地出現了後項相反的結果，含有說話人感到驚訝的語感。後常跟「意外に（も）、なんと、しまった、だった」相呼應。本來是個古日語的說法，而古日語如果在現代文中使用通常是書面語，但「（か）と思いきや」多用在輕鬆的對話中，不用在正式場合。是逆接用法。

2〔印象〕前項是說話人的印象或瞬間想到的事，而後項是對此進行否定。

意思 ～かと思ったら、意外にも～

類語 ～と思ったところが、意外にも～

初步判斷　意外轉折　　　　　　實際情況
↓　　　　↓　　　　　　　　　　↓

例1 素足 かと思いきや、ストッキングを履いていた。

原本以為她打赤腳，沒想到是穿著絲襪。

她的腳又白又光滑！咦！？有穿絲襪嗎？

「かと思いきや」表原以為「未穿絲襪」，實則「穿著」，凸顯期待與現實的落差。

☞ 文法應用例句

2

原以為很困難的，卻出乎意料的簡單。

難しいかと思いきや、意想不到的 意外に簡単だった。

★「かと思いきや」用於原預期「艱難無比」，但結果「意外簡單」，強調期望與現實的反差。

3

本來以為5,000圓就綽綽有餘，想不到加上消費稅後變成5,040圓了。

5,000円で足夠 十分かと思いきや、消費税 消費税を加上 足して5,040円だった。

★「かと思いきや」用於原認為「5000圓足夠」，卻「超支」，突出預算與實際的差異。

4

以為他剛出發了，誰知道才過3分鐘就回來了。

方才 さっき出発したかと思いきや、3分で帰ってきた。啟程

★「かと思いきや」指原以為「他已出發」，卻「迅速返回」，顯示期望與實際的不符。

5

原本以為父親不會答應，沒料到他竟然說願意支持我。

父は允許 許してくれまいと思いきや、支援 応援すると言ってくれた。

★「と思いきや」表原料想「父親不會批准」，結果「得到支持」，強調預判與真相的差距。

がはやいか

剛一…就…

類義文法

や、やいなや
剛…就…

接續方法 ▶ {動詞辭書形}＋が早いか

1 **【時間前後】**表示剛一發生前面的情況，馬上出現後面的動作。前後兩動作連接十分緊密，前一個剛完，幾乎同時馬上出現後一個。由於是客觀描寫現實中發生的事物，所以後句不能用意志句、推量句等表現。

2 〔**がはやいか～た**〕後項是描寫已經結束的事情，因此大多以過去時態「た」來結束。

意思 ～と、すぐ
類語 ～すると即座に

行動起始　　　迅速反應　　　緊接行動
　↓　　　　　　↓　　　　　　↓
例1 娘の顔を見る が早いか、抱きしめた。

一看到女兒的臉，就緊緊地抱住了她。

櫻子走失了，爸爸急死了！看到警察伯伯牽著櫻子走過來的時候，爸爸忍不住衝上前抱住櫻子大哭。

「が早いか」用於「一看到女兒」就立刻「緊緊擁抱」，凸顯感情的迅速表達。

☞ 文法應用例句

2 才剛剛出道，立刻一躍而成人氣偶像了。

┌─初次亮相─┐　　　　　　　┌─偶像─┐
デビューするが早いか、たちまち人気アイドルになった。

★「が早いか」描述一「出道」瞬間，迅速變為「人氣偶像」，突出事情進展的快速。

3 他總是一到下班時間就立刻離開公司。

┌工作結束┐　　　　　　　┌─下班離去─┐
彼はいつも、終業時間が来るが早いか退社する。

★「が早いか」表達「下班時間一到」就急忙「離開辦公室」，顯示行動的迅捷。

4 一躺下來就立刻鼾聲大作。

┌橫躺┐　　　　　┌打鼾┐
横になるが早いか、いびきをかきはじめた。

★「が早いか」描述「一躺下」就立即「開始打鼾」，強調行為的快速轉變。

5 商品剛擺上架，立刻就銷售一空。

　　　　　　┌─陳列─┐　　　　　┌售罄┐
店頭に商品が並ぶが早いか、たちまち売り切れた。

★「が早いか」表示「商品剛陳列」就迅速「售罄」，突出銷售速度的驚人。

がゆえ（に）、がゆえの、（が）ゆえだ

因為是…的關係；…才有的…

接續方法▶ {[名詞・形容動詞詞幹]（である）；[形容詞・動詞]普通形}＋（が）故（に）、（が）故の、（が）故だ

1【原因】是表示原因、理由的文言説法，如例（1）～（3）。

2〔故の＋N〕使用「故の」時，後面要接名詞，如例（4）。

3〔省略に〕「に」可省略，如例（5）。書面用語。

意思 ～から（書き言葉）

類語 ～ので、～のために、～が原因で

行為描述 　　　　　　　　　　　　　　　　原因說明　因此如此

例1 電話で話しているときもついおじぎをしてしまうのは、日本人であるが故だ。

由於身為日本人，連講電話時也會不由自主地鞠躬行禮。

> 日本的鞠躬文化，已經在生活中根深蒂固，就算講電話看不到對方，還是會不自主地頻頻鞠躬。

> 「が故だ」表達「因為是日本人」，故有「打電話時下意識鞠躬」的習慣，顯示文化習性的根深蒂固。

☞ 文法應用例句

2

生命無常，因此更顯得可貴。

命は、はかない（が）故に貴い。
いのち　　　　　　　　　　　とうと

★「（が）故に」用於強調因為「生命短暫」，所以更加「珍貴」，突出生命的價值與脆弱性。

3

之所以嚴厲訓斥，也是為了你好。

厳しいことを言うのも、君のためを思うが故だ。
きび　　　　　い　　　　　きみ　　　　　おも　　　ゆえ

★「が故だ」用於說明「因關心你」，因此「說嚴厲話」，強調斥責背後的深意。

4

有時認清事實，反而會讓自己痛苦。

事実を知ったが故の苦しみもある。
じじつ　し　　　　ゆえ　くる

★「が故の＋N」表明「因了解真相」而「感到痛苦」，突出真相的衝擊與心靈的困擾。

5

年少也會因輕狂而犯錯。

若さ故（に）、過ちを犯すこともある。
わか　ゆえ　　　　あやま　おか

★「故（に）」表示「由於年輕」，因此「偶有犯錯」，凸顯年少時的無知與衝動。

からある、からする、からの

足有…之多…、值…、…以上

接續方法▶ {名詞 (數量詞)} ＋からある、からする、からの

1【數量多】前面接表示數量的詞，強調數量之多。含有「目測大概這麼多，說不定還更多」的意思。前接的數量，多半是超乎常理的。前面接的數字必須為尾數是零的整數，一般數量、重量、長度跟大小用「からある」，價錢用「からする」，如例 (1) ～ (4)。

2〖からの N〗 後接名詞時，「からの」一般用在表示人數及費用時。如例 (5)。

意思 ～(數量)を越える
類語 ～以上ある

起始量度　　最少數量　　　　行為成果
↓　　　　　↓　　　　　　　↓

例1 <u>10 キロ</u> からある 大物の魚を釣った。
　　　おおもの　さかな　つ

釣到了一條起碼重達10公斤的大魚。

> 釣到了！釣到了！哇！是條大魚耶！我看至少有 10 公斤重吧！

> 「からある」用以描述「10 公斤重」的大魚，突出其巨大的重量。

☞ 文法應用例句

2　一個人搬了重達20公斤的行李箱。

20キロからある スーツケースを一人で運んだ。
　　　　　　　　　　　　　ひとり　　はこ

★「からある」描述「20 キロ」重的行李箱，強調行李的重量。

3　他的畫作就算是小幅畫作也要從20萬圓左右起跳，高價的甚至要價200萬圓。

彼の絵は小さな作品でも20万円前後から高いもので200万円からするものまであります。
かれ　え　ちい　さくひん　　　まんえんぜんご　たか　　　　　まんえん

★「からする」用於說明畫作價格「至少 20 萬圓，最高可達 200 萬圓」，強調藝術品的價值範圍。

4　那個演員今晚住在一晚要價140萬圓的飯店。

あの俳優は今晩、一泊140万円からするホテルに泊まる。
はいゆう　こんばん　いっぱく　まんえん　　　　　　と

★「からする」表示該演員入住「每晚起價 140 萬圓」的豪華酒店，顯示酒店的昂貴。

5　超過10萬人以上的觀光客參加了這場祭典。

祭りには10万人からの観光客が訪れた。
まつ　　まんにん　　　かんこうきゃく　おとず

★「からの」用來表達「至少 10 萬人」的遊客參加節慶，強調活動的大規模人流。

かれ～かれ

或…或…、是…是…

接續方法▶ {形容詞詞幹}＋かれ＋{形容詞詞幹}＋かれ

1【無關】接在意思相反的形容詞詞幹後面，舉出這兩個相反的狀態，表示不管是哪個狀態、哪個場合都如此、都無關的意思。原為古語用法，但「遅かれ早かれ」（遲早）、「多かれ少なかれ」（或多或少）、「善かれ悪しかれ」（不論好壞）已成現代日語中的慣用句用法。

2〖あしかれ、よかれ〗要注意「善（い）かれ」古語形容詞不是「いかれ」而是「よかれ」，「悪（わる）い」不是「悪（わる）かれ」，而是「悪（あ）しかれ」。

意思 ～くても～くても同じことが言える

類語 いずれにせよ

主體指出　　　　無關時間　　　　未來行為　　　　　顯而易見
　↓　　　　　　　↓　　　　　　　↓　　　　　　　　↓

例1 あの二人が 遅かれ早かれ 別れることは、目に見えていた。

那兩個人遲早都會分手，我早就料到了。

家世懸殊再加上觀念不合，他們感情破局我一點也不意外。

「かれ～かれ」用於表達「那兩人」無論「遅或早」都會分手，強調分手的不可避免性。

☞ 文法應用例句

2 不管是誰，早晚都難逃一死。

どんな人にも、遅かれ早かれ死が訪れる。

★「かれ～かれ」表對於「所有人」而言，「遲早」面臨死亡是不可避免的，突出死亡的普遍性和必然性。

3 人，多多少少總有煩惱。

人には、多かれ少なかれ悩みがあるものだ。

★「かれ～かれ」表明對「每個人」來說，「或多或少」都有煩惱，強調煩惱的普遍存在。

4 不管是好是壞，我們就是生活在國際化的時代。

善かれ悪しかれ、私達はグローバル化の時代に生きているのだ。

★「かれ～かれ」指出「不管好壞」，我們都生活在全球化的時代，突顯時代背景的影響。

5 父母的生活方式，不管是好還是壞，都會對兒女造成影響。

親の生き方は、善かれ悪しかれ、子に影響を及ぼす。

★「かれ～かれ」表示「父母的生活方式」無論「好壞」都對子女有影響，強調家庭環境的重要性。

きらいがある

有一點…、總愛…、有…的傾向

接續方法▶ {名詞の；動詞辭書形} ＋きらいがある

1【傾向】表示某人有某種不好的傾向，容易成為那樣的意思。多用在對這不好的傾向，持批評的態度。而這種傾向從表面是看不出來的，是自然而然容易變成那樣的。它具有某種本質性，漢字是「嫌いがある」，如例 (1) ～ (4)。

2〖どうも〜きらいがある〗一般以人物為主語。以事物為主語時，多含有背後為人物的責任，如例 (5)。書面用語。常用「どうも〜きらいがある」。

3〖すぎるきらいがある〗常用「すぎるきらいがある」的形式。例如「深く考えすぎるきらいがある／容易胡思亂想（想太多）。」

意思 〜（よくない）傾向がある

類語 〜がちだ

情境條件 → 不良習慣 → 行為傾向 →

> 田中今天又喝得醉醺醺的，是不是又被老闆罵了？哎！他總是這樣…。

例1 嫌なことがあると お酒に逃げる きらいがある。

一旦面臨討厭的事情，總愛藉酒來逃避。

> 「きらいがある」面對不愉快事物時，有「依賴酒精逃避」的習性，突顯逃避行為的問題。

👉 文法應用例句

2
我覺得那位政治家似乎有蔑視女性的傾向。

あの政治家は、どうも女性蔑視のきらいがあるような気がする。

★「きらいがある」表政治家或許擁有「輕視女性」的傾向，顯示對其特質的懷疑。

3
他有不懂裝懂的毛病。

彼はすぐ知ったかぶりをするきらいがある。

★「きらいがある」指他可能有「裝作懂事」的傾向，批評其虛假的表現。

4
近來的年輕人，似乎有不懂得從歷史中記取教訓的傾向。

このごろの若い者は、歴史に学ばないきらいがある。

★「きらいがある」表現當代年輕人可能有「忽視歷史教訓」的習慣，提出對年輕一代的批判。

5
那家報紙似乎有偏左派的傾向。

あの新聞は、どうも左派寄りのきらいがある。

★「きらいがある」表示該報紙可能有「偏向左翼」的趨勢，顯示對媒體立場的批評。

ぎわに、ぎわの
臨到…、在即…、迫近…

1 **【時點】**{動詞ます形} ＋ぎわに、ぎわの＋ {名詞}。表示事物臨近某狀態，或正當要做什麼的時候，如例 (1)、(2)。

2 **【界線】**{動詞ます形} ＋ぎわに；{名詞の}＋きわに。表示和其他事物間的分界線，特別注意的是「際」原形讀作「きわ」，常用「名詞の＋際」的形式，如例 (3) ～ (5)。常用「瀬戸際（せとぎわ）」（關鍵時刻）、「今わの際（いまわのきわ）」（臨終）的表現方式。

意思 ～なろうとするそのとき
類語 ～する直前に、～する寸前

主題對象　臨終時　接近時刻　　　行為描述　　　　　普遍認知
　↓　　　　↓　　　↓　　　　　　↓　　　　　　　　↓

例1 白鳥は、死にぎわに美しい声で鳴くといわれています。
は く ちょう　　　　し　　　　　　　うつく　　　こえ　　　な

據說天鵝瀕死之際會發出淒美的聲音。

傳説天鵝在失去伴侶後，悲傷難抑，臨死之前會發出淒美的叫聲！

「ぎわに」描述白鳥在「臨終之際」發出美麗的鳴叫，凸顯死亡與美的交織。

☞ 文法應用例句

2
開始凋謝飄零的櫻花，散落一地的虛無與哀愁。

散りぎわの桜は、はかなくて切ないものです。
ち　　　　　さくら　　　　　 ┌脆弱的┐ ┌悲哀的┐ せつ

★「ぎわの」指櫻花「達盛開高峰」時，突顯其「短暫與美麗」，含渴望欣賞之情感。

3
我的眼睛附近長出了一粒東西。

目の際に、小さなできものができました。
め　きわ　　ちい
　　┌旁邊┐

★「きわに」指在眼睛「周圍」出現小疙瘩，強調位置的接近與不便。

4
此時正是公司存亡與否的關鍵時刻。

今こそ、会社が生き残れるか否かの瀬戸際だ。
いま　　　かいしゃ　い　のこ　┌倖存┐ いな　せ と ぎわ ┌危急關頭┐

★「瀬戸際」表述公司正處於「生死存亡的關鍵時刻」，突顯當下的緊迫與重要性。

5
爺爺臨終前交代了歷代傳承財寶的所在位置。

祖父は、いまわの際に、先祖伝来の財宝のありかを言い残した。
そふ　　　┌最後時刻┐きわ　┌相傳┐せんぞでんらい┌寶物┐ざいほう　　　い のこ

★「きわに」用於祖父「臨死之際」透露家傳藏寶位置，強調臨終時刻的重大啟示。

きわまる

極其…、非常…、…極了

類義文法

かぎりだ
極其…

1【極限】{形容動詞詞幹}＋きわまる。形容某事物達到了極限，再也沒有比這個更為極致了。這是説話人帶有個人感情色彩的説法。是書面用語。如例（1）～（3）。

2〖N（が）きわまって〗{名詞（が）}＋きわまって。前接名詞，如例（4）、（5）。

3〖前接負面意義〗常接「勝手、大胆、失礼、危険、残念、贅沢、卑劣、不愉快」等，表示負面意義的形容動詞詞幹之後。

意思 非常に～だ

類語 とても～である／たいへん～である

情況描述　　　　情感狀態　　極致表達
↓　　　　　　　↓　　　　↓

例1 **毎日同じことの繰り返しで、退屈 きわまる。**

每天都重複做相同的事情，無聊到了極點。

現在的生活實在是乏味極了！每天一樣的作息，一樣的工作內容，這樣的日子真難熬…。

「きわまる」用來形容「日常重複」帶來的極端無聊感，突顯單調生活的極致。

👉 文法應用例句

2 居然要去戰場，實在太危險了！

戦地へ赴くなんて、危険きわまる。
せんち　おもむ　　　　　　きけん

★「きわまる」表「戰地赴任」達極端危險狀態，強調危險程度的最高點。

3 那傢伙講話的態度真是無禮至極！

奴の言いようは無礼きわまる。
やつ　い　　　　　ぶれい

★「きわまる」描述「他的言論方式」達到極端無禮的程度，強調言行的極度不當。

4 過於忙碌，而弄垮了身體。

多忙がきわまって体調を崩した。
たぼう　　　　　　たいちょう　くず

★「N＋がきわまって」指因「過度忙碌」而導致健康崩潰，強調極度勞累的後果。

5 這麼多人來迎接我，真叫人是感激不已！

大勢の人に迎えられ感激きわまった。
おおぜい　ひと　むか　　　かんげき

★「N＋きわまった」表達被大量人群迎接時的「極度感動」，凸顯情感的高潮。

きわまりない

極其…、非常…

接續方法▶ {形容詞辭書形こと；形容動詞詞幹 (なこと)}＋きわまりない

1【極限】「きわまりない」是「きわまる」的否定形，雖然是否定形，但沒有否定意味，意思跟「きわまる」一樣。「きわまりない」是形容某事物達到了極限，再也沒有比這個更為極致了，這是說話人帶有個人感情色彩的說法，跟「きわまる」一樣。

2〔前接負面意義〕前面常接「残念、残酷、失礼、不愉快、不親切、不可解、非常識」等負面意義的漢語。另外，「きわまりない」還可以接在「形容詞、形容動詞＋こと」的後面。

| 意思 | 非常に～だ |
| 類語 | とても～である／たいへん～である |

主題對象　　行為評價　　極度表達

例1 彼女の対応は、失礼 きわまりない。
　　　 かのじょ たいおう　　しつれい

她的應對方式，太過失禮了。

本来很高興兒子帶女友來家裡玩，但發現兒子的女友不但不主動打招呼，跟她說話時還一臉不耐煩，實在太失禮了。

「きわまりない」用以描述「她的對應」極端無禮，強調行為的極端不適當。

☞ 文法應用例句

2 那傢伙開車的樣子簡直像不要命。

　　　　　　　┌粗暴的┐
奴の運転は、荒っぽいこときわまりない。
やつ うんてん　あら

★「きわまりない」指「他的駕駛風格」達極端粗暴程度，突出行為之極端性。

3 女友好像時時刻刻都在監視我，簡直把我煩得要命！

　　　　　　　┌日夜不停┐┌監視┐　　　　　　　┌煩人的┐
彼女に四六時中監視されているようで、わずらわしいこときわまりない。
かのじょ しろくじちゅうかん し

★「きわまりない」表示因「被她持續監視」感到極度煩惱，突顯心理負擔的極限。

4 只差一點點就達成了，真是令人遺憾無比。

　　　　　　　　　　┌可惜的┐
あと少しだったのに、残念なこときわまりない。
すこ　　　　　　　ざんねん

★「きわまりない」用於表達「失敗」的極度遺憾，強調情感的深度與強烈程度。

5 這份事務工作非常枯燥乏味。

　　┌業務┐　┌單調的┐
このビジネスは、単調なこときわまりない。
　　　　　　　たんちょう

★「きわまりない」描述「業務」極為單調無趣，突出工作的乏味程度。

くらいなら、ぐらいなら

與其…不如…（比較好）、與其忍受…還不如…

類義文法

より～むしろ
與其…，還不如…

接續方法▶ {動詞辭書形} ＋くらいなら、ぐらいなら

1【比較】表示與其選擇情況最壞的前者，不如選擇後者。説話人對前者感到非常厭惡，認為與其叫人厭惡的前者，不如後項的狀態好。

2〖～方がましだ等〗常用「くらいなら～方がましだ、くらいなら～方がいい」的形式，為了表示強調，後也常和「むしろ」（寧可）相呼應。「ましだ」表示雖然兩者都不理想，但比較起來還是這一方好一些。

意思 ～ことをがまんするより

類語 ～するより

可能行為　　　如果那樣　　　　　　　　更好選擇
↓　　　　　　　↓　　　　　　　　　　　↓

例1 <u>浮気する</u> <u>ぐらいなら</u>、 <u>むしろ別れたほうがいい</u>。

如果要移情別戀，倒不如分手比較好。

那不是花子的男朋友嗎？好花心喔！長得又不怎麼樣！

「ぐらいなら」意味著若要「劈腿」，則「分手」成為更合適的解決方案，強調更明智的選擇。

☞ 文法應用例句

2 與其把便利商店的過期便當盒丟掉，不如降價賣掉不是比較好？

コンビニ弁当、捨てるくらいなら、値引きすればいいのでは。

★「くらいなら」如果要面臨「丟棄產品」，更妥適的選擇是「降價處理」，強調理智的處理方式。

3 早知道要道歉，不如當初別做那種事就好了嘛！

謝るぐらいなら、最初からそんなことしなければいいのに。

★「ぐらいなら」表達若「道歉」，則「一開始就不犯錯」為更佳選擇，凸顯悔恨情緒。

4 早知道必須重寫，不如起初就仔細書寫，那樣不是比較好嗎？

書き直すくらいなら、初めからていねいに書きなさいよ。

★「くらいなら」若要「重寫」，則「一開始就仔細寫」更為理想，強調預防勝於補救。

5 假如逼我和那種人結婚的話，我不如去死還來得乾脆。

あんな人と結婚させられるぐらいなら、死んだ方がましです。

★「ぐらいなら」面對「與那人結婚」，寧願「選擇死亡」，顯示對該選擇的極端厭惡。

ぐるみ

全部的…

類義文法

ずくめ

全都是、淨是…

接續方法 ▶ {名詞}＋ぐるみ

【範圍】表示整體、全部、全員。前接名詞時，通常為慣用表現。

意思 ～を含めて全部

類語 ～いっしょに

行為主體　受害者　完全地　　被奪行動

例1〉 **強盗に 身 ぐるみ はがされた。**
　　ごうとう　　み　　　　　ぜんぶ

被強盗洗劫一空。

土匪把我全身上下值錢的東西都拿走了，太可惡了！

「ぐるみ」指「全身」被強盜搜刮，凸顯受害者遭受的全面損失。

☞ 文法應用例句

2 為了讓許多觀光客前來祭典，全村都忙了起來。

お祭りに観光客がたくさん来てくれるよう、町ぐるみで取り組む。
まつ　　かんこうきゃく　　　　　　き　　　　　　　まち　　　　　と　く

┌積極參與┐

★「ぐるみ」描述「整個社區」一起協作，目的是吸引「觀光客參加祭典」，突顯群體合作的成效。

3 那毫無疑問的是整個組織犯下的違法行為。

これは組織ぐるみの違法行為に違いない。
　　　そしき　　　　　いほうこうい　ちが

┌團體┐　　┌非法行為┐

★「ぐるみ」涉及「整個組織」共同參與犯罪，強調事件的集體性和嚴重性。

4 我和林田先生兩家平常都有來往。

林田さんとは、家族ぐるみのお付き合いをしている。
はやしだ　　　　　かぞく　　　　　　つ　あ

┌交往┐

★「ぐるみ」用於形容與「整個家庭」的深厚聯繫，突出關係的親密和全面。

5 養育孩子應該要由地區全體居民共同協助。

子育ては地域ぐるみでサポートすべきだ。
こそだ　　ちいき

┌育兒┐　　　　　┌支持┐

★「ぐるみ」表示「整個社區」共同參與育兒，彰顯社群合作的重要性和效益。

こそあれ、こそあるが

1.雖然、但是；2.只是（能）

類義文法

とはいえ
雖然…但是…

接續方法▶ {名詞；形容動詞て形}＋こそあれ、こそあるが

1 **【逆接】**為逆接用法。表示即使認定前項為事實，但說話人認為後項才是重點，如例(1)、(2)。「こそあれ」是古語的表現方式，現在較常使用在正式場合或書面用語上。

2 **【強調】**有強調「是前項，不是後項」的作用，比起「こそあるが」，更常使用「こそあれ」。此句型後面常與動詞否定形相呼應使用。如例(3)～(5)。

意思 ～があるけれども／～であるけれども

差異存在　　儘管如此　　　　　　　　　　普遍現象
　↓　　　　　↓　　　　　　　　　　　　　　↓

例1 <u>程度の差</u>こそあれ、<u>人は誰でもストレスを感じながら生きているものです。</u>
ていど　さ　　　　　　　ひと　だれ　　　　　　　　かん　　　　　　　い

雖然有程度的差距，但不管是誰都懷抱著壓力而活著。

大家或多或少都有壓力，你也要適時地「ストレス発散」（發洩壓力）呀！

「こそあれ」承認雖「程度有差」，但強調「人人都承受壓力」，突出壓力的普遍存在。

☞ 文法應用例句

2 他是很認真沒錯，但是優柔寡斷是他的缺點。

彼は真面目でこそあるが、優柔不断なところが欠点だ。
かれ　まじめ　　　　　　　ゆうじゅうふだん　　　　　　けってん
（瞻前顧後的）

★「こそあるが」承認他「認真態度」，但即轉折指出缺點「決斷力不足」，展示肯定後的反思。

3 小孩做錯事而訓斥他，只是父母的義務，談不上是虐待。

子どもが悪いことをしたら叱るのは、親の義務でこそあれ、虐待ではない。
こ　　わる　　　　　　　しか　　　おや　ぎむ　　　　　　　ぎゃくたい
（斥責）（責任）（虐待）

★「こそあれ」分明界定，糾正子女是「父母之責」非「虐待」，強調教養的必要性。

4 我對父母只有恨意，沒有恩情。

私は親に恨みこそあれ、恩義などない。
わたし　おや　うら　　　　　おんぎ
（怨恨）（恩情）

★「こそあれ」明言對父母的感情僅有「怨恨」，無「恩情」，突出恨意的絕對性。

5 那個人有的只是財產，並沒有人性。

あの人は、財産こそあれ、人としての心がない。
ひと　　ざいさん　　　　　ひと　　　　こころ
（財富）

★「こそあれ」表達雖有「財產」卻缺乏「人性」，暗示物質並非人的全部。

こそすれ
只會…、只是…

類義文法

までだ、までのことだ
只是…；純粹是…

接續方法 ▶ {名詞；動詞ます形}＋こそすれ

【強調】後面通常接否定表現，用來強調前項才是正確的，而不是後項。

意思 〜があるけれども／〜をするけれども

例1) これ以上放っておけば、今後地球環境は悪くなりこそすれ、良くなることは決してありません。

　　　如繼續忽略　　預測情況　更可能　否定可能性

再繼續棄之不理的話，今後地球環境只會惡化，絕對不會好轉的。

我們只有一個地球，大家要用行動來愛地球喔！

「こそすれ」表達「環境將惡化」，排除其「改善」的可能，強調情況的嚴重性。

☞ 文法應用例句

2
看到新政府的幕僚，只有感到失望，完全沒有湧現任何希望。

新しい政府の顔ぶれを見ても、失望こそすれ、希望などまったくわいてこなかった。
あたら　せいふ　かお　　み　　　しつぼう　　　　　　　きぼう

★「こそすれ」強調「失望」情感，否定同時「抱有希望」的可能，表達內心的矛盾感受。

3
我對他的才華只有讚賞，沒有嫉妒。

私は彼の才能を称賛こそすれ、嫉妬などしていない。
わたし　かれ　さいのう　しょうさん　　　　しっと

★「こそすれ」表示「欣賞才能」，排除「嫉妒」之情，清晰劃分感情的正負面。

4
兩國間的關係今後應當會愈發強化，而不至於愈發疏遠吧。

両国の関係は、今後も強まりこそすれ、弱まることはないだろう。
りょうこく　かんけい　　こんご　つよ　　　　　　　よわ

★「こそすれ」指出「關係將加強」，否定其「衰退」可能性，凸顯兩國關係的積極前景。

5
山田小姐說要減肥，但依照她的吃法，體重只會增加，不會減輕的喔！

山田さんは、ダイエットしようと言っていながらあの食べ方では、体重は増えこそすれ、減ることはないよ。
やまだ　　　　　　　　　　　　　い　　　　　　た　かた　　たいじゅう　ふ　　　　　へ

★「こそすれ」強調「體重將增加」，否定「減輕」的可能，指出飲食習慣的重要性。

ごとし、ごとく、ごとき

如…一般（的）、同…一樣（的）

類義文法

ような
像…一樣

1【比喻】{名詞の；動詞辭書形；動詞た形}＋（が）如し、如く、如き。好像、宛如之意，表示事實雖然不是這樣，如果打個比方的話，看上去是這樣的，「ごとし」是「ようだ」的古語。如例（1）、（2）。

2〔格言〕出現於中國格言中，如例（3）。

3〔Nごとき（に）〕{名詞}＋如き（に）。「ごとき（に）」前接名詞如果是別人時，表示輕視、否定的意思，相當於「なんか（に）」；如果是自己「私」時，則表示謙虛，如例（4）、（5）。

4〔位置〕「ごとし」只放在句尾；「ごとく」放在句中；「ごとき」可以用「ごとき＋名詞」的形式，形容「宛如…的…」。

意思 「～ようだ」(比況)の古い言い方

類語 と同じだ

主體　　　　比喻形容　　　行為方式　　　　結果表達
↓　　　　　　↓　　　　　　↓　↓　　　　　　↓
例1 **彼女は天使の如き 微笑で、みんなを魅了した。**
かのじょ　　　てんし　　ごと　　びしょう　　　　　　　　　み　りょう

她用宛如天使般的微笑，讓眾人入迷。

> 剛出道的小愛，就引起所有人的注目，到底魅力在哪裡呢？

> 「ごとき」比喻「她的微笑」如「天使」，彰顯其治癒力和吸引力。

☞ 文法應用例句

2　父親當時的遺容宛如沉睡般安詳。

┌臨終面容┐　　　　　　　　　　┌─安詳的─
父の死に顔は、眠っているが如く安らかだった。
ちち　し　がお　　　ねむ　　　　　　　ごと　やす

★「ごとく」作用比喻，將「父親的臉」形容得「像是安睡中」，突顯他臨終時的寧靜。

3　光陰似箭。

┌時光┐┌箭
光陰矢の如し。
こういん　や　ごと

★「ごとし」比喻「時光」如「飛箭」，強調時間流逝的迅速。

4　如此重任交給像我這樣的人來做真的可以嗎？

┌實行┐　　　┌承蒙┐
私如きがやらせていただいていいんですか。
わたしごと

★「ごとき」自謙用語，表「像我這樣的人」，表達自我貶低的態度。

5　就憑你這種貨色，以為贏得了我嗎？

┌─能贏┐
お前如きが俺に勝てると思うのか。
まえごと　　おれ　か　　　おも

★「ごとき」輕視說法，指「像你這樣的人」，顯示對他人的不屑一顧。

ことだし

由於…

類義文法

てまえ

由於…所以…

接續方法 ▶ {[名詞・形容動詞詞幹] である；形容動詞詞幹な；[形容詞・動詞] 普通形}＋ことだし

1 【原因】後面接決定、請求、判斷、陳述等表現，表示之所以會這樣做、這樣認為的理由或依據。表達程度較輕的理由，語含除此之外，還有別的理由。是口語用法，語氣較為輕鬆。

2 〖ことだし＝し〗意義、用法和單獨的「し」相似，但「ことだし」更得體有禮。

類語 から、ので

時間說明　　　　　　　　發生情況　　　　　因此原因　　　行動決定
　↓　　　　　　　　　　　↓　　　　　　　　↓　　　　　　↓

例1 まだ早いけれど、目が覚めてしまった ことだし、起きよう。

雖然還早，但都已經醒來了，起床吧！

難得不用上班，雖然想睡晚一點…但醒著也是醒著，不如早點享受假日吧！

「ことだし」表示因「已醒」，引起「起床」想法，突出行為的主要原因。

☞ 文法應用例句

2
中國既是父親的故鄉，我想去一趟看看。

中国は父の故郷であることだし、一度は行ってみたい。
ちゅうごく　ちち　こきょう〔家郷〕　　　　　　　　いちど　い

★「ことだし」表正因為是「父親故鄉」，引發「想去一趟」念頭，突出原因的關鍵性。

3
時間也不晚了，我該告辭了。

もう随分遅いことだし、そろそろ失礼します。
ずいぶんおそ〔非常地〕　　　　　　　　しつれい

★「ことだし」指出「時間已晚」，導致的「告別」打算，凸顯行動的決定因素。

4
今天天氣晴朗，空氣又清新，登山健行去吧！

今日は晴れて空気がきれいなことだし、ハイキングにでも行くことにしよう。
きょう　　　くうき〔空氣〕　　　　　　　　〔徒步旅行〕　い

★「ことだし」表明「晴朗天氣」，激發「去遠足」的念頭，強調情境的啟發作用。

5
因為做完家事了，購物的同時，順便去喝杯咖啡吧！

家事も終ったことだし、買い物がてら、コーヒーでも飲もう。
かじ　おわ〔家務〕　　　　　　　か　もの〔買東西〕　　　　　　の

★「ことだし」意味「家務完畢」，故想「購物時喝咖啡」，突出行動的關鍵理由。

こととて

1.（總之）因為…；3.雖然是…也…

類義文法

（が）ゆえに
因為是…的關係

接續方法▶ {名詞の；形容動詞詞幹な；[形容詞・動詞]普通形}＋こととて

1 **【原因】**表示順接的理由、原因。常用於道歉或請求原諒時，後面伴隨著表示道歉、請求原諒的理由，或消極性的結果，如例（1）～（3）。

2 **〖古老表現〗**是一種正式且較為古老的表現方式，因此前面也常接古語。「こととて」是「ことだから」的書面語。如例（4）。

3 **【逆接條件】**表示逆接的條件，「雖然是…也…」的意思，如例（5）。

意思 ほかでもない～だから

類語 ～ことなので／～ことだから／～こととはいえ／～だからとはいえ

初次經歷　　因此原因　　　　　　　消極結果
　　↓　　　　　↓　　　　　　　　　↓

例1 初めての こととて、すっかり緊張してしまった。
はじ　　　　　　　　　　　　　きんちょう

由於是第一次遇到的狀況，緊張得不得了。

第一次接到客戶的抱怨電話，聽到對方的怒吼聲，讓我當下緊張到手腳發冷發抖。

「こととて」表因「首次經歷」而產生的「強烈緊張」，強調經歷的新鮮感。

☞ 文法應用例句

2 由於還不熟練，想必有許多未盡周到之處。

不慣れなこととて（≒慣れないこととて）、行き届かないところも多々あったかと存じます。
ふ　な　　　　　　　　な　　　　　　　　　　ゆ　とど　　　　　　　　　　たた　　　　　　　　ぞん
　　完善　　　　　　諸多
不擅長的

★「こととて」指因為「不熟悉」情況，可能會「出現許多疏漏」，說明了發生情況的原因。

3 畢竟是小孩犯的錯，望請寬宏大量。

子どものしたこととて、どうかお許しください。
こ　　　　　　　　　　　　　　　　ゆる
　　　　　　　　　　　　　　　　　　　寬恕

★「こととて」用以表「孩子的過錯」請求「諒解」，突出年幼者的無心之錯。

4 因為不習慣，所以失禮了。

慣れぬこととて、失礼いたしました。
な　　　　　　　　しつれい
熟悉　　　　　　　冒犯

★「こととて」表「不慣習」導致的「失禮」，闡明不熟悉情境的影響。

5 這不是說不知道，就可以被原諒的。

知らぬこととて、許される過ちではない。
し　　　　　　　　ゆる　　　あやま
　　　　　　　　　　　　　　過錯

★「こととて」表示因「無知」而造成的「錯誤」仍不可「被原諒」，強調錯誤的嚴重性。

ことなしに、なしに

1. 不…就…、沒有…；2. 不…而…

接續方法▶ {動詞辭書形}＋ことなしに；{名詞}＋なしに

1【非附帶】「なしに」接在表示動作的詞語後面，表示沒有做前項應該先做的事，就做後項，含有指責的語氣。意思跟「ないで、ず（に）」相近。書面用語，口語用「ないで」，如例（1）～（3）。

2【必要條件】「ことなしに」表示沒有做前項的話，後面就沒辦法做到的意思，這時候，後多接有可能意味的否定表現，口語用「しないで～ない」，如例（4）、（5）。

意思 ～しないで／～しないで～ない
類語 ～しないままで／～なしに～ない

說明缺乏　強調用詞　沒有這個　　　　　　　突發行為
　↓　　　　↓　　　↓　　　　　　　　　　　↓

例1 何の説明もなしに、いきなり彼女に「もう会わない」と言われた。
なん　せつめい　　　　　　　かのじょ　　　　あ　　　　　　い

連一句解釋也沒有，女友突然就這麼扔下一句「我不會再跟你見面了」。

今天興匆匆地帶女友去吃了一頓久違的大餐，沒想到吃飽後，她突然臉色一沉，説：「我不會再跟你見面了」，然後轉身就揚長而去了。

「なしに」指沒有「説明」，隨即「直接斷絕聯繫」，突出缺乏溝通的衝突。

📖 文法應用例句

2
連打通電話說一聲都沒有就擅自在外面留宿，家裡怎會不擔心呢！

電話の一本もなしに外泊するなんて、心配するじゃないの。
でんわ　いっぽん　　　　　　がいはく　　　　　　　　しんぱい

★「なしに」表明未「提前告知」情況下，進行「外宿」行為，突顯缺少溝通的不當。

3
沒有聯絡我們就擅自更改了計畫。

我々への連絡なしに、計画が変更されていた。
われわれ　　れんらく　　　　けいかく　へんこう

★「なしに」表示未通知「我方」，直接「更改計劃」，凸顯缺少協調的不當。

4
不與人相處，就無法成長。

人と接することなしに、人間として成長することはできない。
ひと　せっ　　　　　　　　にんげん　　　　　せいちょう

★「ことなしに」意味不與「人互動」，便「無法成長」，強調人際關係對成長的重要性。

5
沒有受過痛苦，就無法嘗到喜悅。

苦しみを知ることなしに、喜びは味わえない。
くる　　　し　　　　　　　よろこ　　あじ

★「ことなしに」意未「經歷苦難」，就會「感受不到快樂」，凸顯苦難對深刻體驗的必要性。

この、ここ～というもの

整整…、整個…來

類義文法

にいたるまで
…至…、直到…

接續方法▶ この、ここ＋{期間・時間}＋というもの

【強調期間】 前接期間、時間等表示最近一段時間的詞語，表示時間很長，「這段期間一直…」的意思。說話人對前接的時間，帶有感情地表示很長。後項的狀態一般偏向消極的，是跟以前不同的、不正常的。

意思 ～という長い間／～の間、ずっと～

類語 ～の間、ずっと～

時間起點　時間範圍　期間強調　　　　　　　　經歷描述

例1 ここ数週間というもの、休日もひたすら仕事に追われていました。

最近連續幾星期的假日都在加班工作。

唉！工作堆積如山，已經好幾個星期六、日都沒休息了，鬱悶啊～。

「ここ～というもの」指「數週間來」一直「假日加班」，凸顯長期連續的勞碌。

☞ 文法應用例句

2　這10年來，我一直忍耐著丈夫的鼾聲。

この10年間というもの、私は夫のいびりに耐えてきた。

★「この～というもの」表長期「10年間」，持續經歷了「忍受丈夫的虐待」。強調長期持續忍耐。

3　這兩年以來，我沒有一天不思念她。

この2年間というもの、彼女のことを思わない日は1日もなかった。

★「この～というもの」表「兩年來」始終「思念她」，強調持久的深情。

4　這幾天連續失眠，在公司裡也睏意襲人。

ここ数日というもの、睡眠不足で会社でも眠気が襲ってくる。

★「ここ～というもの」意味「數日來」連續面對「睡眠不足」，顯長期缺乏休息。

5　我覺得我這一個禮拜，都沒有吃到像樣的3餐。

ここ1週間というもの、ろくなものを食べていない気がします。

★「ここ～というもの」指出「一週間來」總是「飲食不規律」，反映生活長期失衡。

（さ）せられる

不禁…、不由得…

接續方法▶｛動詞使役被動形｝＋（さ）せられる

【強調感情】表示說話者受到了外在的刺激，自然地有了某種感觸。

主體對象　　　思考活動　引發感觸
　↓　　　　　　↓　　　　　↓

例1 **この本には、考え させられた。**
ほん　　　　　かんが

這本書不禁讓我思考了許多。

太宰治的「人間失格」不愧是名作，我看著看著，越來越有感觸和想法。

「させられる」透過「閱讀此書」，不自覺地激發「深層思考」。彰顯被動的思緒啟迪。

☞ 文法應用例句

2
看到雄壯的景色，不禁讓我感受到大自然的偉大。

壯闊的　　　　　　　　　　　　雄偉
雄大な 景色を 見て、自然の 偉大さを 感じさせられた。
ゆうだい　けしき　み　　しぜん　いだい　　かん

★「させられる」表達觀看「壯麗景色」後，不由自主地感受到「自然的偉大」。突顯被動的情感體驗。

3
她的歌令人感動。

　　　　　　　　　動容
彼女の歌には、感動させられた。
かのじょ　うた　　かんどう

★「させられる」指聆聽「她的歌聲」時，情不自禁被「感動」所觸動。顯示被動的情感衝擊。

4
不得不佩服大貫同學認真讀書的樣子。

　　　　　　　　　　　　　　　　欽佩
大貫さんの真面目な 勉強ぶりには感心させられる。
おおぬき　　まじめ　べんきょう　　かんしん

★「させられる」形容見到「大貫認真學習」，不禁生出「敬佩」之情。突出被動的感情反應。

5
這是一部令人思索生命意義的傑出動畫。

　　　　　　　價值　　　　　優秀　動漫
これは、生きることの意味を考えさせられる優れたアニメです。
　　い　　　　　いみ　かんが　　すぐ

★「させられる」描述「這部動畫」觀後，自然引發「生命意義思索」。反映被動的思考觸發。

しまつだ

（結果）竟然…、落到…的結果

接續方法▸｛動詞辭書形；この／その／あの｝＋始末だ

1 **【結果】**表示經過一個壞的情況，最後落得一個不理想的、更壞的結果。前句一般是敘述事情發生的情況，後句帶有譴責意味地，對結果竟然發展到這樣的地步的無計畫性，表示詫異。有時候不必翻譯，如例（1）～（4）。

2 〖**この始末だ**〗固定的慣用表現「この始末だ／淪落到這般地步」，對結果竟是這樣，表示詫異。後項多和「とうとう、最後は」等詞呼應使用，如例（5）。

意思 ～という悪い結果になる
類語 ～有様だ／～という悪い結果になった

事件起因　　　　　　　擴大影響　　　　　結果表達
↓　　　　　　　　　　　↓　　　　　　　　↓

例1 社長の脱税が発覚し、会社まで警察の捜査を受ける しまつだ。

總經理被查到逃稅，落得甚至有警察來公司搜索的下場。

> 上班時發現好多稅務刑警站在公司外，一問之下才知道總經理竟然逃漏稅！現在東窗事發，稅務刑警找上門來了！

> 「しまつだ」用於突出「警察搜索公司的慘淡結局」，顯示事態的嚴重性。

☞ 文法應用例句

2 他成天到晚只曉得喝酒，到最後甚至到了向太太動粗的地步。

酒ばかり飲んで、あげくの果ては奥さんに暴力をふるうしまつだ。

★「しまつだ」用來強調事件發展至「施暴行為」的悲慘結局，凸顯行為的嚴重性。

3 說起我家的女兒呀，只顧著埋首工作，到頭來落得遲遲嫁不出去的老姑娘的下場。

うちの娘ときたら、仕事ばっかりして行き遅れるしまつだ。

★「しまつだ」強調「大齡未嫁」的困境，凸顯專注工作的後果。

4 在欠下多筆債務後，落得躲債逃亡的下場。

借金を重ねたあげく、夜逃げするしまつだ。

★「しまつだ」描述「躲債夜逃」的悲慘結果，彰顯債務累積的絕望。

5 就是因為未經仔細思考就輕易投資，（最後）才會落得如此下場。

良く考えずに投資なんかに手を出すから、（最後は）このしまつだ。

★「しまつだ」展現「投資失敗」的悲慘結局，顯示未經思考行動的代價。

じゃあるまいし、ではあるまいし

又不是…

類義文法
じゃあるまいか
是不是…啊

接続方法▶ {名詞；[動詞辭書形・動詞た形] わけ}＋じゃあるまいし、ではあるまいし

1【主張】表示由於並非前項，所以理所當然為後項。前項常是極端的例子，用以說明後項的主張、判斷、忠告。多用在打消對方的不安，跟對方說你想太多了，你的想法太奇怪了等情況。帶有斥責、諷刺的語感。

2〖口語表現〗説法雖然古老，但卻是口語的表現方式，不用在正式的文章上。

意思 〜ではないのだから、当然

比喻對象 　　　非現實指出 　　　否定疑問
　　↓　　　　　　　　　↓　　　　　　　　　　↓

例1 テレビドラマや映画 じゃあるまいし、そんなことがあってたまるか。

又不是電視劇還是電影，怎麼可能會有那樣的事。

你説你昨天晚上見到外星人了！？太誇張了吧！我才不相信呢！

「じゃあるまいし」用以否定「非劇情發展」，表明「這種事不會發生」，凸顯現實與劇情的差異。

👉 文法應用例句

2
又不是神明，哪知道什麼時候會有大地震。

神様ではあるまいし、いつ大きな地震が起こるかなんて分かるわけがありません。
かみさま　　　　　　　　　　　　　　　おお　じしん　お　　　　　　　　　　わ

★「ではあるまいし」表示否定具超能力特質「不是神明」，「無法預知」地震發生時間，強調人的能力有限。

3
又不是到了世界末日，不必那麼悲觀。

世界の終わりではあるまいし、そんなに悲観する必要はない。
せかい　お　　　　　　　　　　　　　　ひかん　　ひつよう

★「ではあるまいし」否定「非世界末日」的極端，指出「不需過度悲觀」，強調情緒反應的誇張。

4
又不是小孩，這應該懂吧！

子どもじゃあるまいし、これぐらい分かるでしょ。
こ　　　　　　　　　　　　　　　　　わ

★「じゃあるまいし」意味著「不是小孩子」，用以批判「應該懂得」的事情，諷刺知識不足。

5
又不是去南極，用不著帶那麼厚的大衣去吧？

南極に行くわけではあるまいし、そんな厚いオーバー持って行かなくてもいいでしょう。
なんきょく　い　　　　　　　　　　　　　　あつ　　　　　　も　　　い

★「ではあるまいし」用於否定「非前往南極」的情境，表示「不必攜帶厚重大衣」，凸顯衣物選擇的不當。

ずくめ
清一色、全都是、淨是…

接續方法▶{名詞}＋ずくめ

【樣態】前接名詞，表示全都是這些東西、毫不例外的意思。可以用在顏色、物品等；另外，也表示事情接二連三地發生之意。前面接的名詞通常都是固定的慣用表現，例如會用「黒ずくめ」，但不會用「赤ずくめ」。

意思 すべて〜一色

類語 全部である／ばかり

正面事件　全部都是　時間段
　　↓　　　　↓　　　　↓

例1 嬉しいこと ずくめの 1ヶ月だった。

這一整個月淨是遇到令人高興的事。

哇！加薪耶！最近好事連連！上週還跟暗戀許久的他交往了！真是喜上加喜！

「ずくめ」表「一個月內」全是「令人開心的事」，強調連續的快樂事件。

☞ 文法應用例句

2　那完全是創下氣象觀測史上梅雨季最短、高溫最多紀錄的一個夏天。

観測史上もっとも短い梅雨、もっとも多い真夏日など、記録ずくめの夏だった。
かんそくしじょう　　みじか　つゆ　　　　おお　まなつび　　　　きろく　　　　　なつ

★「ずくめ」表示夏天充滿了「各種極端的氣象紀錄」，強調紀錄的連續性和特殊性。

3　今天參加的結婚典禮，桌上全都是佳餚。

今日の結婚式はごちそうずくめだった。
きょう　けっこんしき

★「ずくめ」形容「豐盛佳餚」佈滿桌面，突出菜餚的豐富和精緻品味。

4　這次的人事安排完全是特例。

今回の人事は異例ずくめだった。
こんかい　じんじ　いれい

★「ずくめ」用於形容「人事安排」充滿「稀有特例」，凸顯其獨特和罕見。

5　自以為打扮得很漂亮，卻因為穿得一身黑，被人說像去參加葬禮。

おしゃれしたつもりだったのに、黒ずくめでお葬式みたいと言われた。
　　　　　　　　　　　　　　　くろ　　　　そうしき　　　　い

★「ずくめ」指「全身黑色」裝扮，暗示服裝風格的單一和同質。

ずじまいで、ずじまいだ、ずじまいの

（結果）沒…（的）、沒能…（的）、沒…成（的）

接續方法 ▶ {動詞否定形（去ない）}＋ずじまいで、ずじまいだ、ずじまいの＋{名詞}

1【結果】表示某一意圖，由於某些因素，沒能做成，而時間就這樣過去了，最後沒能實現，無果而終。常含有相當惋惜、失望、後悔的語氣。多跟「結局、とうとう」一起使用。使用「ずじまいの」時，後面要接名詞。

2〖せずじまい〗請注意前接サ行變格動詞時，要用「せずじまい」。例如：「デザインはよかったが、妥協せずじまいだった／設計雖然很好，但最終沒能得到彼此認同。」

意思 ～しないままで終わる

類語 ～ないで～終わってしまった

努力行動 → 　　　最終結果 → 　　　未解結果 →

例1 **いなくなったペットを懸命に探したが、結局、その行方は分からずじまいだった。**

雖然拚命尋找失蹤的寵物，最後仍然不知牠的去向。

有沒有看到我家小白啊？

「ずじまいだ」指「尋找寵物」的努力，最終「無果而終」，凸顯未達成的失落。

☞ **文法應用例句**

2 到最後，還是沒能聽完她的說法。

結局、彼女の話は聞けずじまいだった。

★「ずじまいだ」表某一意圖「聽她的說法」，最終未能聽完，強調事情未達成的遺憾。

3 難得的連續休假，我卻哪裡也沒去，一直待在家裡。

せっかくの連休だったのに、どこにも出かけずじまいで家にいました。

★「ずじまいで」表原本「計劃外出」，最終「未實現」，反映期待落空的失落。

4 收到的高級餐具到現在都還沒拿出來用。

いただき物の立派な食器が使わずじまいになっている。

★「ずじまい」用以表示「打算使用食器」，但終究「未動用」，突出未能充分利用的可惜。

5 我家收著不少沒有寄出去的賀年卡。

うちには出さずじまいの年賀状がけっこうある。

★「ずじまいの」描述「準備寄出年賀卡」，卻「未寄出」，凸顯未能適時行動的惋惜。

ずにはおかない、ないではおかない

類義文法

ずにはいられない
不得不…

1. 不能不…；2. 必須…、一定要…、勢必…

接續方法▶{動詞否定形（去ない）}＋ずにはおかない、ないではおかない

1【感情】前接心理、感情等動詞，表示由於外部的強力，使得某種行為，沒辦法靠自己的意志控制，自然而然地就發生了，所以前面常接使役形的表現，如例 (1)、(2)。請注意前接サ行變格動詞時，要用「せずにはおかない」。

2【強制】當前面接的是表示動作的動詞時，則有主動、積極的「不做到某事絕不罷休、後項必定成立」語感，語含個人的決心、意志，具有強制性地，使對方陷入某狀態的語感，如例 (3) ～ (5)。

意思 必ず〜してやる／必ず〜させてしまう
類語 必ず〜する／絶対に〜する

行為原因　　　　　　影響結果　　　　　　必然發生

例1 <u>首相の度重なる失言</u>は、<u>国民を落胆させ</u>ずにはおかないだろう。

首相一次又一次的失言，教民眾怎會不失望呢？

> 首相最近的失言風波引發譁然，這樣怎麼能讓人相信他呢？

> 「ずにはおかない」暗示首相的失言「必致民眾失望」，突顯其影響不容小覷。

☞ 文法應用例句

2
讀這部小說的人沒有一個不哭的。

この小説は、読む人を泣かせずにはおかない。

★「ずにはおかない」表示這本小說必定會讓「讀者感動落淚」，強調無法不被情感所觸動。

3
上週末的約會如何？我可不許你不從實招來喔！

週末のデート、どうだった。白状させないではおかないよ。

★「ないではおかない」顯示決心讓對方「坦白一切」，表現追問的堅決。

4
必須採取制裁措施。

制裁措置を発動しないではおかない。

★「ないではおかない」指出將必須採取「制裁措施」，強調行動的決斷性和必要性。

5
遺族應該無法不追求真相吧。

遺族は真相を追求しないではおかないだろう。

★「ないではおかない」反映遺族「堅決追求真相」的堅定心態，凸顯堅定且強烈的意志。

すら、ですら

1. 就連…都、甚至連…都；2. 連…都不…

類義文法

さえ
只要（就）…

接續方法▶ {名詞（＋助詞）；動詞て形}＋すら、ですら

1【強調】舉出一個極端的例子，強調連他（它）都這樣了，別的就更不用提了。有導致消極結果的傾向。可以省略「すら」前面的助詞「で」，「で」用來提示主語，強調前面的內容。和「さえ」用法相同。

2〔すら〜ない〕用「すら〜ない」（連…都不…）是舉出一個極端的例子，來強調「不能…」的意思。

意思 〜すら
類語 〜すら／〜ても／〜も

主體能力　　　比較對象　　　連包括　　　　困難程度
　↓　　　　　　↓　　　　　　↓　　　　　　　↓
例1 まだ高校生だが、彼の投球はプロの選手ですらなかなか打てない。

雖然還只是高中生，但是他投出的球連職業選手都很難打中。

咻！一好球！真不愧是傳說中的天才棒球高中生！他投出的球變化多端、幅度刁鑽，連職業選手都很難打中。

「ですら」用以表明連「頂尖的專業選手」都難以擊中他的球，凸顯他的技術高超。

☞ 文法應用例句

2　就連高齡80的祖母也有手機。

80になる祖母ですら、携帯電話を持っている。

★「ですら」表示即使是最不可能的「年紀大的祖母」也擁有手機，強調現代科技的普及程度。

3　連敦厚的他，都露出憤怒的神情來了。

温厚な彼ですら怒りをあらわにした。

★「ですら」指出連平日溫和的他「也忍不住發怒」，顯示情況的嚴重性。

4　那地方是連一隻蟲、一根草都看不到的嚴苛環境。

そこは、虫1匹、草1本すら見られないほどの厳しい環境だ。

★「すら」用於描述連「蟲草」都罕見的地方，突出環境的荒蕪和嚴酷。

5　連讓我發言的機會也沒有。

発言するチャンスすら得られなかった。

★「すら」表示連最基本的「發言機會」也未得到，凸顯場合對發言者的極端不公。

そばから
才剛…就…、隨…隨…

類義文法

とたんに
剛…就…

接續方法▶ {動詞辭書形；動詞た形；動詞ている}＋そばから

【時間的前後】表示前項剛做完，其結果或效果馬上被後項抹殺或抵銷。用在同一情況下，不斷重複同一事物，且説話人含有詫異的語感。大多用在不喜歡的事情。前項多為「動詞ている」的接續形式。

意思 ～ても、すぐ～

類語 ～するすぐあとから／～たと思ったらすぐに～

學習對象　　記憶行為　就在那時　　　　忘記結果
↓　　　　　　↓　　　　↓　　　　　　　　↓
例1 **新しい単語を覚える そばから、忘れていってしまう。**
あたら　たんご　おぼ　　　　　　　　　　わす

新單字才剛背好就忘了。

這次被選中參加「美滿家庭計畫」，挑戰一週內記住1000個單字，我的天啊！

「そばから」用於表「剛記住單詞」就「馬上忘記」，強調記憶的短暫性。

👉 文法應用例句

2　才剛提醒就又犯下相同的錯誤。

注意するそばから、同じ失敗を繰り返す。
ちゅうい　　　　　　　おな　しっぱい　く　かえ

——反覆——

★「そばから」表示剛剛「提醒」之後就「再犯同樣錯誤」，強調了這種迅速的反復。

3　這是最頂級的甜點，剛陳列出來就立刻銷售一空。

並べたそばから売れていく絶品のスイーツなのです。
なら　　　　　　う　　　　　ぜっぴん

——珍品——　——甜品——

★「そばから」描述「剛擺出甜點」就「立即售罄」，突出產品的極高人氣。

4　我才剛收拾好，小孩子就又弄得亂七八糟。

片付けるそばから、子どもが散らかす。
かた づ　　　　　　　こ　　　　　ち

——弄亂——

★「そばから」描繪「剛整理好」就被「孩子弄亂」的循環，反映不斷的反覆現象。

5　我才炸好甜甜圈，孩子就偷吃。

ドーナツを揚げているそばから、子どもがつまみ食いする。
あ　　　　　　　　　こ　　　　　　ぐ

——甜甜圈——　——油炸——　　　　　　　　——用手偷抓來吃——

★「そばから」展示「剛炸好甜點」就「孩子開始偷吃」的情況，凸顯孩子的迅速行動。

ただ〜のみ

只有…才…、只…、唯…

接續方法 ▶ ただ＋{名詞（である）；形容詞辭書形；形容動詞詞幹である；動詞辭書形}＋のみ

【限定】表示限定除此之外，沒有其他。「ただ」跟後面的「のみ」相呼應，有加強語氣的作用，強調「沒有其他」集中一點的狀態。「のみ」是嚴格地限定範圍、程度，是規定性的、具體的。「のみ」是書面用語，意思跟「だけ」相同。

意思 その一つに限定して

類語 ただ〜だけ／ただ〜ばかりでなく

僅僅　　　特定群體　　　僅限於　　　　　經歷了解
↓　　　　　↓　　　　　↓　　　　　　　　↓

例1 ┃ ただ 母となった女性 のみがお産の苦しみを知っている。

只有身為母親的女性才知道生產的辛苦。

岡田太太，妳整整痛了3天，真是辛苦了！多虧妳的努力，這孩子才能平安生下來。

お疲れ様でした。

「ただ〜のみ」專指「僅有當母親者」瞭解分娩之苦，凸顯獨特經歷。

☞ 文法應用例句

2 ┃ 他有的只是對金錢的欲望。

彼にあるのは、ただ金銭欲のみだ。
かれ　　　　　　　　きんせんよく
┌財富欲┐

★「ただ〜のみ」用來強調他僅有的欲望只有「金錢欲」，沒有其他，凸顯了這一限定。

3 ┃ 那種只有苦澀的愛情，我再也不要了。

ただ苦しいのみの恋なんて、もうしたくない。
くる　　　　　こい
┌戀情┐

★「ただ〜のみ」表「只有痛苦」的戀愛，強調感情的單一性。

4 ┃ 部下只能遵從上司的命令。

部下はただ上司の命令に従うのみだ。
ぶか　　　じょうし　めいれい　したが
┌下屬┐　　　　　　　　┌服從┐

★「ただ〜のみ」強調下屬僅需「服從指令」，突出行為的單一性。

5 ┃ 忘掉過去的失敗，只專心於接下來的工作。

失敗したことは忘れて、ただ次の仕事に専念するのみだ。
しっぱい　　　　わす　　　　　　　つぎ　しごと　せんねん
┌全神貫注┐

★「ただ〜のみ」表明需「專注工作」，排除其他干擾，強調專心的重要。

ただ～のみならず

不僅…而且、不只是…也

類義文法

ひとり～だけでなく
不只是…、不單是…

接続方法 ▶ ただ＋{名詞（である）；形容詞辭書形；形容動詞詞幹である；動詞
辭書形}＋のみならず

【非限定】表示不僅只前項這樣，後接的涉及範圍還要更大、還要更廣，前
項和後項的內容大多是互相對照、類似或並立的。後常和「も」相呼應，比「の
みならず」語氣更強。是書面用語。

意思 「ただ～だけでなく～も～」の書き言葉

類語 ただ～だけでなく／ただ～ばかりでなく

主體　　　　　　基本特質　　　　　　不僅如此　　　　　　附加能力

例1 彼はただアイディアがある のみならず、実行力も備えている。

他不僅能想點子，也具有實行能力。

他真是個全能王！

「ただ～のみならず」表示他不僅擁有
「創意」，還具備「執行力」，彰顯其多
面向的才華。

📖 文法應用例句

2
不只是孩子們的安全而已，也將大人們的安全考量進去了。

ただ子どもの安全のみならず、大人の安全も考慮に入れた。
こ　　　　　あんぜん　　　　　　おとな　　あんぜん　こうりょ　い
〔平安〕〔考慮〕〔納入〕

★「ただ～のみならず」表不僅是「兒童安全」，也考慮更廣泛的「成人安全」，突顯全面性的考慮。

3
寺田寅彦不但是個科學家，也是一位作家。

寺田寅彦は、ただ科学者であるのみならず、文筆家でもある。
てらだ とらひこ　　　　　かがくしゃ　　　　　　　　　　ぶんぴつか
〔科學家〕〔作家〕

★「ただ～のみならず」意味他不僅是「科學家」，還是有才華的「文筆家」，顯示身分的多樣性。

4
這起犯罪的手法不僅大膽，甚至可以說相當高明。

この犯行の手口は、ただ大胆であるのみならず、実に巧妙である。
はんこう　てぐち　　　　　だいたん　　　　　　　じつ　こうみょう
〔犯罪〕〔手段〕〔敢於冒險的〕〔巧妙的〕

★「ただ～のみならず」表明犯罪手法不僅「大膽」，同時也非常「巧妙」，突出犯罪手法的高明。

5
她不僅脾氣好，也善於社交，跟任何人都可以聊得來。

彼女はただ気立てがいいのみならず、社交的で話しやすい。
かのじょ　　きだ　　　　　　　　　　　しゃこうてき　はな
〔性情〕〔擅長社交的〕

★「ただ～のみならず」顯示她不僅「性情溫和」，還非常「善於社交」，突出個性的多元優點。

たところが

…可是…、結果…

類義文法

かとおもいきや
原以為…、誰知道…

接續方法▶ {動詞た形}＋たところが

1【期待－逆接】 表示逆接，後項往往是出乎意料、與期待相反的客觀事實。因為是用來敘述已發生的事實，所以後面要接動詞た形的表現，「然而卻…」的意思。如例 (1) ～ (4)。

2〖順接〗 表示順接。如例 (5)。

意思 ～したが、期待に反して～

類語 ～てみると～だった／～そうであるのに

進行行為 → 　　但是 → 　　意外結果 →

例1 ソファーを購入したところが、ソファーベッドが送られてきました。

買了沙發，廠商卻送成了沙發床。

啊！我訂的是沙發耶，這不是我要的啊！有沒有搞錯～！

「たところが」表本想「購買沙發」，卻意外收到「沙發床」，顯示出乎意料的變化。

☞ 文法應用例句

2 雖然去了沖繩旅行，卻遇上颱風，完全沒辦法觀光遊覽。

沖縄に遊びに行ったところが、台風で全然観光できなかった。

★「たところが」表達本來打算「遊覽沖繩」，但因颱風而未能如願，突顯這種意外情況。

3 本來打算去看病，結果診所休息。

医者に診てもらいに行ったところが、休みだった。

★「たところが」表原計劃「看醫生」，但醫生休診，反映出意外的困境。

4 我打了通電話到家裡，卻都沒有人接。

家に電話をかけたところが、誰も出ませんでした。

★「たところが」表本打算「聯絡家人」，結果無人應答，突顯計劃落空。

5 吃過藥之後，人漸漸舒服多了。

薬を飲んだところ（が）、だんだん楽になった。

★「だところ（が）」表「吃藥後」症狀緩解，凸顯符合預期的治療效果。

たところで〜ない

即使…也不…、雖然…但不、儘管…也不…

接續方法▶ {動詞た形}＋たところで〜ない

【期待】接在動詞た形之後，表示就算做了前項，後項的結果也是與預期相反，是無益的、沒有作用的，或只能達到程度較低的結果，所以句尾也常跟「無駄、無理」等否定意味的詞相呼應。句首也常與「どんなに、何回、いくら、たとえ」相呼應表示強調。後項多為説話人主觀的判斷，不用表示意志或既成事實的句型。

意思 〜ても〜ない

類語 たとえ〜しても

進行行為　即使如此　　　　　　　不確定結果
　　↓　　　↓　　　　　　　　　　↓

例1 <u>応募した</u>ところで、<u>採用されるとは限らない</u>。
おうぼ　　　　　　　　　　さいよう　　　　　　　　かぎ

即使去應徵了，也不保證一定會被錄用。

近幾年景氣不好，工作真難找！

「たところで〜ない」指即便「投遞履歴」，也不保證會獲得聘用，強調結果的不確定性。

☞ 文法應用例句

2

就算再怎麼懊悔，事情也沒辦法挽回了。

どんなに<u>悔</u>やんだところで、もう<u>取り返し</u>がつかない。
　　　　く　　　　　　　　　　　　と　　かえ

悔恨　　　　　　　　　　彌補　獲得

★「だところで〜ない」用於表達無論多麼「後悔」，情況已無法挽回，強調了無法改變的狀況。

3

任憑說了多少次，也是沒用的啦！

<u>何回</u>言ったところで、どうしようもないよ。
なんかい　い

幾次

★「たところで〜ない」用來表示無論「再三告誡」，對方仍然不會理會，突出無效的溝通。

4

就算我再怎麼喜歡他，也沒有辦法讓他了解這份心意。

あの<u>人</u>をどんなに<u>思った</u>ところで、この<u>気持ち</u>は<u>届か</u>ない。
　　ひと　　　　　　おも　　　　　　　　　きも　　　とど

思慕　　　　　　　　　　　　　傳遞

★「たところで〜ない」表達無論「多麼迷戀」，感情也難以傳達，凸顯愛意的無疾而終。

5

就算從現在開始用功讀書，也不可能考得上。

<u>今</u>から<u>勉強した</u>ところで、<u>受かる</u>はずもない。
いま　　べんきょう　　　　　　　う

考取

★「たところで〜ない」表示「現在開始學習」也無法確保通過，突出時機已失的無奈。

だに

1. 一…就…、只要…就…、光…就…；2. 連…也（不）…

接續方法 ▶ {名詞；動詞辭書形}＋だに

1【強調程度】 前接「考える、想像する、思う、聞く、思い出す」等心態動詞時，則表示光只是做一下前面的心理活動，就會出現後面的狀態了，如例 (1) ～ (3)。有時表示消極的感情，這時後面多為「ない」或「怖い、つらい」等表示消極的感情詞。

2【強調極限】 前接名詞時，舉一個極端的例子，表示「就連…也（不）…」的意思，如例 (4)、(5)。

意思 ～だけでも／～すら／～さえ

類語 ～さえ

| 回憶對象 | 回想動作 | 僅僅是 | 自然反應 |
| ↓ | ↓ | ↓ | ↓ |

例1 **あの日のことは、思い出す だに 笑みがこぼれる。**

那天發生的事，一想起來就噗嗤發笑。

> 大家在過年相聚，並一起聊到有趣的往事。講到那件趣事，大家就忍不住噗嗤一聲笑了出來。

> 「だに」用來表達對於「那日往事」，僅是「憶及」便會莞爾，凸顯其愉快的回憶程度。

☞ 文法應用例句

2 連想都沒有想過，日檢N1級居然這麼難。

まさかＮ１がこんなに難しいとは、予想だにしなかった。
　　　　　　　　　　　　むずか　　　　　　　　よそう（預測）

★「だに」表達對「N1 考試的困難度」，連「預想」都未曾有，強調了出乎意料之外的情況。

3 只要一想像發生地震的慘狀就令人不寒而慄。

地震のことなど考えるだに恐ろしい。
じしん　　　　　かんが　　　おそ（令人恐懼的）

★「だに」表示對於「地震」，單是「想到」就令人心生恐懼，強調地震的可怕程度。

4 即便我大聲叫喚，他卻連看也不看一眼。

私が大声で叫んでも、彼は一べつだにしなかった。
わたし　おおごえ　さけ　　　かれ　いち（瞥・高聲）

★「だに」用於描述對「我的呼喊」，他甚至「一瞥」都未賜予，強調他的極端漠然。

5 忠烈祠的衛兵一動也不動地整整站了一個小時。

忠烈祠の衛兵は、１時間微動だにせず立ち続ける。
ちゅうれつし　えいへい　　　じかんびどう　　　た　つづ（殉國烈士館・憲兵・微小動作）

★「だに」指出衛兵一小時「連最輕微的動作」也不做，凸顯其嚴格的紀律。

だの〜だの
又是…又是…、一下…一下…、…啦…啦

類義文法
なり〜なり
或是…或是

接續方法▶ {[名詞・形容動詞詞幹]（だった）;[形容詞・動詞]普通形＋だの〜{[名詞・形容動詞詞幹]（だった）;[形容詞・動詞]普通形＋だの

【列舉】列舉用法，在眾多事物中選出幾個具有代表性的。多半帶有負面的語氣，常用在抱怨事物總是那麼囉唆嘮叨的叫人討厭。是口語用法。

類語 〜とか〜とか

時間背景　　　　　　　列舉活動　　　　　　　結果狀態
　↓　　　　　　　　　　↓　　　　　　　　　　↓
例1 毎年年末は、大掃除だのお歳暮選びだので 忙しい。
　　まいとしねんまつ　　おおそうじ　　　せいぼえら　　　　いそが
每年年尾又是大掃除又是挑選年終禮品，十分忙碌。

啊〜忙死了〜每到年尾就有一堆事情要做！

「だの〜だの」用於羅列「大掃除」及「選購禮物」等年終繁忙事宜，突出繁忙活動。

👉 文法應用例句

2　又是房貸又是小孩的學費，不管再怎麼工作就是存不了錢。

　┌─住宅貸款┐　　　　　　┌─學費┐
住宅ローンだの子どもの学費だので、いくら働いてもお金がたまらない。
じゅうたく　　　こ　がくひ　　　　　　　　はたら　　　　　　かね

★「だの〜だの」用來列舉代表性「房貸」與「孩子學費」等，為經濟壓力之原因，突顯了多種支出。

3　我家的小孩偏食，吃東西挑三揀四的，不知道該怎麼辦才好。

　　　　　　　　　　　　　　　　　　　　　┌─挑食┐
うちの子は、あれが好きだのこれが嫌いだのと、偏食で困る。
　　　こ　　　　　　　す　　　　　　きら　　　　　へんしょく　こま

★「だの〜だの」列出孩子「喜好」與「厭惡」的種種，形容偏食的煩惱，凸顯孩子的挑食。

4　我媽媽老是要我用功唸書啦幫忙做家事啦，真是囉嗦得不得了。

　　　　　　　　　　　　　　　　　　　┌─協助┐
私の母はいつも、もっと勉強しろだの家の手伝いをしろだのと、うるさくてたまらない。
わたし　はは　　　　　　　べんきょう　　いえ　てつだ

★「だの〜だの」羅列「多讀書」及「幫忙家務」等母親的嘮叨，凸顯家庭責任的壓力。

5　姐姐一下子想當明星、一下子想要創業，老是痴人說夢。

　　　　　　　　┌─明星┐　┌─開設公司┐
お姉ちゃんは、スターになるだの起業するだのと、夢みたいなことばかり言っている。
　ねえ　　　　　　　　　　　　きぎょう　　　　　ゆめ　　　　　　　　　　い

★「だの〜だの」用於列出「成為明星」或「創業」等夢想，展現宏大抱負的非凡想象。

たらきりがない、ときりがない、ばきりがない、てもきりがない

沒完沒了

類義文法

たきり〜ない
—…就…（再沒有…）

接續方法▶ {動詞た形}＋たらきりがない；{動詞て形}＋てもきりがない；{動詞辭書形}＋ときりがない；{動詞假定形}＋ばきりがない

【無限度】前接動詞，表示是如果做前項的動作，會永無止盡，沒有限度、沒有結束的時候。

　　　主題對象　　　努力動作　　　　　無止境
　　　　↓　　　　　　↓　　　　　　　　↓
例1〉 **家事は、いくらやっ てもきりがない。**

家事怎麼做也做不完。

洗衣服、曬衣服、煮飯、洗碗、掃地、擦地…天啊！家庭主婦真的很辛苦呢，這麼多家事，怎麼做都做不完啦！

「てもきりがない」用來形容「家務瑣事」的連綿不絕，強調繁複任務的持續性。

☞ 文法應用例句

2

雖然想要更好的，但目光放高的話只會沒完沒了，所以還是先這樣忍耐一下吧！

もっといいのが欲しいけど、上を見たらきりがないから、これぐらいで我慢しておこう。
　　　　　　　　　　　　　ほ　　　　うえ　み　　　　　　　　　　　　　　　　　　がまん ［忍受］

★「たらきりがない」表「如果目光放得太高」，則永無止境，強調了不滿足於目前狀況。

3

我家的媽媽一旦生起氣來就沒完沒了。

うちのお母さんは、怒り出すときりがない。
　　　　かあ　　　　おこ　だ ［發飆］

★「ときりがない」表示一旦「母親發怒」，就沒完沒了，凸顯憤怒的延續。

4

在意小事只會沒完沒了，所以還是不要太拘泥吧！

細かいことを気にするときりがないから、あまりこだわらないことにしよう。
こま　　　　　　き ［無關緊要的］

★「ときりがない」用於表明「過於關注細節」將無止境，建議不要過度執著。

5

要求太多的話根本就說不完，但至少希望內人煮的菜能再好吃一點，這樣一來她就無可挑剔了。

欲を言えばきりがないが、せめてもう少し料理がうまければ、家内は言うことなしなんだが。
よく　い ［慾望］　　　　　　すこ　りょうり　　　　　　　かない　い ［我太太］ ［起碼］

★「ばきりがない」用來說明「貪心無盡」，應知足常樂，突出應適時知足。

たりとも〜ない

那怕…也不（可）…、就是…也不（可）…

接續方法▶ {名詞}＋たりとも、たりとも〜ない；{數量詞}＋たりとも〜ない

1【強調輕重】 前接「一＋助數詞」的形式，舉出最低限度的事物，表示最低數量的數量詞，強調最低數量也不能允許，或不允許有絲毫的例外，如例（1）〜（4），是一種強調性的全盤否定的説法，所以後面多接否定的表現。書面用語。也用在演講、會議等場合。

2〖何人たりとも〗「何人たりとも」為慣用表現，表示「不管是誰都…」，如例（5）。

意思 〜であっても〜ない

類語 たとえ〜であっても／〜でも〜ない

時間單位　絕不例外　偷懶行為　禁止用語
↓　　　　↓　　　　↓　　　↓

例1 一秒 たりとも 手を抜く な。

連一秒鐘都不准鬆懈！

「たりとも〜な」強調在執行任務時，連最短的「一秒」也不能放鬆，凸顯無容錯的嚴格性。

身為企業龍頭的Ａ公司社長，背負所有員工的生計及整體國家社會繁榮之責，真的是每分每秒都得要投入心力不得鬆懈啊！

☞ 文法應用例句

2
國民的血汗稅金，就算是一塊錢也不可以浪費。

国民の血税は、１円たりとも無駄にはできない。
こくみん　けつぜい　　　えん　　　　　む　だ

★「たりとも〜ない」表國民納稅的錢，最低數量「一分錢」也不可浪費，強調了金錢的重要性。

3
您的大恩大德我連一天也不曾忘記。

ご恩は１日たりとも忘れたことはありません。
　おん　　にち　　　　　わす

★「たりとも〜ない」表達對於恩情，最短的「一天」也從未遺忘，反映深刻的感激。

4
合約的內容連一步都不能退讓。

契約内容は、一歩たりとも譲るわけにはいかない。
けいやくないよう　いっぽ　　　　ゆず

★「たりとも〜ない」表示在談判中，最小的「一步」也不退讓，彰顯談判的堅持。

5
無論任何人都不得擅入。

何人たりとも立ち入るべからず。
なんぴと　　　　た　い

★「たりとも〜ず」指出對於禁區，「任何人」都不得越雷池一步，突出嚴禁的界限。

たる（もの）

作為…的…

接續方法▶｛名詞｝＋たる（者）

【評價的觀點】表示斷定或肯定的判斷。前接高評價的事物、高地位的人、國家或社會組織，表示照社會上的常識、認知來看，應該會有合乎這種身分的影響或做法，所以後常和表示義務的「べきだ、なければならない」等相呼應。「たる」給人有莊嚴、慎重、誇張的印象。演講及書面用語。

意思 ～の立場にある者
類語 ～である以上／～の立場にある

主體對象　角色名稱　身分說明　　必要特質　　　　　具備狀態
　↓　　　　↓　　　　↓　　　　　↓　　　　　　　↓

例1 彼はリーダー たる者に求められる素質を備えている。

他擁有身為領導者應當具備的特質。

> 山田同學自從擔任學生會長以來，便充分展現出領袖長才。他的領導者風範，令身邊的人都十分樂意跟他合作。

> 「たる者」指他具備「領導者」應有的「品質」，突顯其作為領袖的資質。

☞ 文法應用例句

2

身為男子漢，面臨這種時刻怎麼可以退縮不前呢？

┌作為男人┐　　　　　　　　　　┌撤退┐
男たる者、こんなところで引き下がれるか。
おとこ　もの　　　　　　　　　　ひ　さ

★「たる者」表示高評價人物「作為男性」，應有態度「不可就此退縮」，強調男性的堅毅果敢。

3

作為一個企業的經營人，需要有正確的判斷力。

┌公司┐┌管理人┐　　　　　┌準確的┐　　　　┌要求┐
企業経営者たる者には的確な判断力が求められる。
き ぎょうけいえいしゃ　もの　　てきかく　はんだんりょく　もと

★「たる者」表「企業經營者」需具「精準判斷力」，強調管理者的智慧與洞察。

4

身為元首，應該將國民的幸福視為最優先的考量。

┌領袖┐　　　　　　　　┌福祉┐
元首たる者は、国民の幸福を第一に考えるべきだ。
げんしゅ　もの　　こくみん　こうふく　だいいち　かんが

★「たる者」意指「國家元首」需秉持「民眾福祉優先」的原則，凸顯領導者的責任感。

5

具有高度的專業意識，正是專家之所以是專家的原因所在。

┌專業精神┐
プロ意識の高さこそ、プロのプロたるゆえんだ。
いしき　たか

★「たる」描述「專業人士」需有「高度的專業」意識，強調專業人士的標準。

つ～つ

（表動作交替進行）一邊…一邊…、時而…時而…

接續方法▶〔動詞ます形〕＋つ＋〔動詞ます形〕＋つ

1【反覆】表示同一主體，在進行前項動作時，交替進行後項對等的動作。用同一動詞的主動態跟被動態，如「抜く、抜かれる」這種重複的形式，表示兩方相互之間的動作，如例（1）、（2）。

2〖接兩對立動詞〗可以用「浮く（漂浮）、沈む（下沈）」兩個意思對立的動詞，表示兩種動作的交替進行，如例（3）～（5）。書面用語。多作為慣用句來使用。

意思 交互に何かをする様

主題	超越行為	動作交替	被超越	動作交替（再次）
↓	↓	↓	↓	↓

例1 二人の成績は、抜きつ抜かれつだ。

兩人的成績根本不分上下。

> 那兩位拳擊手的比賽真是太精彩了！兩人實力相當，沒有多餘的動作，打得可歌可泣，讓觀賽者看得直呼過癮！

> 「つ～つ」用於描述兩人成績「此起彼伏」的競爭，強調激烈的角逐。

☞ 文法應用例句

2 這部電影最精彩的部分是主角和壞人相互追逐的動作鏡頭。

この映画は、ヒーロー（英雄）と悪役（反派角色）の追いつ追われつのアクションシーン（格鬥）（場景）が見どころだ。

★「つ～つ」用來描述電影中英雄與反派人物相互「追逐」的精彩場面，突顯了這個情節的吸引力。

3 掉到了河裡的手帕，載浮載沉地隨著流水漂走了。

川に落としたハンカチ（手帕）は、浮きつ沈みつ（沉沒）流れて行ってしまった。

★「つ～つ」描繪手帕在水中「忽浮忽沉」的狀態，顯示其動態的變化。

4 一手拿著地圖，在路上來來回回走的時候，忽然有人問了一聲「您在找什麼地方呢？」。

地図を片手（一隻手）に道を行きつ戻りつ（返回）していると、「どちらをお探しですか。」と声をかけられた。

★「つ～つ」表達迷路時「來回徘徊」的情景，突出尋路的不確定性。

5 月亮在雲隙間忽隱又現。

雲間（雲層間）に月が見えつ隠れつ（隱藏）している。

★「つ～つ」描繪月亮在雲層中「顯隱交替」的情形，凸顯其變化多端的美感。

であれ、であろうと

即使是…也…、無論…都…

接續方法 ▶ {名詞}＋であれ、であろうと

1【無關】逆接條件表現。表示不管前項是什麼情況，後項的事態都還是一樣。後項多為說話人主觀的判斷或推測的內容。前面有時接「たとえ、どんな、何（なに／なん）」。

2〔極端例子〕也可以在前項舉出一個極端例子，表達即使再極端的例子，後項的原則也不會因此而改變。

意思 ～でも／であっても

類語 ～であっても

職業名稱　　　即使是　　　　　發生情況
↓　　　　　　↓　　　　　　　↓

例1 たとえアナウンサーであれ、舌が回らないこともある。

即使是新聞播報員，講話也會有打結的時候。

今天主播講話怎麼老吃螺絲，連這麼專業的人都這樣。

「であれ」表達即使「是播報員」，有時也會「語言不暢」，凸顯專業人士的普遍挑戰。

👉 文法應用例句

2 即使貧窮，只要有生活目標也是很幸福的。

たとえ貧乏であれ、何か生きがいがあれば幸せだ。
　　　びんぼう（窮困的）　なに　い　　　　しあわ

★「であれ」用於表示即使「處於貧窮」狀態，都一樣「有生活目標也可感到幸福」。強調了生活目標對幸福的重要。

3 無論基於什麼理由，絕對不容許以暴力相向。

たとえどんな理由であれ、暴力は絶対に許せません。
　即使　　　り ゆう（強橫霸道）ぼうりょく ぜったい ゆる

★「であれ」用以表示無論「任何理由」，「暴力行為」均不可接受，強調暴力無法容忍。

4 不管對方是什麼人，我都一定會獲勝給大家看。

相手が誰であろうと、必ず勝ってみせる。
あいて だれ　　　　　　（絕對）かなら か

★「であろうと」表示不管「對手身分」，都有「堅定獲勝的決心」，顯示自信的堅定。

5 不管多小的孩子，這點事應該懂才對。

いかに幼い子どもであろうと、そのくらいのことは分かるはずだ。
（無論多麼）おさ（年幼的）こ　　　　　　　　　　　　　わ

★「であろうと」指出即使是「年幼兒童」，也應「明白基本事實」，強調理解的基本性。

であれ～であれ

即使是…也…、無論…都、也…也…

接續方法▶ {名詞}＋であれ＋{名詞}＋であれ

【列舉】表示不管哪一種人事物，後項都可以成立。先舉出幾個例子，再指出這些全部都適用之意。列舉的內容大多是互相對照、並立或類似的。

意思 ~でも~でも

類語 ~でも~でも／~だろうが~だろうが

天氣狀況　列舉　另一天氣　列舉（再次）　　　　　結果說明
　↓　　　↓　　　↓　　　↓　　　　　　　　　　　↓

例1 雨であれ、晴れであれ、イベントは予定通り開催される。
あめ　　　　は　　　　　　　　　　　よていどお　かいさい

無論是下雨或晴天，活動仍然照預定舉行。

> 這次的新產品的展示為了因應新春的節慶，無論如何都要按期舉行，即使下雨我們都準備好了棚子了。

> 「であれ～であれ」表示無論「雨天」或「晴天」，活動照常舉行，突出活動的堅持進行。

☞ 文法應用例句

2
無論是小孩還是大人，都一定可以樂在其中。

子どもであれ、大人であれ、間違いなく楽しめる。
こ　　　　おとな　　　　　まちが　　　　たの

─無疑地─

★「であれ～であれ」此處列舉無論是「孩子」還是「成人」都可以享受，突顯了適合所有年齡層。

3
男人也好，女人也好，人生中重要的事都是相同的。

男であれ、女であれ、人として大切なことは同じだ。
おとこ　　おんな　　　ひと　　　たいせつ　　　　おな

─珍貴的─

★「であれ～であれ」表明不分「男女」，人生重要價值觀相同，強調性別不應影響基本原則。

4
肉也好，魚也好，所有葷食都不吃。

肉であれ、魚であれ、動物性のものは食べません。
にく　　　さかな　　　どうぶつせい　　　　た

─動物性的─

★「であれ～であれ」用以指出無論「肉類」或「魚類」均不食用，凸顯嚴格的飲食原則。

5
無論是反對還是贊成，表示意見是很重要的。

反対であれ、賛成であれ、意思表示をすることが大切だ。
はんたい　　　さんせい　　　いしひょうじ　　　　　たいせつ

─反對─　─同意─　─表達意見─

★「であれ～であれ」意味不論「反對」或「贊成」，都應表明立場，強調意見表達的重要性。

てからというもの（は）

自從…以後一直、自從…以來

接續方法 ▸ {動詞て形}＋てからというもの（は）

【前後關係】表示以前項行為或事件為契機，從此以後某事物的狀態、某種行動、思維方式有了很大的變化。說話人敘述時含有感嘆及吃驚之意。用法、意義跟「～てから」大致相同。書面用語。

意思 ～てから、ずっと～

類語 ～してから、ずっと

```
         經歷說明              契機起點                    現狀描述
           ↓                    ↓                          ↓
```

例1 オーストラリアに<u>赴任してからというもの</u>、<u>家族とゆっくり過ごす時間がない</u>。

自從到澳洲赴任以後，就沒有時間好好跟家人相處了。

拍下全世界的美景，呈現在觀眾面前是我的工作，去年公司派我到澳洲拍攝。

「てからというもの」自「赴澳洲」後，生活重大調整「親子時間顯著減少」，突出生活節奏的轉變。

☞ 文法應用例句

2 自從結婚以後，就一直把家計交給內人持掌。

結婚してからというもの、ずっと家計を家内にまかせている。

★「てからというもの」自契機「結婚以來」，大變化「持續交給妻子管理」，強調之後持續情況。

3 自從肝功能惡化以後，他就盡量少喝酒了。

肝臓を悪くしてからというものは、お酒は控えている。

★「てからというもの」從「肝臟問題」起，生活模式顯著改變「積極戒酒」，顯示健康態度的轉變。

4 自從腐敗遭到了揭發，支持率就持續低迷。

腐敗が明るみに出てからというもの、支持率が低下している。

★「てからというもの」從「貪污曝光」那刻，影響深刻轉變「支持率持續走低」，反映了政治形象的滑落。

5 自從進行核爆測試以後，國際社會的反對聲浪益發高漲。

核実験を行ってからというもの、国際社会の反発が高まっている。

★「てからというもの」從「核實驗開始」那一刻，外交環境巨變「國際反彈加劇」，顯示了國際壓力的升級。

てしかるべきだ

應當…、理應…

類義文法
てはあるまいし
又不是…

接續方法 ▶ {[形容詞・動詞] て形}＋てしかるべきだ；{形容動詞詞幹}＋でしかるべきだ

【建議】表示雖然目前的狀態不是這樣，但那樣做是恰當的、應當的。也就是用適當的方法來解決事情。一般用來表示說話人針對現況而提出的建議、主張。

意思 ～するのが当然である

類語 ～するのが当然だ

對象描述　　　　　　　　　　行動建議　　　　　　　　　　應當如此
↓　　　　　　　　　　　　　↓　　　　　　　　　　　　　↓

例1 所得が低い人には、税金の負担を軽くするなどの措置がとられてしかるべきだ。

應該實施減輕所得較低者之稅賦的措施。

景氣差，工作不好找，窮人真的越來越窮了！為了幫助窮人、弱勢族群，你有什麼看法呢？

「てしかるべきだ」表示對「低收入者」，「降低稅負」是合適的舉措，強調稅制公正性。

☞ 文法應用例句

2

如果是這種程度的品質，應該要更便宜才對。

この程度（ていど）の品質（ひんしつ）なら、もっと安（やす）くてしかるべきだ。

★「てしかるべきだ」表以「該品質的商品」狀態，應該「更便宜」，突顯降低價格合理性。

3

我無法接受這項判決！刑責應該要更重才對。

この判決（はんけつ）は納得（なっとく）できない。処罰（しょばつ）はもっと重（おも）くてしかるべきだ。

★「てしかるべきだ」表達對「這判決」的不滿，認為應該「更嚴格」，突出刑罰與罪行的不符。

4

結不結婚應該是個人的自由。

結婚（けっこん）するしないは本人（ほんにん）の自由（じゆう）で（あって）しかるべきだ。

★「てしかるべきだ」主張「婚姻選擇」應是「個人自由」，強調個人選擇的權利。

5

學生就該用功讀書。

学生（がくせい）は勉強（べんきょう）してしかるべきだ。

★「てしかるべきだ」強調「學生」的本分應是「專心學習」，凸顯學生的學習責任。

てすむ、ないですむ、ずにすむ

1. 不…也行、用不著…；2.…就行了、…就可以解決

類義文法
てかまわない
即使…也沒關係、…也行

1【不必要】{動詞否定形}＋ないですむ；{動詞否定形（去ない）}＋ずにすむ。表示不這樣做，也可以解決問題，或避免了原本預測會發生的不好的事情。如例(1)、(2)。

2【了結】{名詞で；形容詞て形；動詞て形}＋てすむ。表示以某種方式，某種程度就可以，不需要很麻煩，就可以解決問題了。如例(3)～(5)。

意思 ～以下に解決される／～しなくてもいい

類語 ～ばいい／～なくてもいい

事件起因　　　　　　　　受益者　未發生行為　避免結果

例1 <u>友達が、余っていたコンサートの券を1枚くれた。それで、私は券を買わずにすんだ。</u>

朋友給了我一張多出來的演唱會的入場券，我才得以不用買入場券。

這是朋友送我的演唱會入場券！羨慕吧！

「ずに済む」表因友贈「演唱會券」，免去了「購票」的需要，凸顯省事的便利性。

☞ 文法應用例句

2　由於圖書館距離家裡很近，根本不必買書。

図書館が家の近くにあるので、本を買わないで済みます。
としょかん　いえ　ちか　　　　　　　ほん　か　　　　　す

★「ないで済む」表示因圖書館近在咫尺，無需「購買書籍」即可「閱讀」，強調了省去購買的方便。

3　公司有提供宿舍，所以房租不用花太多錢。

会社には寮があるので、家賃は安くて済みます。
かいしゃ　　りょう　　　　　　　　やちん　やす　す

★「て済む」意味有公司宿舍，只需「低房租」就能「居住」，突出居住成本的降低。

4　這件事可不是一笑置之就算了。

これは笑って済む問題ではない。
わら　　す　もんだい

★「て済む」強調此事非同小可，不是「一笑置之」就能「解決」，凸顯事態的嚴重性。

5　如果道歉就能解決事情，那就不需要警察跟法院了。

謝って済むなら警察も裁判所もいらない。
あやま　す　　　けいさつ　さいばんしょ

★「て済む」表此事嚴重，非單靠「道歉」就能「解決」，強調法律干預的必要。

でなくてなんだろう

難道不是…嗎、不是…又是什麼呢

接續方法▶ {名詞}＋でなくてなんだろう

【強調主張】用一個抽象名詞，帶著感嘆、發怒、感動的感情色彩述說「這個就可以叫做…」的表達方式。這個句型是用反問「這不是…是什麼」的方式，來強調出「這正是所謂的…」的語感。常見於小説、隨筆之類的文章中。含有説話人主觀的感受。

意思 正にこれこそ～だ

類語 ～のほかのものではない、これこそ～そのものである

不正行為　　　強調用語　　　負面評價　　　強調疑問
　↓　　　　　↓　　　　　↓　　　　　↓

例1 賞味期限を書き換えるなんて、悪徳商法でなくてなんだろう。

居然更改食用期限，如果這不叫造假，什麼叫做造假呢？

黒心食品！竟然擅改商品上的食用截止日期。

「でなくてなんだろう」表達「篡改保質期」，就是典型的「不良商業手段」，突出行為的不道德。

☞ 文法應用例句

2
兩人在相遇的剎那就墜入愛河了。如果這不是命中注定，又該說是什麼呢？

二人は出会った瞬間、恋に落ちた。これが運命でなくてなんだろう。

★「でなくてなんだろう」表達二人相遇並迅速墜入愛河，這就是所謂「命中注定」，強調了這種情感的特別。

3
假如這不叫背叛恩人，那又叫做什麼呢？

これが恩人に対する裏切りでなくてなんだろう。

★「でなくてなんだろう」表示此舉正是「對恩人的背叛」，凸顯行為的嚴重背信。

4
居然帶著一身醉意出席記者會，如果這不叫失態，什麼叫失態呢？

酔っぱらって会見に臨むなんて、失態でなくてなんだろう。

★「でなくてなんだろう」指出醉酒出席記者會正是「嚴重失態」，強調其不適當行為。

5
這難道不就是所謂的幸福嗎？

これが幸せでなくてなんだろう。

★「でなくてなんだろう」用於描述這就是「真正的幸福」，突出對當前情況的極度滿意。

てはかなわない、てはたまらない

…得受不了、…得要命、…得吃不消

類義文法

てたまらない
（的話）可受不了

接續方法▶ {形容詞て形；動詞て形}＋てはかなわない、てはたまらない

【強調心情】表示負擔過重，無法應付。如果按照這樣的狀況下去不堪忍耐、不能忍受。是一種動作主體主觀上無法忍受的表現方法。用「かなわない」有讓人很苦惱的意思。常跟「こう、こんなに」一起使用。口語用「ちゃかなわない、ちゃたまらない」。

意思 〜たら、とてもがまんできない／〜のはいやだ、困る

類語 〜てたえられない

重複對象　頻度指示　被動經歷　不滿表達
↓　　　　　↓　　　　↓　　　　↓

例1 面白いと言われたからといって、同じ冗談を何度も聞かされちゃかなわない。

雖說他說的笑話很有趣，可是重複聽了好幾次實在讓人受不了。

常聽笑話可以長命百歲，但同一個笑話講那麼多次，我聽不下去了啦！

「ちゃかなわない」用以表達「反覆聽相同笑話」的難以忍受，凸顯重複性的困擾。

☞ 文法應用例句

2
雖說不景氣，薪水這麼少實在受不了。

いくら不景気とはいえ、給料がこう少なくてはかなわない。

★「てはかなわない」表「薪水這麼少」這樣下去生活是難以承受的，強調了困難的情況。

3
要是天天都這麼熱，那怎麼受得了啊？

毎日毎日、こう暑くちゃかなわないなあ。

★「ちゃかなわない」表示「持續的高溫」讓日子難熬，突出持續熱浪的不適。

4
今天可是聯誼日，要是被迫加班，那還得了啊！

今日は合コンなんだから、残業させられてはたまらない。

★「てはたまらない」用於表達「在特殊日子被迫加班」難以接受，凸顯重要時刻的失望。

5
要是批發價格再往下掉的話，那可受不了了。

卸値をこれ以上下げられてはかなわない。

★「てはかなわない」意味「進一步降價」使經營困難，強調經濟壓力的不利影響。

てはばからない

不怕…、毫無顧忌…

接續方法▶ {動詞て形}＋てはばからない

【強調心情】前常接跟說話相關的動詞，如「言う、断言する、公言する」的て形。表示毫無顧忌地進行前項的意思。一般用來描述他人的言論。「憚らない」是「憚る」的否定形式，意思是「毫無顧忌、毫不忌憚」。

意思 ～少しの遠慮もなく～する

類語 遠慮なく～する

例1 その新人候補は、今回の選挙に必ず当選してみせると断言してはばからない。
しんじんこうほ　　こんかい　せんきょ　かなら　とうせん　　　　だんげん

自信表明　　　　堅定聲明　毫不猶豫

那位新的候選人毫無畏懼地信誓旦旦必將在此場選舉中勝選。

首次競選，就催開戰馬，搖手中鎗沖殺過來般地，信言一定要當選。真是初生之犢不畏虎啊！

「てはばからない」指即使作為新人候選，也毫不猶豫地公開宣稱「必將獲勝」，凸顯其自信。

☞ 文法應用例句

2 他身為一個外交部長，卻毫不諱言對外宣稱自己不會講英語。

彼は外務大臣なのに、英語ができないと公言してはばからない。
かれ　がいむだいじん　　　　　えいご　　　　　　　　こうげん

外交部長 / 公開聲明

★「てはばからない」表他即使是外交大臣，也毫不避諱公開表示「不懂英語」，強調了他的坦率。

3 他毫無所懼地堅持自己是正確的。

彼は自分が正しいと主張してはばからない。
かれ　じぶん　ただ　　　　しゅちょう

断言

★「てはばからない」意味著他堅定不移地主張「自己無誤」，顯示了他的堅強和勇氣。

4 他們可是不惜踐踏別人的基本人權的反社會集團吶！

彼らは、他人の基本的人権を侵害してはばからない、反社会的集団だ。
かれ　　　たにん　きほんてきじんけん　しんがい　　　　　　　はんしゃかいてきしゅうだん

人權 / 侵犯 / 違背社會的

★「てはばからない」出該團體不惜違反社會規範去「侵犯人權」，突出其胡作非為的本質。

5 毫無忌憚地叨擾他人。

人様に迷惑をかけてはばからない。
ひとさま　めいわく

別人 / 困擾

★「てはばからない」描述這人不考慮後果地「打擾他人」，強調了其任性和自私的行為。

てまえ

1. 由於…所以…；2. …前、…前方

類義文法

**んがため（に）、
んがための**

因為要…所以…（的）

接続方法▶ {名詞の；動詞普通形}＋手前

1【原因】 強調理由、原因，用來解釋自己的難處、不情願。有「因為要顧自己的面子或立場必須這樣做」的意思，如例 (1) ～ (3)。後面通常會接表示義務、被迫的表現，例如：「なければならない」、「しないわけにはいかない」、「ざるを得ない」、「しかない」。

2【場所】 表示場所，不同於表示前面之意的「まえ」，此指與自身距離較近的地方，如例 (4)、(5)。

意思 〜という面子（メンツ）や体裁（ていさい）があって

負面評價　　　對象指示　　　面子考慮　　義務示意
　↓　　　　　　　↓　　　　　　↓　　　　　↓

例1 せっかく作（つく）ってくれたんだ。あんまりおいしくないけれど、彼女（かのじょ）の手前（てまえ）、全部（ぜんぶ）食（た）べなくちゃ。

這是她特地下廚為我烹煮的。雖然不怎麼好吃，但由於她是我的女朋友，我得全部吃光光。

我的野蠻女友絕對不容許我沒吃光她煮的菜…嗚…。

「手前」表示「在女友面前」的情境，突顯出為了維繫關係而迎合對方的必要性，強調對她感受的考量。

☞ 文法應用例句

2 因為他們是我的下屬，所以一定要想辦法亡羊補牢。

部下（ぶかた）達（たち）の手前（てまえ）、なんとかミス（失誤）を取（と）り繕（つくろ）わ（掩飾）なければいけない。

★「手前」因為「是自己的部下」，必須設法掩飾錯誤以維持形象，強調了面子和責任。

3 既然是自己拜託了對方的，就算洽談到早上７點也沒辦法抱怨。

こちらからお願（ねが）いした手前（てまえ）、打（う）ち合（あ）わせ（洽商）が朝（あさ）の７時（じ）でも文句（もんく）は言（い）えない（牢騷）。

★「手前」意味著「既然已請求他人協助」，應盡力配合對方，凸顯合作與承擔的責任感。

4 在孩子們的面前不抽菸了。

子（こ）どもたちの手前（てまえ）、タバコ（香菸）はやめる（戒掉）ことにした。

★「手前」描述「在孩子們面前」的行為選擇，如戒煙，凸顯了對特定對象的保護與榜樣作用。

5 在日本，筷子是橫擺在自己的正前方，而不是右邊。

日本（にほん）では、箸（はし）（筷子）を右（みぎ）ではなく手前（てまえ）（面前）に置（お）きます。

★「手前」指的是將筷子放置在「正前方」，突出了日本文化中的筷子擺放規範。

てもさしつかえない、でもさしつかえない

…也無妨、即使…也沒關係、…也可以

類義文法

といえども
即使…也…、
雖說…可是…

接續方法▶ {形容詞て形；動詞て形}＋ても差し支えない；{名詞；形容動詞詞幹}＋
でも差し支えない

【允許】為讓步或允許的表現。 表示前項也是可行的。含有「不在意、沒有不滿、沒有異議」的強烈語感。「差し支えない」的意思是「沒有影響、不妨礙」。

意思 ～ても問題ない

類語 ～てもいい／～てもかまわない

主題對象	條件設定	品質描述	讓步結論

例1 字は、丁寧に書けば 多少下手 でも差し支えないですよ。

字只要細心地寫，就算是寫不怎麼好也沒關係喔！

一筆一劃慢慢來，才不會像鬼畫符一樣。

「でも差し支えない」表若「寫得認真」，即便「不太好」也可接受，強調態度重於技巧。

☞ 文法應用例句

2 這家餐廳即使不繫領帶進場也無妨。

そのレストランは、ネクタイなしでも差し支えありません。
（領帶）

★「でも差し支えない」表明在該餐廳即使「不戴領帶」也沒關係，強調了容許性。

3 即使早上早點出發也無妨喔！

出発は朝少し早くても差し支えないですよ。
（啟程）

★「ても差し支えない」意味「早出發」亦無妨，突顯時間安排的靈活性。

4 不好意思，現在方便耽誤您一點時間嗎？

すみません。今、少しお時間いただいても差し支えないでしょうか。
（給我（尊敬））

★「ても差し支えない」詢問是否「稍佔用對方時間」也無礙，表達了謹慎地尋求對方同意。

5 如果是這種款式的飾品，戴去公司上班也沒關係吧。

このくらいのアクセサリーなら、会社につけていっても差し支えないでしょう。
（裝飾品）

★「ても差し支えない」表示佩戴該「飾品上班」亦可，凸顯該飾品的適宜性和不引人注目。

てやまない

…不已、一直…

接續方法 ▶ {動詞て形} ＋てやまない

1【強調感情】 接在感情動詞後面，表示發自內心關懷對方的心情、想法極為強烈，且那種感情一直持續著，如例 (1) ～ (4)。由於是表示說話人的心情，因此一般不用在第三人稱上。這個句型由古漢語「…不已」的訓讀發展而來。常見於小說或文章當中，會話中較少用。

2〔現象或事態持續〕 表示現象或事態的持續，如例 (5)。

意思 ずっと～し続けている

類語 心から～ている

　　原因指示　　　　情感反應　　　持續狀態
　　　　↓　　　　　　　↓　　　　　　↓

例1 彼の態度に、怒りを覚えてやまない。

對他的態度感到很火大。

那個行銷部長態度真傲慢！開會還抽煙、翹二郎腿的，真不可思議！

「てやまない」反映對他的態度感到「深刻的憤怒」，突顯了情感的強烈和持續。

☞ 文法應用例句

2
聽了她的話之後，眼淚就流個不停。

彼女の話を聞いて、涙がこぼれてやまない。

★「てやまない」表達聽了她的故事後，「涙水」不停地「流淌」，強調了情感的激動。

3
對於努力就有回報的這份信念深信不疑。

努力すれば報われると信じてやまない。

★「てやまない」表達對「努力必有回報」的堅定「信念」，凸顯了信念的持久與深刻。

4
接到剛才的電話以後，就一直有不好的預感。

さっきの電話から、いやな予感がしてやまない。

★「てやまない」顯示自那通話起「不斷的不安感」，強調了不良預感的持續和難以遏制。

5
任何一個民族，應該同樣都是不停追求自由與和平的吧。

自由と平和を求めてやまないのは、どの民族でも同じだろう。

★「てやまない」表示各民族「不懈追求」自由和平，強調這一普遍而強烈的願望。

と〜（と）があいまって、〜が／は〜とあいまって

…加上…、與…相結合、與…相融合

接續方法▸ {名詞}＋と＋{名詞}＋（と）が相まって

【附加】表示某一事物，再加上前項這一特別的事物，產生了更加有力的效果或增強了某種傾向、特徵之意。書面用語，也用「が／は〜と相まって」的形式。此句型後項通常是好的結果。

意思 〜と〜が一つ（ひと）になって
類語 〜の影響（えいきょう）を受けて／〜と一緒（いっしょ）になって／〜と影響（えいきょう）し合（あ）って

情感元素　連接詞　另一情感　情感融合　　　　　反應描述
　　↓　　　↓　　　↓　　　↓　　　　　　　　↓

例1 喜（よろこ）び と 驚（おどろ）き が相（あい）まって、言葉（ことば）が出（で）てこなかった。

驚喜交加，讓我說不出話來。

昨天我家大寶開口叫爸爸了！
我高興得連話都講不出來了。

「が相まって」指「喜悅」與「驚訝」交織，令其「語塞」，凸顯情感的強度。

👉 文法應用例句

2
父親在才華和努力的相輔相成之下，獲得了成功。

父（ちち）は才能（さいのう）〔天賦〕と努力（どりょく）が相（あい）まって成功（せいこう）した。

★「が相まって」表達父親因為「才能」和「努力」的結合，而取得了「成功」，突顯兩因素的重要性。

3
莫內的畫作，色彩與構圖兼優，醞釀出獨特的美感。

モネの絵（え）は、色彩（しきさい）〔顏色〕と造型（ぞうけい）〔構圖〕とが相（あい）まって、独特（どくとく）〔特異〕の美（び）を生（う）み出（だ）している。

★「が相まって」描述莫內畫作中「色彩」與「形態」的結合，創造出「獨特之美」，強調元素的融合。

4
在日本的風土與日本人的美學意識兩相結合之下，孕育出所謂的俳句文學。

日本（にほん）の風土（ふうど）〔自然環境〕が日本人（にほんじん）の美意識（びいしき）〔審美觀〕と相（あい）まって、俳句（はいく）という文学（ぶんがく）を生（う）み出（だ）した。

★「と相まって」表「日本自然」與「美學觀」融合，孕育「俳句」，凸顯文化的深厚底蘊。

5
她妍麗的姿容加上優雅的舉手投足，深深吸引了我的目光。

彼女（かのじょ）の美貌（びぼう）〔容顏絕麗〕は、優雅（ゆうが）な立（た）ち居振（いふ）る舞（ま）い〔儀態〕と相（あい）まって、私（わたし）の目（め）を引（ひ）き付（つ）けた〔引起注意〕。

★「と相まって」表示她「美貌」與「優雅舉止」相結合，「吸引了我」，顯示外貌與氣質的重要性。

とあって

由於…（的關係）、因為…（的關係）

類義文法

からこそ
就是因為…才…

接續方法▶｛名詞；[名詞・形容詞・形容動詞・動詞] 普通形；形容動詞詞幹｝＋とあって

1【原因】 表示理由、原因。由於前項特殊的原因，當然就會出現後項特殊的情況，或應該採取的行動。後項是說話人敘述自己對某種特殊情況的觀察。書面用語，常用在報紙、新聞報導中。

2〖後－意志或判斷〗 後項要用表示意志或判斷，不能用推測、命令、勸誘、祈使等表現方式。

意思 ～ので

類語 ～であるから／～ということで／～だけあって

原因說明　因此　　　　　　　　　　　　　結果表述

例1　年頃とあって、最近娘はお洒落に気を使っている。
とし ごろ　　　　　　　　さいきんむすめ　　　　 しゃ れ　き　 つか

因為正值妙齡，女兒最近很注重打扮。

女兒長大了，最近特別注重打扮。

「とあって」表示因「處於青春期」，女兒開始「著重外觀」，突出年齡對興趣的影響。

☞ 文法應用例句

2 由於正值櫻花盛開的時節，路上擠滿了賞花的民眾。

桜が満開の時期とあって、街道は花見客でいっぱいだ。
さくら　まんかい　じき　　　　　　　　 かいどう　はな み きゃく
[盛開] [街道]

★「とあって」因為「櫻花盛開」特殊時期，所以有「街上人潮賞花」情況，強調了時機的重要性。

3 特賣的價格那麼優惠，百貨公司怎麼可能不擠得人山人海呢？

特売でこんなに安いとあっては、デパートが混まないはずはありません。
とくばい　　　　　　やす　　　　　　　　　　　こ
[折扣銷售] [擁擠]

★「とあって」意味因「特價促銷」，百貨公司「擁擠異常」，凸顯特殊時機的吸引力。

4 兒子因為非常喜歡電車，因此對地理很熟悉。

息子は電車が大好きとあって、地理には詳しい。
むすこ　でんしゃ　だい す　　　　　　 ちり　　　 くわ
[地理] [精通的]

★「とあって」表因「鍾愛火車」，兒子對「地理有洞見」，顯示興趣與知識的聯繫。

5 由於高峰會即將舉行，機場也提高了安全戒備。

サミットが開催されるとあって、空港の警備が強化されています。
かいさい　　　　　　　　　　くうこう　けい び　きょうか
[高峰會] [召開] [警備] [加強]

★「とあって」指因「高峰會舉辦」，機場「強化警備」，突出事件對安全措施的影響。

とあれば

如果…那就…、假如…那就…

類義文法

とすると
假如…的話

接續方法 ▶ {名詞；[名詞・形容詞・形容動詞・動詞] 普通形；形容動詞詞幹} ＋
とあれば

【條件】是假定條件的説法。表示如果是為了前項所提的事物，是可以接受的，並將取後項的行動。前面常跟表示目的的「ため」一起使用，表示為了假設情形的前項，會採取後項。後句不能出現表示請求或勸誘的句子。

意思 もし～なら

類語 ～ということであれば／～ならば

目的説明   如果這樣   結果接受
↓   ↓   ↓

例1 **デザートを食べるため とあれば、食事を我慢しても構わない。**
しょく じ   が まん   かま

假如是為了吃甜點，不吃正餐我也能忍。

吃甜點的時候，最讓我覺得生而為人真幸福了！

「とあれば」若「為了享用甜點」，則不介意「節食」，突顯對甜食的熱愛。

☞ 文法應用例句

2
若是她遇到危機，哪怕是水深火熱，我也無所畏懼。

彼女の危機とあれば、たとえ火の中水の中、恐れたりするものか。
かのじょ　きき　　　　　　　　　　ひ　なかみず　なか　おそ

★「とあれば」若是她「處於危機」的情況，將不會害怕「無論是火中還是水中」，強調了她的勇敢。

3
只要便宜又美味，門庭若市也是理所當然的。

安くておいしいとあれば、店がはやるのも当然だ。
やす　　　　　　　　　　　　　　　　　とうぜん

★「とあれば」若商品「價廉物美」，則商店「熱銷」理所當然，凸顯商品吸引力。

4
如果有必要的話，也可以幫你介紹律師。

もし必要とあれば、弁護士の紹介も可能です。
ひつよう　　　　　べんごし　しょうかい　か のう

★「とあれば」若有「法律諮詢需求」，則可「推薦律師」，顯示出樂於助人。

5
既然要去向她的父母請安問候，也不由得感到心情緊張。

彼女のご両親に挨拶に行くとあれば、緊張するのもやむを得ない。
かのじょ　りょうしん　あいさつ　い　　　　　　　きんちょう　　　　　　　　　え

★「とあれば」若需「拜訪女友父母」，則自然「感到緊張」，強調此舉的重要性。

といい～といい

不論…還是、…也好…也好

接續方法 ▶ {名詞} ＋といい＋ {名詞} ＋といい

【列舉】表示列舉。為了做為例子而並列舉出具有代表性，且有強調作用的兩項，後項是對此做出的評價。含有不只是所舉的這兩個例子，還有其他也如此之意。用在批評和評價的場合，帶有吃驚、灰心、欽佩等語氣。與全體為焦點的「といわず～といわず」(不論是…還是) 相比，「といい～といい」的焦點聚集在所舉的兩個事物上。

意思 ~も~も、どちらも

類語 ~も~も

例子之一　列舉連接　另一例子　再次列舉　　　共同行為
　　↓　　　↓　　　↓　　　↓　　　　　　　↓
例1 娘（むすめ）といい、息子（むすこ）といい、全然（ぜんぜん）家事（かじ）を手伝（てつだ）わない。

女兒跟兒子，都不幫忙做家事。

我這老媽子好像傭人一樣，孩子們完全不主動幫忙做家事。

「といい～といい」用來指出「女兒」和「兒子」都不幫忙做家事，強調家庭成員的不積極。

👉 文法應用例句

2 這裡不管氣候也好、飲食也好，都是適宜居住的好地方。

ここは、気候（きこう）[氣候]といい、食（た）べ物（もの）といい、住（す）みやすいところだ。

★「といい～といい」列舉特點「氣候」和「食物」，都使得這裡適宜居住，突顯了優點。

3 不論品質也好、價格也好，保證買到賺到喔！

品質（ひんしつ）[質量]といい、お値段（ねだん）といい、お買（か）い得（どく）[物超所值]ですよ。

★「といい～といい」列舉「品質」與「價格」都很優惠，突出商品的多重優勢。

4 爸爸也好、媽媽也好，根本完全不懂我的心情。

お父（とう）さんといい、お母（かあ）さんといい、ちっとも私（わたし）の気持（きも）ちを分（わ）かってくれない。[一點也]

★「といい～といい」用於描述「父親」和「母親」都不理解的感受，顯示家庭中的溝通障礙。

5 不論是連續劇，還是新聞，電視節目一點都不覺得有趣

ドラマ[電視劇]といい、ニュースといい、テレビは少（すこ）しも面白（おもしろ）くない。

★「といい～といい」提到「劇集」與「新聞」都乏味，突出電視內容的單調。

というか〜というか

該說是…還是…

接續方法▶ {名詞；形容詞辭書形；形容動詞詞幹} ＋というか＋{名詞；形容詞辭書形；形容動詞詞幹} ＋というか

【列舉】 用在敘述人事物時，説話者想到什麼就説什麼，並非用一個詞彙去形容或表達，而是列舉一些印象、感想、判斷，變換各種説法來説明。後項大多是總結性的評價。更隨便一點的説法是「っていうか〜っていうか」。

意思 〜と言ったらいいのか〜と言ったらいいのか

　　　行為描述　　　列舉特質一　比較轉換 列舉特質二 再次轉換　　　　強烈建議
　　　　↓　　　　　　↓　　　　↓　　↓　　　　↓　　　　　　　↓

例1 そんな危ないところに行くなんて、**勇敢**というか**無謀**というか、とにかくやめなさい。

去那麼危險的地方，真不知道該説勇敢還是莽撞，總之你還是別去了。

你居然要去亞馬遜河探險！？
勇敢和莽撞只是「紙一重」（一線之隔）唷！

「というか〜というか」表達猶豫不決到底是「勇敢」或「魯莽」，凸顯行為的兩面性。

☞ 文法應用例句

2　不知道該說是霧氣還是小雨的那種天氣。

霧というか小雨というか、そんな天気だ。
きり　　　　　こさめ　　　　　　　　てんき

★「というか〜というか」表不確定天氣是「霧」還是「小雨」，強調模糊的天氣狀況。

3　將來的夢想是拿下諾貝爾獎，這是夢想還是奢望呢？真好意思説這種大話。

将来の夢はノーベル賞を取ることだなんて、夢というか野心というか、よくもまあ大言壮語を。
しょうらい　ゆめ　　　　　　しょう　と　　　　　　　　　　ゆめ　　　　　やぼう　　　　　　　　　　　　　　たいげんそうご

★「というか〜というか」用來描述「夢想」或「野心」，突出目標的宏大與風險。

4　真是美麗的月色啊！不知是白是藍，散發出冷澈的光芒呢！

きれいな月だなあ。白いというか青いというか、さえ渡っているよ。
　　　　　つき　　　しろ　　　　　　あお　　　　　　　　　わた

★「というか〜というか」用於形容月亮「白色」或「藍色」，反映光影的多樣性。

5　不知道該說他的個性是正直還是愚蠢，反正他從來不說謊。

彼は、正直というかばかというか、嘘のつけない性格だ。
かれ　　　しょうじき　　　　　　　　　　　うそ　　　　　　せいかく

★「というか〜というか」表達他是「誠實」還是「天真」，強調性格的複雜性。

というところだ、といったところだ

1. 頂多…；2. 可說…差不多、可說就是…

類義文法
ということだ
也就是說…

接續方法 ▶ {名詞；動詞辭書形；引用句子或詞句} ＋というところだ、といったところだ

1【範圍】 接在數量不多或程度較輕的詞後面，表示頂多也只有文中所提的數目而已，最多也不超過文中所提的數目，強調「再好、再多也不過如此而已」的語氣，也是自己對狀況的判斷跟評價，如例 (1)。

2〔大致〕 說明在某階段的大致情況或程度，如例 (2)、(3)。

3〔口語－ってとこだ〕「ってとこだ」為口語用法，如例 (4)、(5)。

意思 およそ〜ぐらいだ／最高でも〜だ

類語 だいだい〜ぐらい

行為說明 → 頻度指示 → 大概描述 →

例1 **お酒を飲むのは週に２、３回というところです。**

喝酒頂多是一個星期兩三次而已吧。

雖然很喜歡跟朋友一起喝酒的感覺，但不過也就小酌一、兩杯而已啦！時間大概都在週五晚上跟假日。

「というところだ」用於表達「飲酒頻率」約「每週2至3次」，突出其適度次數。

☞ 文法應用例句

2 我想我跟他的關係可說是比朋友親，但還稱不上是情侶吧！

私と彼は友達以上恋人未満というところだろう。
わたし　かれ　ともだち い じょうこいびと み まん

★「というところだ」描繪「我與他關係」約「超過友誼但未及戀愛」，強調關係的模糊界限。

3 學中文到這星期，終於到上完初級課本的進度了。

中国語の勉強は、今週やっと初級の本が終わるというところだ。
ちゅうごくご べんきょう こんしゅう しょきゅう ほん お

★「というところだ」表示「學習中文」進度約「完成初級課程」，明確描述學習階段。

4 你問獎金喔…頂多給一個月或是不到一個月薪水的程度吧。

ボーナスね。せいぜい１か月分出るか出ないかってとこだろ。
げつぶん で で

★口語「てとこだ」表示在討論「獎金」時，可能「只有一個月份」的量，強調其可能性有限。

5 「怎樣，最近還好吧？」「算是普普通通啦。」

「どう、このごろ調子。」「まああまあってとこだね。」
ちょうし

★口語「てとこだ」用於形容「近況」大致「尚可」，凸顯大致平穩的狀態。

といえども

即使…也…、雖說…可是…

接續方法▸ {名詞；[名詞・形容詞・形容動詞・動詞] 普通形；形容動詞詞幹} ＋ といえども

【讓步】表示逆接轉折。先承認前項是事實，再敘述後項事態。也就是一般對於前項這人事物的評價應該是這樣，但後項其實並不然的意思。前面常和「たとえ、いくら、いかに」等相呼應。有時候後項與前項內容相反。一般用在正式的場合。另外，也含有「～ても、例外なく全て～」的強烈語感。

意思 ～けれども／～であっても
類語 ～だって／～と言っても

年齡相同　儘管如此　　　　　　　特質描述

例1 同い年 といえども、彼女はとても落ちついている。
おな　どし　　　　　　　　　かのじょ　　　　　　　　　お

雖說年紀一樣，她卻非常成熟冷靜。

小花真冷靜，看到同學流血了，也能不慌不忙地處理。

泣かないで

「といえども」意味儘管「同齡」這一事實下，她卻表現得「非常成熟」，突出年齡不同的行為表現。

☞ 文法應用例句

2 雖說是靈機一動，或許挺有可能行得通。

とっさの思いつきといえども、これはなかなかいけるかもしれない。
　　　おも
[突然]　[突發奇想]

★「といえども」表示即使是已知事實「即興想法」，仍可能「有價值」，強調對其樂觀看法。

3 雖說乳癌的病情惡化很慢，但也不能置之不理。

いくら乳がんは進行が遅いといえども、放っておいていいわけがない。
　　　にゅう　　しんこう　おそ　　　　　　　　　ほお
[乳癌]　　　　　　　　　　　　　　　　　　　[忽視]

★「といえども」即便「乳癌進展慢」這一點已被理解，也不應「忽視治療」，強調病情的嚴重性。

4 就算你再有能力，單憑一個人什麼都辦不到啦。

君がいくら有能だといえども、一人では何もできないよ。
きみ　　　　ゆうのう　　　　　　ひとり　　なに
[能幹的]

★「といえども」雖然「能力強」這一事實被認可，單獨仍「無法完成所有事」，凸顯團隊合作的必要。

5 儘管已經同意進行計畫，但並非可以高枕無憂。

計画に同意するといえども、懸念していることがないわけではありません。
けいかく　どうい　　　　　　　　け ねん
[贊成]　　　　　　　　　　　　　　　[擔憂]

★「といえども」顯示雖然「贊同計畫」這一點被接受，依然有所「擔憂」，強調對計畫的謹慎考慮。

といった

…等的…、…這樣的…

類義文法

なんか
那一類的…

接續方法▶ {名詞}＋といった＋{名詞}

【列舉】表示列舉。舉出兩項以上具體且相似的事物，表示所列舉的這些不是全部，還有其他。前接列舉的兩個以上的例子，後接總括前面的名詞。

意思 ～のような／～などの (例示する意を表す)

類語 ～のような／～などの

食品例子　　　　列舉方式　　食品種類
　↓　　　　　　　↓　　　　　↓

例1〉 私は寿司、カツどん といった 和食が好きだ。

我很喜歡吃壽司與豬排飯這類的日式食物。

「といった」列舉「壽司」和「炸豬排」等，概括「喜愛日式料理」，突出對特定菜式的偏好。

日式料理食材新鮮、配色用心、季節感豐富，養身又養心，我最喜歡了。

☞ 文法應用例句

2
女兒好像喜歡粉紅或淺藍這類淺色。

娘はピンクや水色といった淡い色が好きみたいです。
　　　　　　　└淡藍色┘

★「といった」用「粉紅色」和「水藍色」為例，描述「淺色」範圍，暗示喜歡類似顏色。

3
在春天綻放的櫻花、梅花、桃花這些花卉都屬於薔薇科，花形十分相似。

春に咲く桜、梅、桃といった花は、皆バラ科でよく似ている。
　　　　　　└梅花┘└桃花┘　　　　└薔薇科┘

★「といった」以「櫻花、梅花、桃花」為例，介紹「薔薇科植物」，顯示其相似特性。

4
神社並不是只在京都、奈良這些古都才有。

神社は、京都、奈良といった古都にだけあるのではない。
└神社┘　　　　　　　　　└歷史古城┘

★「といった」用「京都、奈良」作例子，描述「歷史城市」，暗示神社分佈廣泛。

5
我正在收集青蛙和兔子相關的小東西。

カエルやウサギといった動物の小物を集めています。
└青蛙┘└兔子┘　　　　　└小物件┘

★「といった」用「青蛙、兔子」作例子，界定「收集小物」的範疇，表明收藏類似主題物品。

といったらない、といったら

1. …極了、…到不行；2. 一旦…就…

類義文法

きわまりない
極其…、非常…

1【強調心情】{名詞；形容詞辭書形；形容動詞詞幹} +（とい）ったらない。「といったらない」是先提出一個討論的對象，強調某事物的程度是極端到無法形容的，後接對此產生的感嘆、吃驚、失望等感情表現，正負評價都可使用，如例 (1) ～ (3)。

2【意志】{名詞；形容詞辭書形；形容動詞詞幹} +（とい）ったら。表示無論誰説什麼，都絕對要進行後項的動作。前後常用意思相同或完全一樣的詞，表示意志堅定，是一種強調的説法，正負評價都可使用，如例 (4)、(5)。

意思 誰がなんと言っても～／非常～だ

類語 誰がなんと言おうと／とても～だ

行為描述　主體　特質指示　強調心情
↓　　　　↓　　　↓　　　　↓

例1 立て続けに質問して、彼はせっかち といったらない。

接二連三地提出問題，他這人真是急躁。

怎麼一次問這麼多問題，等我先回答再問下一個啊！

「といったらない」用以形容他的「急躁」，達到極點，強調其過度急迫的態度。

☞ 文法應用例句

2
她是我的女神！她的優雅，她的高貴，無人能比！

彼女は僕の女神だ。あの優雅さ、気高さといったらない。
　　かのじょ　ぼく　めがみ　　　　ゆうが　　　けだか

★「といったらない」表達某特徵「優雅與高貴」，到難以言喻的程度，突出女神之美。

3
他覺得這樣就完成了，簡直令人難以置信。

これでやったつもりだとは、あきれるったらない。

★「ったらない」用來表達「驚愕」至極，對其輕率行為感到不可思議，凸顯其行為的草率。

4
一旦決定了要做就絕對要做到底，即使必須拚死一搏也在所不辭。

やるといったら絶対にやる。死んでもやる。
　　　　　　　ぜったい　　　　し

★「といったら」表示「堅決做到」的態度，至死不渝，強調其毅力和決心。

5
一旦決定不半途而廢，就無論如何也絕不放棄。

諦めないといったら、何が何でも諦めません。
あきら　　　　　　　なに　なん　　あきら

★「といったら」用於表示「永不放棄」的堅定，無論如何都不退縮，突出其堅持不懈。

といったらありはしない

…之極、極其…、沒有比…更…的了

接續方法▶ {名詞；形容詞辭書形；形容動詞詞幹}＋(とい)ったらありはしない

1【強調心情】強調某事物的程度是極端的，極端到無法形容、無法描寫。跟「といったらない」相比，「といったらない」、「ったらない」能用於正面或負面的評價，但「といったらありはしない」、「ったらありはしない」、「といったらありゃしない」、「ったらありゃしない」只能用於負面評價。

2〔口語－ったらない〕「ったらない」是比較通俗的口語說法。

意思 とても～だ／この上なく

類語 ～非常に～だ

行為描述　　　　　情感指示　　　　強烈感受

例1 人に責任を押しつけるなんて、腹立たしいといったらありはしない。

硬是把責任推到別人身上，真是令人憤怒至極。

她太過份了！每次一發生問題，就推卸得一乾二淨，完全不知反省。

「といったらありはしない」用來表達對「推卸責任」的極大「憤慨」，凸顯難以忍受的激情。

👉 文法應用例句

2

剩下兩分鐘的時候居然被逆轉勝了，要說有多懊悔就有多懊悔。

残り２分で逆転負けした悔しさといったらありゃしなかった。

★「といったらありゃしない」強烈表達比賽最後逆轉失利，極度的「遺憾與無奈」感，突顯難以言喻的情緒。

3

無論跌倒了多少次依舊堅強地不放棄，他的堅韌精神令人感佩。

倒れても倒れてもあきらめず、彼はしぶといといったらありはしない。

★「といったらありはしない」強調他即使屢次失敗仍「堅持不懈」，極度「讚賞」，凸顯不屈不撓的精神。

4

他說話的口氣，真是傲慢之極。

彼の口の聞き方ときたら、生意気ったらありはしない。

★「ったらありはしない」用以形容他的「言語態度」，極度「傲慢無禮」，顯示其自負的極端。

5

今天有入學考試，電車卻遲來，害我差點遲到，真是急死人了。

今日は入試なのに電車が遅れて遅刻しそうだ。あせるったらありゃしない。

★「ったらありゃしない」表達考試日「火車延誤」的極大「焦慮」，凸顯極度緊張的心情。

といって〜ない、といった〜ない

沒有特別的…、沒有值得一提的…

類義文法

もなんでもない
也不是…什麼的

接續方法▶ {これ；疑問詞}＋といって〜ない、といった＋{名詞}〜ない

【強調輕重】前接「これ、なに、どこ」等詞，後接否定，表示沒有特別值得一提的東西之意。為了表示強調，後面常和助詞「は」、「も」相呼應；使用「といった」時，後面要接名詞。

意思 〜に取り上げるような〜はない

類語 特に〜ない

指代名詞　特定方式　興趣對象　存在動詞　否定形式
　　↓　　　　↓　　　　↓　　　　↓　　　　↓

例1 私には特にこれ といった 趣味はあり ません。

我沒有任何嗜好。

很多企業家都是白手起家，所以沒有培養音樂、藝術等嗜好，所有的時間都用在賺錢。被問到嗜好時，就…。

「これといった〜ない」指在「興趣」方面沒有特定喜好，展示了不明顯的偏好。

📖 文法應用例句

2　也沒有什麼特別喜好的酒類。

〔特別地〕
特にこれといって好きなお酒もありません。

★「これといって〜ない」表在某範疇「酒類」方面，沒有特別偏好，顯示模糊且不明確的選擇。

3　對於目前的生活並沒有什麼特別的不滿。

〔不滿足〕
今の生活にこれといって不満はない。

★「これといって〜ない」表示在「生活滿意度」上沒有特別不滿，顯示了狀況的普遍滿意。

4　今天沒有特別要做的事。

〔做〕
今日はこれといってやることがない。

★「これといって〜ない」表達「今日計畫」上沒有特別事項，反映了日程的空閒。

5　雖然沒有什麼特別理由，我就是喜歡這棟房子。

〔原因〕　　　　　　　　　　　〔中意〕
なぜといった理由もないんだけど、この家が気に入りました。

★「なぜといった〜ない」用於說明對「這個房子」的喜愛，沒有明確原因，強調了感覺的直覺性。

といわず～といわず

無論是…還是…、…也好…也好…

類義文法
～といい～といい
…也好…也好…

接續方法▶ {名詞}＋といわず＋{名詞}＋といわず

【列舉】表示所舉的兩個相關或相對的事例都不例外，都沒有差別。也就是「といわず」前所舉的兩個事例，都不例外會是後項的情況，強調不僅是例舉的事例，而是「全部都…」的概念。後項大多是客觀存在的事實。

意思 特に～ということなく全て～

類語 ～ばかりか、全て／～も～も区別なく

時間例一　不分　時間例二　再次不分　　　　　　情況描述

例1 **昼といわず、夜といわず、借金を取り立てる電話が相次いでかかってくる。**

討債電話不分白天或是夜晚連番打來。

現在很多人為錢煩惱，特別是被人討債的壓力，真的很痛苦。用錢要有規劃，明天才會更好的喔！

「と言わず～と言わず」用來表達不分「白天」或「夜間」，都有討債電話，強調不間斷的壓力。

☞ 文法應用例句

2 這裡的海也好、山也好，全都景色優美。

ここは、海と言わず山と言わず、美しいところだ。

★「と言わず～と言わず」形容這裡不論是「海洋」還是「山脈」美景都同樣迷人，突顯自然景觀的魅力。

3 不論是綠茶或者是紅茶，只要是茶飲，我通通喜歡。

緑茶といわず、紅茶といわず、お茶なら何でも好きです。

★「と言わず～と言わず」表明不論「綠茶」或「紅茶」都極受喜愛，反映對各種茶的熱愛。

4 不管是眼睛也好、鼻子也好，全都和爸爸長得一模一樣呢！

目といわず、鼻といわず、パパにそっくりね。

★「と言わず～と言わず」用以指出無論是「眼睛」還是「鼻子」都與父親相似，凸顯遺傳特徵的明顯。

5 不管是長相還是身材，總之對自己的外表沒有自信。

顔と言わずスタイルと言わず、容姿に自信がない。

★「と言わず～と言わず」表示無論「臉型」或「體型」都缺乏自信，表達對自我形象的不滿。

といわんばかりに、とばかりに

幾乎要説…；簡直就像…、顯出…的神色、似乎…一般地

類義文法

ばかりに
就因為…

接續方法▶ {名詞；簡體句} ＋と言わんばかりに、とばかり (に)

1【樣態】「とばかりに」表示看那樣子簡直像是的意思，心中憋著一個念頭或一句話，幾乎要説出來，後項多為態勢強烈或動作猛烈的句子，常用來描述別人，如例 (1) 〜 (3)。

2【樣態】「といわんばかりに」雖然沒有説出來，但是從表情、動作、樣子、態度上已經表現出某種信息，含有幾乎要説出前項的樣子，來做後項的行為，如例 (4)、(5)。

意思 いかにも〜といった様子で

類語 〜というような様子で

關鍵時刻　暗示決心　　行動開始

例1 相手がひるんだのを見て、ここぞとばかりに反撃を始めた。

看見對手一畏縮，便抓準時機展開反擊。

這場比賽真是刺激…哇！剛剛那一招實在是漂亮！

「とばかりに」描繪一見對手有退縮跡象，即刻「發起反擊」，彷彿宣告「正是時機」，突顯進攻的果斷和迅速。

☞ 文法應用例句

2　小聰牢牢抱著柱子放聲大哭，直嚷著「我死也不去看牙醫！」。

聡は、「歯医者など絶対行くものか」とばかり、柱にしがみついて泣いた。

★「とばかり」聰緊抓著柱子並哭泣，強烈地表達「絕不去牙醫」信息，強調了這種決絕態度。

3　歌手一出場，全場立刻爆出了如雷的掌聲。

歌手が登場すると、待ってましたとばかりに盛大な拍手がわき起こった。

★「とばかりに」歌手一現身便迎來「熱烈掌聲」，彷彿表達出「極度期待」，凸顯觀眾的熱情。

4　照你的意思，不就簡直在說這一切都怪我不好嗎？

それじゃあまるで全部おれのせいと言わんばかりじゃないか。

★「と言わんばかり」從言談中透露「似乎將一切責任歸咎於我」，顯示對方的指控姿態。

5　嫌犯拚命辯解，簡直把自己講成是被害人了。

容疑者は、被害者は自分だと言わんばかりに言い訳を並べ立てた。

★「と言わんばかりに」嫌犯辯解中彷彿「表明自己是真正的受害者」，顯示其極力自辯的情形。

ときたら

説到…來、提起…來

接續方法▶ {名詞}＋ときたら

【話題】表示提起話題，說話人帶著譴責和不滿的情緒，對話題中與自己關係很深的人或事物的性質進行批評，後也常接「あきれてしまう、嫌になる」等詞。批評對象一般是說話人身邊，關係較密切的人物或事。用於口語。有時也用在自嘲的時候。

意思 ～は

類語 ～といったら／～なら

主體對象　話題轉換　　　　　　行為描述

例1 部長 ときたら 朝から晩までタバコを吸っている。

說到我們部長，一天到晚都在抽煙。

看部長菸不離手，幾乎整天都在抽煙！弄得整個辦公室全是一股濃濃的煙味。

「ときたら」用於描述「部長」，對其「整天吸菸」的行為表達不滿，凸顯抱怨情緒。

☞ 文法應用例句

2 說到這部爛車真是氣死人了，又得送去修理了。

このポンコツ〔破舊老車〕ときたら、また修理〔維修〕に出さなくちゃ。

★「ときたら」描述某人事物「破爛東西」，表對其特定方面「常故障」的困擾，強調這種不滿情緒。

3 要說我那個老爸，一到週末就會去打小鋼珠。

親父〔老爸〕ときたら、週末は必ずパチンコ〔小鋼珠〕に行く。

★「ときたら」用來描繪「父親」，對其「每週末打小鋼珠」的習慣表示不滿，反映看不順眼。

4 說起這支手機，就算充電後也一下子就沒電了。

この携帯電話ときたら、充電〔充電〕してもすぐ電池〔電池〕がなくなる。

★「ときたら」描述「這部手機」，對其「電池續航短」的問題表達失望，顯示不滿情緒。

5 說起那群傢伙呀，總是吵鬧不休。

あの連中〔幫人〕ときたら、いつも騒いで〔吵嚷〕ばかりいる。

★「ときたら」用以表達對「那些人」的看法，對其「總是吵鬧」的行為表達厭惡，反映批評態度。

ところ (を)

1. 雖說是…這種情況，卻還做了…；2. 正…之時、…之時、…之中

1【讓步】{名詞の；形容詞辭書形；動詞ます形＋中の}＋ところ（を）。表示逆接表現。雖然在前項的情況下，卻還是做了後項。這是日本人站在對方立場，表達給對方添麻煩的辦法，為寒暄時的慣用表現，多用在開場白，後項多為感謝、請求、道歉等內容，如例 (1) ～ (4)。

2【時點】{動詞普通形}＋ところを。表示進行前項時，卻意外發生後項，影響前項狀況的進展，後面常接表示視覺、停止、救助等動詞，如例 (5)。

意思 ～時・状況なのに

類語 ～だったのに

状態説明　情境指示　　　　行動感謝　　　　　　　　感謝表達
　↓　　　↓　　　　　　　↓　　　　　　　　　　　↓

例1 お忙しいところをわざわざお越し下さり、ありがとうございます。
　　いそが　　　　　　　　　　　こ　　くだ

感謝您百忙之中大駕光臨。

櫻田大師來了！真感謝您蒞臨寒舍啊！

「ところを」用於表達感謝對方在「忙碌時刻」仍特意來訪，表現深刻感激之情。

☞ 文法應用例句

2

用餐時打擾了。是這樣的，發生了一件棘手的事。

お食事中のところをすみません。実は、困ったことになりまして。
　しょくじちゅう　　　　　　　　じつ　　こま

★「ところを」表意識到對方「用餐中」，因需「討論困難事情」而不得不打擾，為此表現出歉意。

3

讓您看到這麼不體面的畫面，給您至上萬分的歉意。

　　　　┌不雅觀的┐　　　　　　　　　　┌道歉┐
お見苦しいところをお見せしたことをお詫びします。
　み ぐる　　　　　　み　　　　　　　わ

★「ところを」表示因「展現不雅行為」而感到遺憾，體現對方不適感的自覺。

4

原本應當立刻聯絡才對，真是十二萬分抱歉。

　　　　　　　　　　　　　　┌非常地┐
すぐにご連絡すべきところを、大変失礼いたしました。
　　　れんらく　　　　　　　たいへんしつれい

★「ところを」用來表明本應「立即回覆」卻未及時做到，因而表達了誠摯的歉意。

5

我正在玩電視遊樂器時，竟然被老爸發現了。

┌玩電視遊戲┐　　　　　　　　┌爸爸┐　┌被發現┐
テレビゲームしているところを、親父に見つかってしまった。
　　　　　　　　　　　　　　　おやじ　み

★「ところを」描述在「玩電玩時」被「父親發現」的情景，彰顯了那一刻的尷尬與意外。

としたところで、としたって

1. 即使…是事實，也…；2. 就算…也…

1【假定條件】{[名詞・形容詞・形容動詞・動詞]普通形}＋としたところで、としたって。為假定的逆接表現。表示即使假定事態為前項，但結果為後項，後面通常會接否定表現，如例(1)～(3)。

2【判斷的立場】{名詞}＋としたところで、としたって、にしたところで、にしたって。從前項的立場、想法及情況來看後項也會成立，如例(4)、(5)。

意思 ～の立場で考えてみても

類語 ～にしても

嘗試目標　　　儘管嘗試　　　　　　　　　現實限制

例1 外国人の友達を見つけようとしたところで、こんな田舎に住んでるんだから知り合う機会なんてなかなかないよ。

即使想認識外國人當朋友，但住在這種鄉下地方也沒什麼認識的機會呀！

只有隔壁的阿伯「丈治」（じょうじ），名字聽起來像「喬治」（George）而已…。

「George？」

「としたところで」用以表達即使「渴望結交外國朋友」，但在「偏遠鄉村」機會稀少，強調地理限制。

☞ 文法應用例句

2 即使頭腦再怎麼好，外語也不是三兩天就能學會的。

いくら頭がいいとしたって、外国語はすぐには身に付かないものです。

★「としたって」表即使在「頭腦聰明」的前提下，「學習外語」也不易，強調學習的困難。

3 即使我很窮，也不該被別人看輕。

私が貧乏だとしたって、人に見下される筋合いはない。

★「としたって」即使自己身處於「貧困」的狀況中，也不該「受到輕視」，強調人人平等的尊嚴。

4 那樣的程度還算是業餘的嗎？我看就算說是職業選手也不為過吧？

あれでアマチュアなのか。プロとしたって通用するんじゃないかな。

★「としたって」用來形容「其水平」即使被稱作「專業運動員」也相當合理，突顯技藝高超。

5 就算是警察，也沒有辦法再繼續搜查下去了吧。

警察にしたって、もうこれ以上捜査のしようがないだろう。

★「にしたって」表達即使「是警察」，仍然面臨無法「進一步調查」的困境，反映了限制與挑戰。

とは

1.連…也、沒想到…、…這…、竟然會…；4.所謂…、是…

類義文法

くせして
明明…卻

接續方法▶ {名詞；[形容詞・形容動詞・動詞] 普通形；引用句子}＋とは

1 **【預料外】** 由格助詞「と」＋係助詞「は」組成，表示對看到或聽到的事實（意料之外的），感到吃驚或感慨的心情。前項是已知的事實，後項是表示吃驚的句子，如例 (1)。

2 **〔省略後半〕** 有時會省略後半段，單純表現出吃驚的語氣，如例 (2)。

3 **〔口語－なんて〕** 口語用「なんて」的形式，如例 (3)。

4 **【話題】** 前接名詞，也表示定義，前項是主題，後項對這主題的特徵、意義等進行定義，是「所謂…」的意思，如例 (4)。

5 **〔口語－って〕** 口語用「って」的形式，如例 (5)。

意思	～なんて／～というのは	類語	～なんて／～というのは／～ということは

　　　　狀況描述　　　　　　　表示驚訝　　　　　　　　預測未及
　　　　　↓　　　　　　　　　　↓　　　　　　　　　　　↓

例1 **不景気がこんなに長く続くとは、専門家も予想していなかった。**
ふ けい き　　　　　　　なが　つづ　　　　　　せんもん か　　　よ そう

景氣會持續低迷這麼久，連專家也料想不到。

「旺月不旺」就連經濟學專家也沒料到景氣會持續低迷這麼久，消費者信心指數也不斷下滑中。

「とは」用來表達對「景氣持續低迷」的事實，即使「專家亦未預見」，強調出乎意料。

☞ 文法應用例句

2
　誰會想到，偏偏就在入學大考的那一天電車發生事故而停駛了。

こともあろうに、入試の日に電車が事故で止まるとは。
　　　　　　　　にゅうし　ひ　でんしゃ　じこ　　と

「入學考試」

★「とは」對已知事實「考試當天列車出事」，表示「難以置信」，強調驚訝之情。

3
　真沒想到，那麼認真的老實人居然是個殺人凶手！

まさか、あんな真面目な人が殺人犯なんて。
　　　　　　　　まじめ　ひと　さつじんはん

「難以置信」　　　　　　　　「殺人兇手」

★「なんて」針對「一個正直的人竟是殺人犯」的事實，表示「難以置信」，突出震驚與難以接受。

4
　我想，所謂的幸福，就是能由衷感激眼前的事物吧！

幸せとは、今目の前にあるものに感謝できることかな。
しあわ　　　　いま め　まえ　　　　　　　　かんしゃ

「面前」　　　　　　　　「感恩」

★「とは」引出「幸福」這一主題，闡述認為「感恩當下」即是幸福，強調個人看法。

5
　我問你，什麼叫「雲端」啊？聽說那是一種網路術語哦？

ねえ、「クラウド」って何。ネットの用語みたいだけど。
　　　　　　　　　　　　なに　　　　　　　ようご

「雲端」　　　　　　　　　　　「術語」

★「って」提出「雲端」這個主題並質疑，補充「似乎是網路術語」，強調探索未知。

とはいえ

雖然…但是…

類義文法

ながらも
雖然…但是…

接續方法 ▶ {名詞（だ）；形容動詞詞幹（だ）；[形容詞・動詞] 普通形}＋とはいえ

【讓步】表示逆接轉折。前後句是針對同一主詞所做的敘述，表示先肯定那事雖然是那樣，但是實際上卻是後項的結論。也就是後項的説明，是對前項既定事實的否定或是矛盾。後項一般為説話人的意見、判斷的內容。書面用語。

意思 ～けれども

類語 ～と言っても／～けれども

時間參考　季節指示　儘管如此　　　現實狀況描述

例1 暦の上では 春 とはいえ、まだまだ寒い日が続く。
こよみ　うえ　　　　はる　　　　　　　　　　　　さむ　ひ　つづ

雖然已過立春，但是寒冷的天氣依舊。

> 已經過了立春了，怎麼還是那麼冷呀老伴？

> 「とはいえ」雖然「曆法上已是春季」，但實際天氣「依然寒冷」，強調現實與曆法的差異。

☞ 文法應用例句

2　雖說是自己的房子，但還有20年的貸款要付。

　　┌自家住宅┐　　　　　　　　┌貸款┐
　　マイホームとはいえ、20年のローンがある。
　　　　　　　　　　　　　　ねん

★「とはいえ」即使是「自己的房子」，也不能忽視「20 年貸款」的現實情況，強調現實情況的考量。

3　雖然說困難，但我想也不是說不可能。

　　　　　　　　　　　┌難以實現的┐
　　難しいとはいえ、「無理」だとは思わない。
　　むずか　　　　　　むり　　　　　おも

★「とはいえ」即便「面臨困難」，仍不視之為「不可克服」，凸顯挑戰的堅持與成功的可能性。

4　就算再怎麼喜歡雨，每天下個不停，心情還是會沮喪。

　　　　　　　　　　　　　　　　　　　　┌情緒低落┐
　　いくら雨が好きだとはいえ、毎日降り続けると気分が沈みます。
　　　　　あめ　す　　　　　　　まいにちふ　つづ　　　きぶん　しず

★「とはいえ」儘管「鍾愛雨天」，但「連日降雨」亦會引起憂鬱情緒，指出喜好的界限。

5　雖說要離婚，但並不是從此絕不相見那麼惡劣的狀況。

　┌離婚┐
　離婚するとはいえ、もう二度と会わないということではありません。
　りこん　　　　　　　　　　　にど　あ

★「とはいえ」雖然決定「離婚」，但並不意味著「絕不相見」，表明分開後的情況不盡悲觀。

とみえて、とみえる

看來…、似乎…

類義文法

ようだ

好像…、像…一樣的

接續方法▸ {名詞（だ）；形容動詞詞幹（だ）；[形容詞・動詞] 普通形}＋とみえて、とみえる

【推測】表示前項是敘述推測出來的結果，後項是陳述這一推測的根據。前項為後項的根據、原因、理由，表示説話者從現況、外觀、事實來自行推測或做出判斷。

類語 ～らしく／～らしい

行動推測　　　　　　　　　　似乎如此
↓　　　　　　　　　　　　　　↓

例1 黄さんは、もう立ち直ったようだ。次のボーイフレンドを見つけたとみえる。

黃小姐似乎已經振作起來了。看來她已經找到新男友了。

黃小姐最近春風滿面，應該是有新歡了吧？希望她這次能修成正果！

「とみえる」由她從重新煥發活力的樣子看來，推測「可能找到新男友了」，強調觀察後的推論。

☞ 文法應用例句

2

黃小姐看來是位好強的女性，被甩了之後對於聯誼的態度很積極。

黄さんは勝ち気な女性とみえて、ふられてから合コンに積極的だ。

★「とみえて」表看起來是「好勝女性」，從她「被拒後積極聯誼」的行動，可做出判斷。

3

黃小姐看起來垂頭喪氣的，看來是被甩了所以很難過。

黄さんがしょんぼりとしている。ふられて悲しいとみえる。

★「とみえる」從她那消沉的表情判斷，推測「似乎是被拒絕了」，凸顯根據心情變化的推理。

4

從黃小姐的樣子看來，像是對他十分迷戀。

黄さんの様子からして、彼に夢中だとみえる。

★「とみえる」從她對某人的專注行為推測，「似乎非常迷戀他」，強調行為所顯示的深層情感。

5

黃小姐眼睛通紅，看起來像哭過了。

黄さんは、泣いたとみえて目が赤い。

★「とみえて」根據她「眼睛泛紅」的情況推測，「好像剛哭過」，突出由外觀來做出的判斷。

ともあろうものが

身為…卻…、堂堂…竟然…、名為…還…

類義文法

たる（もの）

作為…的人…

接續方法▶ {名詞}＋ともあろう者が

1【評價的觀點】 表示具有聲望、職責、能力的人或機構，其所作所為，就常識而言是與身分不符的。「ともあろう者が」後項常接「とは／なんて、～」，帶有驚訝、憤怒、不信及批評的語氣，但因為只用「ともあろう者が」便可傳達説話人的心情，因此也可能省略後項驚訝等的語氣表現。前接表示社會地位、身分、職責、團體等名詞，後接表示人、團體等名詞，如「者、人、機関」，如例 (1) ～ (3)。

2〖ともあろうＮが〗 若前項並非人物時，「者」可用其它名詞代替，如例 (4)。

3〖ともあろうもの＋に〗「ともあろう者」後面常接「が」，但也可接其他助詞，如例 (5)。

意思 それほどの人物が～　　類語 それほどの～が～

高位者指示　　高度期待　　　　　　無能力描述　　　　　　評價表達
↓　　　　　↓　　　　　　　　　　↓　　　　　　　　　　↓

例1 日本のトップともあろう者が、どうしたらいいのか分からないとは、情けないものだ。

連日本的領導人竟然都會茫然不知所措，實在太窩囊了。

自從金融危機以後，領導人一直呈現不知所措的狀態，到底怎麼了？振作點好不好！

「ともあろう者が」用於批評擔任「日本領袖」的人，卻展現出「不知所措」的態度，顯示失望和批判。

☞ 文法應用例句

2

貴為醫師的人卻幹了順手牽羊的行徑，又不是缺錢花用啊。

医者ともあろう者が万引きをするとは、お金がないわけでもあるまいし。

★「ともあろう者が」應具備良德的「醫生」，卻捲入「竊盜」不當行為，表露驚訝或不滿。

3

身為市議員卻因賭博而遭到逮捕，這等於背叛了投票給他的選民。

市議会議員ともあろう者が賭博で逮捕されるとは、投票してくれた人に対する裏切りだ。

★「ともあろう者が」位於「市議會議員」位置的人，卻「涉賭被捕」，彰顯對選民的背叛，表達強烈不滿。

4

規模龐大如豐產公司居然倒閉了，實在令人震驚。

トヨサンともあろう会社が、倒産するとは驚いた。

★「ともあろう～が」用以表達對「知名公司」竟「面臨破產」的震驚，突顯意料之外。

5

貴為首相竟然口出惡言，以其身分地位實在不恰當。

あんな暴言を吐くなんて、首相ともあろう者にあるまじきことだ。

★「ともあろう者に」用於指責身為「首相」卻「說出粗暴語言」，反映出驚愕與不滿。

ともなく、ともなしに

1.雖然不清楚是…，但…；2.無意地、下意識的、不知…、無意中…

1【無目的行為】{疑問詞（＋助詞）}＋ともなく、ともなしに。前接疑問詞時，則表示意圖不明確。表示在對象或目的不清楚的情況下，採取了那種行為，如例(1)～(3)。

2【樣態】{動詞辭書形}＋ともなく、ともなしに。表示並不是有心想做，但還是發生了後項這種意外的情況。也就是無意識地做出某種動作或行為，含有動作、狀態不明確的意思，如例(4)、(5)。

意思 ～するつもりはなく／それが～かは不明だが～

類語 なにげなく／何となく／特に～する気もなく

不特定對象　無特定對象　　　行為舉止
↓　　　　↓　　　　　　↓

例1 一人で食事をするときも、誰にともなく「いただきます」と言う。

就連一個人吃飯的時候，也會自言自語地説「我開動了」。

日本人從小就被教導飯前要説「いただきます」（我開動了），所以就連一個人吃飯時，還是會不自覺説了再開動。

「ともなく」形容即使「獨自用餐」也對著「空氣」説出「感謝用餐」，凸顯行為的自然和隨意。

☞ **文法應用例句**

2
一隻蝴蝶，不從從何處飛來，又不知飛往何處了。

蝶が1匹、どこからともなく飛んできて、どこへともなく飛び去った。

★「ともなく」表示蝴蝶「無特定來源及目的地」飛來又飛走，強調其隨機性和不確定性。

3
他們兩人不知道從什麼時候開始，互相把對方當成競爭對手了。

二人は、いつからともなしに、互いをライバル視するようになった。

★「ともなしに」描述兩人「不知不覺中」開始將對方視為競爭對手，強調逐漸發展的關係。

4
在去吃午餐的那家店裡，不經意地聽著鄰桌兩人的交談，這才發現原來是太太的朋友。

昼食に入った店で、隣の二人の話を聞くともなく聞いていたら、妻の友人だった。

★「ともなく」在餐廳「無意間」聽到了鄰桌的談話，並後來發現對話者是妻子的朋友，顯示了意外的發現。

5
她從剛才就漫不經心地，啪啦啪啦地翻著雜誌。

彼女は、さっきから見るともなしに雑誌をぱらぱらめくっている。

★「ともなしに」描述她「隨意地」翻閱雜誌，無特定目的，強調她輕鬆隨性的態度。

と（も）なると、と（も）なれば

要是…那就…、如果…那就…、一旦處於…就…

類義文法

とすれば
如果…的話…

接續方法 ▶ {名詞；動詞普通形} ＋と（も）なると、と（も）なれば

【評價的觀點】前接時間、職業、年齡、作用、事情等名詞或動詞，表示如果發展到某程度，用常理來推斷，就會理所當然導向某種結論、事態、狀況及判斷。後項多是與前項狀況變化相應的內容。

意思 もし～なら

類語 ～になると、やはり～

例1 <u>プロ</u>ともなると、<u>作品の格が違う。</u>
　　　　專業人士　達到時　　　質量差異

要是變成專家，作品的水準就會不一樣。

「ともなると」表示當達到「專業水準」，作品自然「品質卓越」，強調能力與成就的相互關係。

你看！大師就是大師，作品就是有水準。

☞ 文法應用例句

2 到了12點，果然就會想睡覺。

12時ともなると、さすがに眠たい。
じ　　　　　　　　　　　　　　　ねむ

★「ともなると」表示時間一到「12時」，自然而然「感到睏」，強調時間與狀態的相關。

3 如果當了首相，對於一切的發言就要十分謹慎。

首相ともなれば、いかなる発言にも十分注意が必要だ。
しゅしょう　　　　　　　　　　はつげん　　じゅうぶんちゅうい　ひつよう

★「ともなれば」指出當身分達至「總統」，便必須「小心謹慎」，突出高位者所承擔的重大責任。

4 如果要買房子，就必須做詳盡的規劃。

家を買うとなると、しっかり計画を立てる必要がある。
いえ　か　　　　　　　　　　けいかく　た　　ひつよう

★「となると」表示一旦決定「購房」，就需要「細緻的規劃」，凸顯實現目標與前期準備間緊密聯繫。

5 既然是第一次和她父母見面，從服裝到其他細節都得用心。

彼女の両親に初めて会うとなれば、服装やら何やら気を使う。
かのじょ　りょうしん　はじ　あ　　　　　　　ふくそう　なに　　き　つか

★「となれば」用於描述「首次見女友父母」的場合，自然要「關注細節」，強調重要場合的禮儀。

ないではすまない、ずにはすまない、なしではすまない

不能不…、非…不可

類義文法

ないではおかない
不能不…

1【強制】{動詞否定形}＋ないでは済まない；{動詞否定形（去ない）}＋ずには済まない（前接サ行變格動詞時，用「せずには済まない」）。表示前項動詞否定的事態、説辭，考慮到當時的情況、社會的規則等，是不被原諒的、無法解決問題的或是難以接受的，如例（1）、（2）。

2【強制】{名詞}＋なしでは済まない；{名詞；形容動詞詞幹；[形容詞・動詞] 普通形}＋では済まない。表示前項事態、説辭，是不被原諒的或無法解決問題的，指對方的發言結論是説話人沒辦法接納的，前接引用句時，引用括號（「」）可有可無，如例（3）、（4）。

3〖ではすまされない〗和可能助動詞否定形連用時，有強化責備語氣的意味，如例（5）。

意思 ～なければ事態が（解決）解消しない   類語 ～しなければならない

原因説明　　　行動計劃　　　無法避免

例1 時間がないので、徹夜しないでは済まない。

由於時間不夠了，不熬夜不行了。

> 明天就要截稿了，還有五分之一還沒有完成，救命啊！不熬夜拚肯定來不及的！

> 「ないでは済まない」用來表達在「時間緊迫」的情況下，「必須熬夜」，凸顯迫不得已的處境。

☞ 文法應用例句

2 無論如何都非得說服對方不可。

何としても相手を説得せずには済まない。

★「ずには済まない」表達「必須說服對方」的迫切性，強調不做無法解決問題。

3 雙方已經僵持到這種地步，或許只能靠打官司才能解決了。

ここまでこじれると、裁判なしでは済まないかもしれない。

★「なしでは済まない」表達事態「嚴重到需訴諸法律」的可能性，強調不訴諸法律則無法解決。

4 光是嚷著「我不會做」也無濟於事。

「できない」では済まない。

★「では済まない」用來表達單純說「無法完成」不足以應對情況，強調需要實際解決方案。

5 事到如今假稱不知情也太說不過去了吧！

今さら知らなかったでは済まされない。

★「では済まされない」表明現階段「裝作不知情」是無法被接受的，突出事態的嚴重需予正視。

088

Track088

ないともかぎらない

也並非不…、不是不…、也許會…

> **類義文法**
>
> **なくもない**
> 也並非不…

接續方法▶ {名詞で；[形容詞・動詞] 否定形}＋ないとも限らない

【部分否定】表示某事並非百分之百確實會那樣。一般用在説話人擔心好像會發生什麼事，心裡覺得還是採取某些因應的對策比較好。暗示微小的可能性。看「ないとも限らない」知道「とも限らない」前面多為否定的表達方式。但也有例外，前面接肯定的表現如：「金持ちが幸せだとも限らない」(有錢人不一定很幸福)。

意思 そうと断定できない

類語 ～かもしれない

可能情況　　　不確定性　　　　　　　　建議指示
　↓　　　　　　↓　　　　　　　　　　　↓

例1 <u>火災になら</u> <u>ないとも限らない</u>から、<u>注意してください</u>。

我並不能保證不會造成火災，請您們要多加小心。

今天風這麼大，露營的營火，沒有妥善處理，可能引起火災的。

「ないとも限らない」用於暗示某些「特定行為」可能會「導致火災」，突出未知的風險和預防的重要。

☞ 文法應用例句

2　基於善意所做的事，也有可能反而造成對方的困擾。

好意[友好之舉]でしたことが、相手にとって迷惑[麻煩]でないとも限らない。

★「ないとも限らない」表示「好意」可能「變成麻煩」，強調不確定的後果。

3　說不定會蠻有趣的，還是去看看吧。

案外[意外地]面白くないとも限らないから、一度行ってみよう。

★「ないとも限らない」表示某項「活動」有機會「意外地令人愉快」，鼓勵探索未知的心態。

4　畢竟老爸總是三心兩意的，難講到了前一刻或許仍會改變心意。

親父[老爸]のことだから、直前[臨近時]に気を変えないとも限らない。

★「ないとも限らない」用來指出「父親的決定」有變數存在，可能會「臨時更改」，反映其不穩定性。

5　如果把鑰匙擱在信箱裡，說不定小偷會進來的。

鍵をポスト[信箱]の中に置いておいたりしたら、泥棒[竊賊]が入らないとも限らない。

★「ないとも限らない」提醒「將鑰匙留在郵箱」有引起「小偷注意」的風險，強調安全預防的必要。

ないまでも

沒有…至少也…、就是…也該…、即使不…也…

接續方法▶ {名詞で（は）；[形容詞・形容動詞・動詞]否定形}＋ないまでも

【程度】 前接程度比較高的，後接程度比較低的事物。表示雖然不至於到前項的地步，但至少有後項的水準，或只要求做到後項的意思。後項多為表示義務、命令、意志、希望、評價等內容。後面為義務或命令時，帶有「せめて、少なくとも」（至少）等感情色彩。

意思 ～ないけれども、～なくても

類語 ～ほどではないが／～まではできないが

頻度限定　　　儘管非　　　狀況存在
　↓　　　　　　↓　　　　　　↓

例1 **毎日では ないまでも 残業がある。**
　まいにち　　　　　　　　　ざんぎょう

雖說不是每天，有時還得加班。

最近剛進了一家新公司，上下班時間都蠻穩定的，不過偶爾比較忙的時候，還是會小加一下班。

「ないまでも」用以指出即使不是「毎日」，但仍經常「需要加班」，強調工作的頻繁和壓力的程度。

☞ 文法應用例句

2 雖然不到不及格的程度，但是還遠遠不夠努力。

不合格でないまでも、まだまだ努力が足りません。
ふ ごうかく　　　　　　　　　　　どりょく　た

★「ないまでも」表示雖未達到「完全不及格」，但仍需「更多努力」，強調還有改進空間。

3 雖然不太好吃，還不至於令人食不下嚥。

おいしくないまでも、食べられないことはない。
　　　　　　　　　　　た

★「ないまでも」描述食物雖然不至於「難以下嚥」，卻也「味道平平」，表達其可接受但不出色的程度。

4 對於小野先生，既不討厭但也沒有特別喜歡。

小野さんのことは、嫌いではないまでも特別好きではない。
おの　　　　　　　きら　　　　　　　　　　とくべつ す

★「ないまでも」對小野的感受，並非達到「厭惡」的程度，但也「沒有特別喜歡」，突出中性的態度。

5 雖說還不到專業的水準，已經算是技藝高超了。

プロ並みとは言えないまでも、なかなかの腕前だ。
　　　な　　　　　　い　　　　　　　　　　　　うでまえ

★「ないまでも」表達儘管無法稱之為「專業級別」，但技藝也相當「出色」，強調技術的高水準。

ないものでもない、なくもない

也並非不…、不是不…、也許會…

類義文法
ないこともない
並不是不…

接續方法 ▶ {動詞否定形}＋ないものでもない

【部分否定】表示依後續周圍的情勢發展，有可能會變成那樣、可以那樣做的意思。用較委婉的口氣敘述不明確的可能性。是一種用雙重否定，來表示消極肯定的表現方法。多用在表示個人的判斷、推測、好惡等。語氣較為生硬。

意思 ～てもいい

類語 ～しないわけではない／～することもあり得る

條件假設　　　　可能性估計　　　　　　部分否定
↓　　　　　　　↓　　　　　　　　　　↓

例1 この量なら 1週間で終わらせられ ないものでもない。

以這份量來看，一個禮拜也許能做完。

這是公司半年份的進出貨單，你要花多少時間完成？

「ないものでもない」表示這種工作量，「並非完全無法在一週內完成」，暗示完成任務的可能性。

☞ 文法應用例句

2 他所說的話也不是不能理解。

彼の言い分も分からないものでもない。
かれ　い　ぶん　わ

★「ないものでもない」表示對方的觀點，並非完全「無法理解」，強調存在一定的認同。

3 假如是這種程度的問題，並不是我們所解決不了的。

この程度の問題なら、我々で解決できないものでもない。
てい　ど　もんだい　　われわれ　かいけつ

★「ないものでもない」說明對於這類問題，並非「我們束手無策」，表達了一種含蓄的自信。

4 也不是完全不喝酒，但頂多每個月喝兩三次吧。

お酒は飲まなくもありませんが、月にせいぜい2、3回です。
さけ　の　　　　　　　　　つき　　　　　　　　　かい

★「なくもない」表明雖然不是「絕對不喝酒」，但也只是「每月幾次」，顯示了習慣的節制。

5 如果是這種程度的疼痛，倒不是忍受不了的。

これぐらいの痛みなら、耐えられないものでもない。
いた　　　　　　た

★「ないものでもない」描述這種程度的疼痛，「並非完全無法忍耐」，強調其可忍耐性。

ながら、ながらに、ながらの

1.保持…的狀態；3.雖然…但是…

接續方法▶ {名詞；動詞ます形}＋ながら、ながらに、ながらの＋{名詞}

1【樣態】 前面的詞語通常是慣用的固定表達方式。表示「保持…的狀態下」，表明原來的狀態沒有發生變化，繼續持續。用「ながらの」時後面要接名詞，如例 (1)、(2)。

2〖ながらにして〗「ながらに」也可使用「ながらにして」的形式，如例 (3)、(4)。

3【讓步】 讓步逆接的表現。表示「實際情形跟自己所預想的不同」之心情，後項是「事實上是…」的事實敘述，如例 (5)。

意思 そのまま変化しないで続く状態・様子

類語 ～のまま

出生時　天生的　特性描述
↓　　　↓　　　↓

例1 僕は<u>生まれ</u>ながらの <u>ばか</u>なのかもしれません。

說不定我是個天生的傻瓜。

天啊！我到底在做什麼！又把 A 案搞砸了！讓公司賠上大筆金錢…我真是個大傻瓜！

「ながらの」表達我可能是「天生的笨蛋」，強調了自身特質的固有和不變性質。

☞ 文法應用例句

2　在這裡，我們用傳統以來的製造方式來做味噌的。

ここでは、昔ながらの<ruby>製法<rt>せいほう</rt></ruby>で、みそを<ruby>作<rt>つく</rt></ruby>っている。

★「ながらの」用於表達「依照傳統方式」製作味噌，強調傳統方法的持續使用。

3　他擁有與生俱來的明星特質。

<ruby>彼<rt>かれ</rt></ruby>には、<ruby>生<rt>う</rt></ruby>まれながらにしてスターの<ruby>素質<rt>そしつ</rt></ruby>があった。

★「ながらにして」用於描繪他天生就擁有「明星潛質」，突出了天賦在其一生中的持續影響。

4　多虧有網路，待在家裡也可以購物。

インターネットのおかげで、<ruby>家<rt>いえ</rt></ruby>にいながらにして<ruby>買<rt>か</rt></ruby>い<ruby>物<rt>もの</rt></ruby>ができる。

★「ながらにして」用來表明即使「待在家中」也能進行購物，強調科技帶來的便利性。

5　儘管知道丈夫有外遇，在孩子們面前仍然假扮成一對美滿的夫妻。

<ruby>夫<rt>おっと</rt></ruby>の<ruby>浮気<rt>うわき</rt></ruby>を<ruby>知<rt>し</rt></ruby>りながら、<ruby>子<rt>こ</rt></ruby>どもたちの<ruby>前<rt>まえ</rt></ruby>では<ruby>円満<rt>えんまん</rt></ruby>な<ruby>夫婦<rt>ふうふ</rt></ruby>を<ruby>演<rt>えん</rt></ruby>じている。

★「ながら」描述在「知曉丈夫不忠」的情況下，依然維持「和諧的表現」，突出情感矛盾和內心掙扎。

なくして（は）〜ない

如果沒有…就不…、沒有…就沒有…

類義文法

ぬきでは
沒有…的話

接續方法▶ {名詞；動詞辭書形} ＋（こと）なくして（は）〜ない

【條件】表示假定的條件。表示如果沒有不可或缺的前項，後項的事情會很難實現或不會實現。「なくして」前接一個備受盼望的名詞，後項使用否定意義的句子（消極的結果）。「は」表示強調。書面用語，口語用「なかったら」。

意思 〜がなければ〜ない

類語 〜がなければ／〜がなかったら

錯誤行為　沒有則　　　　　　結果論述
　↓　　　　↓　　　　　　　　↓

例1 **過ち なくして、成長 することはない。**
　　あやま　　　　　　せいちょう

如果沒有失敗，就沒辦法成長。

從錯誤中學習，其實會比從成功中學習，得到的還要多喔！

「なくして〜ない」表達「不經歷錯誤」就不可能「實現成長」，凸顯學習過程犯錯的必要性和價值。

☞ 文法應用例句

2

雙方沒有妥協，就無法達成共識。

┌兩方┐┌讓步┐　　　　　┌協議┐┌實現┐
双方の妥協なくして、合意に達することはできない。
そうほう　だきょう　　　　　ごうい　たっ

★「なくして〜ない」表示沒有條件「雙方妥協」，則無法「達成協議」，強調條件的必要性。

3

如果沒有愛，人生就毫無意義。

　　　　　┌人生┐┌價值┐
愛なくして人生に意味はない。
あい　　　じんせい　いみ

★「なくして〜ない」指出「缺乏愛」將導致「人生失去其意義」，強調愛的根本性和對人生的重要。

4

失去了你，我也活不下去。

　　　　　　　　　┌生存┐
あなたなくしては、生きていけません。
　　　　　　　　　い

★「なくしては〜ない」表達「沒有你」就無法「繼續生活」，突出對方在生活中的無可替代性。

5

雙方沒有經過深入詳談，就不可能彼此了解吧！

┌─對話─┐
話し合うことなくして、分かりあえることはないでしょう。
はな　あ　　　　　　　　　わ

★「なくしては〜ない」表示「不透過對話」就難以「理解對方」，強調溝通在人際關係中的重要。

なくはない、なくもない

也不是沒…、並非完全不…

類義文法

**もなんでもない、
もなんともない**
也不是…什麼的

接續方法▶ {名詞が；形容詞く形；形容動詞て形；動詞否定形；動詞被動形} ＋
なくはない、なくもない

【部分否定】表示「並非完全不…、某些情況下也會…」等意思。利用雙重否
定形式，表示消極的、部分的肯定。多用在陳述個人的判斷、好惡、推測。

意思 まったく～ないのではない
類語 ないことはない

能力指示　　　部分肯定
　↓　　　　　↓

例1 お酒ですか。飲め なくはありません。

喝酒嗎？也不是不能喝啦。

其實醫生要我最近禁酒…不
過偷喝一點也無所謂吧？

「なくはない」用來表達雖然
不是「完全不喝酒」，但偶爾
還是會，突顯間接的認可。

☞ 文法應用例句

2
對於大學入學考試雖然也不是完全沒自信，但還是會緊張。

大学入試は自信がなくはないけど、やっぱり緊張します。
だいがくにゅうし　じしん （入學測驗）　　　　　　　　　　　（仍然）きんちょう

★「なくはない」表示並非完全沒有「自信」，但仍「感到緊張」，強調個人有限的自信感。

3
「現在方便打擾一下嗎？」「嗯，也不是不忙啦，怎麼了？」

「今、ちょっとお時間よろしいですか。」「ああ、忙しくなくはないけど、何ですか。」
いま　　　　じかん（方便的）　　　　　　　　　　いそが　　　　　　　　　なん

★「なくはない」雖然不是「完全不忙」，但還是會「抽空應對」，顯示出柔性的態度，靈活調整能力。

4
網路雖然很方便，但是依照使用方式的不同也不能說它不危險。

インターネットはとても便利だが、使い方によっては危険でなくもない。
（網際網路）　　　　　　　べんり　つか かた　　　　　　きけん（危險的）

★「なくもない」表明雖然不是「完全無危險」，但根據使用方式，仍有風險存在，凸顯潛在問題。

5
偶爾也不是沒有後悔過結婚。

ときどき、結婚を後悔する ことがなくもない。
（有時）　けっこん（反悔）こうかい

★「なくもない」表示雖然不是「完全無後悔」，但偶爾會有，凸顯情感的複雜性。

なしに（は）〜ない、なしでは〜ない

1. 沒有…不、沒有…就不能…；2. 沒有…

接續方法▶ ｛名詞；動詞辭書形｝＋（こと）なしに（は）〜ない；｛名詞｝＋なしでは〜ない

1【否定】 表示前項是不可或缺的，少了前項就不能進行後項的動作。或是表示不做前項動作就先做後項的動作是不行的。有時後面也可以不接「ない」，如例（1）〜（3）。

2【非附帶】 用「なしに」表示原本必須先做前項，再進行後項，但卻沒有做前項，就做了後項，也可以用「名詞＋もなしに」，「も」表示強調，如例（4）、（5）。

意思 〜しないままで

類語 〜しないで

必需品 缺乏時 不可或缺

例1 僕はお酒と音楽 なしでは 生きていけないんです。

我沒有酒和音樂就活不下去。

「酒」和「音樂」是我的創作之源，沒有這兩樣我就活不下去啦！

「なしでは〜ない」若無「酒與音樂」的調味，我「生活無味」，強調這兩樣元素對生活的重大影響。

☞ 文法應用例句

2 這份事業當初要是沒有他的資金援助應該不會成功。

この事業は彼の資金援助なしには成功しなかっただろう。
じぎょう かれ しきんえんじょ せいこう

★「なしには〜ない」表示若沒有「他的資金援助」，「事業不會成功」，強調必要條件。

3 視力不好，沒有眼鏡的話就沒辦法看書。

目が悪くて、眼鏡なしでは本を読めないんです。
め わる めがね よ

★「なしでは〜ない」表示沒有「眼鏡」就「無法閱讀」，突出眼鏡對視力的重要支持。

4 從早工作到晚沒有休息，終於把房子修理完了。

朝から晩まで休みなしに働いて、ようやく家の修理が終わった。
あさ ばん やす はたら いえ しゅうり お

★「なしに」形容從「早到晚無休息」也要工作，以「完成家居修繕」，顯示完成目標的堅持和毅力。

5 牙齒突然痛了起來，（也）沒有預約就去看牙醫了。

歯が急に痛み出し、予約（も）なしに歯医者に行った。
は きゅう いた よやく はいしゃ い

★「なしに」面臨急迫時在「沒有預約」的情況下，也「直接去看牙醫」，強調緊急情況下的行動。

なみ

相當於…、和…同等程度

類義文法
ごとし、ごとき
如…一般（的）

接續方法▶ {名詞}＋並み

1【比較】表示該人事物的程度幾乎和前項一樣。「並み」含有「普通的、平均的、一般的、並列的、相同程度的」之意。像是「男並み」（和男人一樣的）、「人並み」（一般）、「月並み」（每個月、平庸）等都是常見的表現。

2〔並列〕有時也有「把和前項許多相同的事物排列出來」的意思，像是「街並み」（街上房屋成排成列的樣子）、「軒並み」（家家戶戶）。

意思 ～とほぼ同程度

社會一般　平均水準　不滿表達　　　　　目標宣言

例1 **世間並みじゃいやだ。俺は成功者になりたいんだ。**

我不要平凡！我要當個成功人士。

我要出頭天！我要當「勝ち組」（人生勝利組）！

「並み」用以表達不滿足於「一般社會人」的平凡，渴望「成為成功者」，凸顯雄心壯志強烈的抱負。

☞ 文法應用例句

2 才5月而已，今天就熱得像盛夏一樣。

まだ5月なのに、今日は真夏並みの暑さだった。

★「並み」表示「5月的天氣」像「盛夏般炎熱」，程度幾乎一樣，突顯異常氣候。

3 我無意和男人一樣全心投入事業，只是喜歡工作而已。

男性並みに働きたいわけではなく、仕事が好きなだけです。

★「並み」表示並非要與「男性」的工作投入程度相等，僅因「熱愛工作」而已，否定了純粹的競爭心態。

4 容貌雖然普普通通，但是是個機伶又敦厚的好人喔！

容姿は十人並みだけれど、気が利くし温厚ないい人だよ。

★「並み」用於形容外貌「像普通人一樣」，儘管普通但「性格善良」，強調內在閃耀的價值。

5 谷根千（谷中、根津、千駄木）雖然位於都心，但依然保有古樸的小鎮樣貌。

谷根千は、都心にありながら、古い町並みが残っている。

★「並み」描述「谷根千」的環境，儘管「位於市中心」，卻保留了「古色古香的街道」，突出歷史與現代的完美融合。

ならいざしらず、はいざしらず、だったらいざしらず

類義文法

であろうと
無論…都…

（關於）我不得而知…、姑且不論…、（關於）…還情有可原

接續方法 ▶ {名詞}＋ならいざ知らず、はいざ知らず、だったらいざ知らず；
{[名詞・形容詞・形容動詞・動詞]普通形(の)}＋ならいざ知らず

【排除】舉出對比性的事例，表示排除前項的可能性，而著重談後項中的實際問題。後項所提的情況要比前項嚴重或具特殊性。後項的句子多帶有驚訝或情況非常嚴重的內容。「昔はいざしらず」是「今非昔比」的意思。

意思 ～についてはよくわからないが／～はともかくとして

類語 ～ともかくとして

過去時間　過去不明　　現在時間　　　　　現狀描述
　↓　　　　↓　　　　　↓　　　　　　　　　↓

例1 **昔はいざしらず、今は会社を10も持つ大実業家だ。**

不管他有什麼樣的過去，現在可是擁有10家公司的大企業家。

> 每個人的心裡，都潛藏著巨大的心理能量，一旦正確使用，就能成就非凡喔！

> 「はいざしらず」表現從不明的「過去」，到「現在」成為多家公司的大實業家，強調時代變化。

☞ 文法應用例句

2 ─ 如果是小孩倒還另當別論，已經是大人了竟然還沉迷其中！

子どもならいざ知らず、大の大人までが夢中になるなんてね。

★「ならいざ知らず」表示若是「孩童」沈迷還說得過去，但「成年人」則出乎意料，強調意外性。

3 ─ 小學生的話就算了，已經是國中生了居然還在玩玩偶嗎？

小学生ならいざ知らず、中学生にもなって、ぬいぐるみで遊んでいるんですか。

★「ならいざ知らず」若是「小學生」玩玩具尚可理解，但「中學生」則出人意料，突顯行為的不適宜。

4 ─ 若是正在交往也就算了，如果只是一般同事卻親手做便當送給我，未免有點困擾。

付き合っているならいざ知らず、ただの同僚に手作り弁当をもらっても困る。

★「ならいざ知らず」若是「戀人」做便當尚可理解，但若僅是「同事」則讓人困惑，強調情境的不尋常。

5 ─ 假如不曉得他是我男友也就算了，要是明明知道卻故意來逗弄，那就不可原諒了！

私の彼だって知らなかったのならいざ知らず、知っててちょっかい出してくるなんて、許せない。

★「ならいざ知らず」表示如果「不知情」還可原諒，但在「明知故問」的情況下就難以接受，凸顯行為的嚴重性。

ならでは (の)

1.正因為…才有（的）、只有…才有（的）；2.若不是…是不…（的）

接續方法▶ {名詞}＋ならでは (の)

1【限定】 表示對「ならでは (の)」前面的某人事物的讚嘆，含有如果不是前項，就沒有後項，正因為是這人事物才會這麼好。是一種高度評價的表現方式，所以在商店的廣告詞上，有時可以看到。置於句尾的「ならではだ」，表示肯定之意，如例 (1) ～ (3)。

2〖ならでは～ない〗「ならでは～ない」的形式，強調「如果不是…則是不可能的」的意思，如例 (4)、(5)。

意思 ～ただ～だけができる

類語 ～でなくては（できない）／～だけの／～以外にはない

事件指示	特有的	興奮状態
↓	↓	↓

例1 <ruby>決勝戦<rt>けっしょうせん</rt></ruby> ならではの <ruby>盛<rt>も</rt></ruby>り<ruby>上<rt>あ</rt></ruby>がりを<ruby>見<rt>み</rt></ruby>せている。

比賽呈現出決賽才會有的激烈氣氛。

> 紅隊的三壘跑者要盜壘了！白隊也不甘示弱，從中外野直接把球傳回本壘！OUT！

> 「ならではの」用於描述「決賽」帶來的獨有「激動氣氛」，強調其特有的魅力。

文法應用例句

2 若不是在鄉間，不會有如此濃厚的人情味。

<ruby>田舎<rt>いなか</rt></ruby>ならではの<ruby>人情<rt>にんじょう</rt></ruby>がある。
（鄉下）（人際溫情）

★「ならではの」被用來描述正因為「農村」，才有其獨特的「人情味」，強調該地特色。

3 到處充滿一股過年特有的氣氛。

お<ruby>正月<rt>しょうがつ</rt></ruby>ならではの<ruby>雰囲気<rt>ふんいき</rt></ruby>が<ruby>漂<rt>ただよ</rt></ruby>っている。
（氛圍）（彌漫）

★「ならではの」用於形容「新年」特有的「喜慶氣氛」，突出節日的特殊感受和歡樂。

4 這是只有小孩子才畫得出如此具有童趣的圖畫呀！

これは<ruby>子<rt>こ</rt></ruby>どもならでは<ruby>描<rt>か</rt></ruby>けない<ruby>味<rt>あじ</rt></ruby>のある<ruby>絵<rt>え</rt></ruby>だ。
（風味）

★「ならでは」用以表明「孩童」獨有的「天真無邪」畫風，強調童年特有的純真與自然。

5 他那極具獨特魅力的呈現方式，令眾人咋舌。

<ruby>彼<rt>かれ</rt></ruby>ならではできない<ruby>表現<rt>ひょうげん</rt></ruby>に、みんな<ruby>舌<rt>した</rt></ruby>を<ruby>巻<rt>ま</rt></ruby>いた。
（展現）（讚嘆不已）

★「ならでは」用來描述「他」獨特的風格，所帶來的「非凡表現」，強調個性的獨特性。

なり

剛…就立刻…、一…就馬上…

接續方法▶ {動詞辭書形}＋なり

【時間的前後】表示前項動作剛一完成，後項動作就緊接著發生。後項的動作一般是預料之外的、特殊的、突發性的。後項不能用命令、意志、推量、否定等動詞。也不用在描述自己的行為，並且前後句的動作主體必須相同。

意思 その動作の直後に／そのまま状態で〜

類語 〜するとすぐに〜／〜したまま

事件發生 → 正當時 → 反應描述

例1 ボールがゴールに入る なり、観客は一斉に立ち上がった。

球一進球門，觀眾就應聲一同站了起來。

中村選手躲過了3個防守的球員，做了一個假動作，最後來了一個迴旋踢，球進門得分了！好棒唷！

「なり」用於表達「球進門後」觀眾「立即起立」的情況，強調瞬間的激動反應。

☞ 文法應用例句

2
他剛大喊一聲：「啊！有人溺水了！」便立刻飛身跳進河裡。

「あっ、誰かおぼれてる。」と言うなり、彼は川に飛び込んだ。

★「なり」連接「說」和「跳進」兩動作，表示他「說完便立刻」跳入河中，強調迅速反應。

3
在路上肚子突然痛了起來，一到公司就衝去廁所了。

道で急におなかが痛くなって、会社に着くなりトイレにかけ込んだ。

★「なり」連接「抵達公司」和「沖進廁所」兩個動作，表明「一到公司就急迫」的情況，凸顯迫切感。

4
一得知消息，心裡就忐忑不安說不出半句話來。

知らせを聞くなり、動揺して言葉を失った。

★「なり」連接「聽到消息」和「情緒動搖」，顯示「一聽消息便慌張」的反應，強調直接的情感表達。

5
兒子才喝了一口咖啡，立刻皺起眉頭說「好苦喔…」。

息子は、コーヒーを一口飲むなり「にがいー」と顔をしかめた。

★「なり」用以描述「喝了咖啡」後孩子「立刻皺眉說苦」的反應，突顯直覺感受和自然反應。

なり～なり

或是…或是…、…也好…也好

類義文法

といい～といい
…也好…也好

接續方法▶ {名詞；動詞辭書形}＋なり＋{名詞；動詞辭書形}＋なり

1【列舉】 表示從列舉的同類、並列或相反的事物中，選擇其中一個。暗示在列舉之外，還可以其他更好的選擇，含有「你喜歡怎樣就怎樣」的語氣。後項大多是表示命令、建議等句子。一般不用在過去的事物。由於語氣較為隨便，不用在對長輩跟上司。

2〖大なり小なり〗 例句 (4) 中的「大なり小なり」（或大或小）不可以說成「小なり大なり」。

意思 ～でも～でも、好きな方を選んで

類語 ～でもいい～でもいい／～ども～でも、どちらでも～

| 選項一 | 或者 | 選項二 | 再次或者 | 建議指示 |
| ↓ | ↓ | ↓ | ↓ | ↓ |

例1 テレビを見るなり、お風呂に入るなり、好きにくつろいでください。

看電視也好、洗個澡也好，請自在地放鬆休息。

> 表弟到東京玩，到我家住，我得去上課沒辦法陪他，就讓他先隨意放鬆休息。

> 「なり～なり」用於提供「放鬆活動」的選擇，如「看電視或洗澡」，強調自由選擇的樂趣。

☞ 文法應用例句

2
我們公司不如也從東京搬到千葉或神奈川吧？

うちの会社も、東京から千葉なり神奈川なりに移転しよう。
かいしゃ　　とうきょう　　ち ば　　か ながわ　　いてん〔搬遷〕

★「なり～なり」列舉搬遷地選項，「東京、千葉或神奈川」任一地點，表示多種可能。

3
等安頓好以後，記得要撥通電話還是捎封信來喔。

落ち着いたら〔安頓下來〕、電話なり手紙なりちょうだいね〔請給我…〕。
お　つ　　　　　でんわ　　て がみ

★「なり～なり」列舉「聯絡方式」的選項，如「打電話或寫信」，表示溝通方式多樣。

4
任誰都有或大或小的缺點。

誰にでも大なり小なり欠点〔短處〕があるものだ。
だれ　　　だい　しょう　けってん

★「なり～なり」用於描述「人的缺點」多寡，如「或大或小」，顯示每個人都有不同的缺陷。

5
不清楚的地方，只要自己去查或問別人就好。

不明な点〔不明確的〕は、自分で調べる〔調查〕なり、人に聞くなりすればよい。
ふ めい　てん　　　　じ ぶん　　しら　　　　　　ひと　き

★「なり～なり」列舉解決「不明問題」的方法，如「自查或詢問他人」，強調解決問題的多種途徑。

なりに、なりの

那般…（的）、那樣…（的）、這套…（的）

類義文法

ならではの
只有…才有（的）

接續方法 ▶ {名詞；形容動詞詞幹；[形容詞・動詞] 辭書形}＋なりに、なりの

1【判斷的立場】 表示根據話題中人切身的經驗、個人的能力所及的範圍，含有承認前面的人事物有欠缺或不足的地方，在這基礎上，依然盡可能發揮或努力地做後項與之相符的行為。多有「幹得相當好、已經足夠了、能理解」的正面評價意思。用「なりの名詞」時，後面的名詞，是指與前面相符的事物，如例 (1) ～ (3)。

2〖私なりに〗 要用種謙遜、禮貌的態度敘述某事時，多用「私なりに」等，如例 (4)、(5)。

意思 ～に相応した（の）

指定人物　各自方式　　　努力狀態
　↓　　　　↓　　　　　　　↓

例1 あの子はあの子 なりに 一生懸命やっているんです。

那個孩子盡他所能地拚命努力。

田中同學雖然沒有踢足球的天賦，但他還是每天一個人默默的做著辛苦又重覆的跑、跳、踢練習，百遍、千遍的重量訓練，努力跟上大家的腳步。

「なりに」用以表達「那個孩子」按自己的方式「努力付出」，強調其能力與努力的界限。

☞ 文法應用例句

2
儘管笨手笨腳，卻還是努力試著做了，結果還是不行。

┌笨拙的┐　　　　　　　　　　　　　　┌如預料之中┐
不器用なりに、頑張って作ってみたのですが、やっぱりだめでした。
ぶきよう　　　　がんば　　つく

★「なりに」表示儘管「笨拙」，但仍按自己的方式努力嘗試了，強調努力儘管有限。

3
那家餐館雖然便宜，倒也有符合其價位的滋味。

　　┌餐廳┐
あの食堂は安いけれど、安いなりの味だ。
　　しょくどう　やす　　　　やす　　あじ

★「なりの」表示該食堂雖「價格低廉」，但仍力求做到最好，突出了其性價比和努力的價值。

4
我們認為敝社已示出誠意了。

┌我方┐　　　┌真誠┐┌表示┐
弊社なりに誠意を示しているつもりです。
へいしゃ　　せいい　しめ

★「なりに」用於謙虛地表示公司已經「盡其所能表達誠意」，強調所作努力和誠意。

5
我會盡我所能去做。

　　　　　┌最好的┐┌──全力以赴──┐
私なりに最善を尽くします。
わたし　　さいぜん　つ

★「なりに」表達將會用自己的方式「全力以赴」，突出個人努力的界限。

にあって（は／も）

在…之下、處於…情況下；即使身處…的情況下

類義文法

つつも

儘管…、雖然…

接續方法▶ {名詞}＋にあって（は／も）

1【時點・場合－順接】「にあっては」前接場合、地點、立場、狀況或階段，強調因為處於前面這一特別的事態、狀況之中，所以有後面的事情，這時候是順接。如例（1）～（3）。

2〔逆接〕 使用「あって（も）」基本上表示雖然身處某一狀況之中，卻有後面的跟所預測不同的事情，這時候是逆接。接續關係比較隨意。屬於主觀的說法。說話者處在當下，描述感受的語氣強。書面用語。如例（4）、（5）。

意思 ～に／～で（時、場所、狀況）

類語 ～では／～においては

|極端情況|處於其中|反應表現|
|↓|↓|↓|

例1 この上ない緊張状態 にあって、手足が小刻みに震えている。

在這前所未有的緊張感之下，手腳不停地顫抖。

今天的簡報是關係公司今年最大宗的交易，真叫人緊張！

「にあって」描述在「極度緊張」的特殊情況下，出現「手腳顫抖」的現象，強調獨特情境下的生理表現。

☞ 文法應用例句

2 面臨少子化的社會現狀，男校再也不能繼續堅持傳統，也接受女生入學了。

少子化社会にあって、男子校としての伝統にこだわってはいられず、女子も受け入れることにした。

★「にあって」描述「少子化社會」特殊環境下，不得不放棄「男校傳統」，接納女生，強調適應時勢的必要性。

3 在這不景氣的狀況下，要增長消費能力是件難事。

この不況下にあって、消費を拡大させることは難しい。

★「にあって」表明在「經濟不景氣」的背景下，「擴大消費」的困難，強調經濟環境的挑戰。

4 都到了非常時期，他還在高談闊論那種不切實際的理想。

この非常時にあって、彼はなお非現実的な理想論を述べている。

★「にあって」表示在特定「危機情況」下，仍然持有「非現實理想」，強調情境的特殊性。

5 無論面對怎樣的逆境，都絕不屈服。

どんな逆境にあっても、決して屈しない。

★「にあっても」即使面臨「嚴峻逆境」中，仍「絕不屈服」，突顯困難中保持堅定態度。

にいたって（は）、
にいたっても

1. 即使到了…程度；2. 至於、談到；3. 到…階段（才）

類義文法

にして

在…（階段）時才…

接續方法▶ {名詞；動詞辭書形}＋に至って（は）、に至っても

1【話題】「に至っても」表示即使到了前項極端的階段的意思，屬於「即使…但也…」的逆接用法。後項常伴隨「なお、まだ、未だに」（尚、還、仍然）或表示狀態持續的「ている」等詞，如例（1）、（2）。

2【話題】也表示從幾個消極、不好的事物中，舉出一個極端的事例來，如例（3）。

3【結果】「に至って（は）」表示到達某極端狀態的時候，後面常接「初めて、やっと、ようやく」，如例（4）。

意思 ～という状態になって（も）　　類語 ～になって／～になっても

事件主體　時間範圍　即使到達　　　　　　結果陳述

例1 **会議が深夜 に至っても、結論は（まだ）出なかった。**

會議討論至深夜（仍然）沒能做出結論。

據調查，日本人是一個喜歡開會的民族。日本人在開會中，贊成一個提案，會默不作聲，只有反對時才會發言。還挺有趣的！

「に至っても」表達即使會議「持續到深夜」，依然「未能達成結論」，強調討論的漫長和無果。

☞ 文法應用例句

2

即使到了現在，仍為10年前的交通意外傷害所留下的後遺症所苦。

現在に至っても、10年前の交通事故の後遺症に悩まされている。

★「に至っても」即使到了「現在」，仍受「10年前事故後遺症」所苦，凸顯了持久的影響。

3

哥哥和弟弟都是流氓，就連父親也因殺人罪而還被關在牢裡。

兄も弟もやくざで、父親に至っては殺人の罪で牢屋に入っている。

★「に至っては」描述不僅「兄弟都是流氓」，連「父親也因殺人罪入獄」，突出了家庭的極端情況。

4

直到實際組合的階段，這才赫然發現了設計上的錯誤。

実際に組み立てる段階に至って、ようやく設計のミスに気がついた。

★「に至って」表示直到「組裝階段」才「察覺設計錯誤」，強調發現問題的遲滯。

にいたる

1. 最後…、到達…、發展到…程度；2. 最後…

類義文法

にいたるまで
…至…、直到…

1【結果】{名詞；動詞辭書形} +に至る。表示事物達到某程度、階段、狀態等。含有在經歷了各種事情之後，終於達到某狀態、階段的意思，常與「ようやく、とうとう、ついに」等詞相呼應，如例 (1) ～ (4)。

2【到達】{場所} +に至る。表示到達之意，如例 (5)。偏向於書面用語。翻譯較靈活。

意思 ～到達する
とうたつ

類語 ～になる

長時間過程　　　　　參與者　達成動作　最終結果
↓　　　　　　　↓　　　↓　　　↓

例1 何時間にも及ぶ議論を経て、双方は合意するに至った。
なん じ かん　　　およ　ぎ ろん　へ　　そうほう　ごう い　　いた

經過好幾個小時的討論，最後雙方有了共識。

兩公司在品管上，都非常的堅持，光是品管議題，就討論了好幾個小時。

「に至った」描述經過長時間討論，最終雙方「達成一致」，突出了經過辛苦努力達到的結果。

👉 文法應用例句

2
兩人談過以後，最後做出了離婚的結論。

二人は話し合い、ついに離婚という結論に至った。
ふたり　はな　あ　　　　　りこん　　　　けつろん　いた

┌─協商─┐　　　　　┌最終決定┐

★「に至った」表示經過討論，最終「達到離婚」這個結論，強調過程到結果的轉變。

3
他之所以到了殺害父親的地步，一切都要歸因於從幼年時期起持續遭受的虐待。

彼が父親を殺害するに至ったのは、幼少期から虐待されていたからにほかならない。
かれ　ちちおや　さつがい　いた　　　　ようしょうき　　ぎゃくたい

┌─殺害─┐　　　　　┌兒童時期┐┌─虐待─┐

★「に至った」表明由於長期的虐待經歷，最終導致「走向殺害父親」，突顯從童年累積到極端行為的過程。

4
經過幾次的住院和出院，病情終於痊癒了。

入院と退院を繰り返して、ようやく完治するに至った。
にゅういん　たいいん　く　かえ　　　　　　かんち　　いた

┌─反覆─┐　　　　　┌完全康復┐

★「に至った」描述經過多次住院治療，最後「成功痊癒」，強調從治療到康復的演變過程。

5
降落在森林的雨水，會成為地下水和河水，最後流進海洋。

森に降る雨は、地下水や河川水となり、やがて海に至る。
もり　ふ　あめ　　ち かすい　かせんすい　　　　　うみ　いた

┌─河流─┐

★「に至る」雨水在經過多階段地下水或河川，最終「流入大海」，描繪了自然界水循環的全部過程。

にいたるまで

…至…、直到…

類義文法

〜から〜にかけて

自…至…

接續方法▶{名詞}＋に至るまで

【極限】表示事物的範圍已經達到了極端程度，對象範圍涉及很廣。由於強調的是上限，所以接在表示極端之意的詞後面。前面常和「から」相呼應使用，表示從這裡到那裡，此範圍都是如此的意思。

意思 〜に達するまで／〜から〜まで全部

類語 〜まで

範圍指示　　　　涵蓋至　　　　　狀態描述
　↓　　　　　　　↓　　　　　　　　↓

例1 **祖父母から孫に至るまで、家族全員元気だ。**

從祖父母到孫子，家人都很健康。

我們家三代同堂，慈祥的祖父母，開朗的雙親，還有活潑的小孫子，每個人都很健康！

「に至るまで」從「祖父母到孫子」的整個家庭成員，都健康狀況，強調家族成員的整體健康。

☞ 文法應用例句

2
從流行時尚到政治，他不管什麼話題都可以聊。

ファッションから政治に至るまで、彼はどんな話題についても話せる。

★「に至るまで」表示從「時尚到政治」的廣泛話題，他都能談論，強調涉獵範圍的廣泛性。

3
郵資從東京到離島都是相同價錢。

郵便料金は、東京から離島に至るまで均一的だ。

★「に至るまで」用來描述從「東京到離島」郵費都是統一價格，顯示範圍廣泛和均一性的收費標準。

4
公司的錢被偷了，上至董事下至兼職人員，統統受到了仔細的盤查。

会社の金が盗まれ、重役からバイトに至るまで、厳しく調べられた。

★「に至るまで」表示在公司金錢失竊案中，從「高層到兼職員工」全都接受嚴格調查，強調調查的徹底性。

5
從服飾至小飾品，她用的都是名牌。

服から小物に至るまで、彼女はブランド品ばかり持っている。

★「に至るまで」形容她擁有從「服裝到小配件」的各種名牌產品，突顯其對高端品牌的偏愛。

にかぎったことではない

不僅僅…、不光是…、不只有…

類義文法

にとどまらず
不僅僅…、不限於…

接續方法▸ {名詞}＋に限ったことではない

【非限定】表示事物、問題、狀態並不是只有前項這樣，其他場合也有同樣的問題等。經常用於表示負面的情況。

意思 〜だけに言えることではない

類語 〜とはかぎらない

經濟狀況　　　　　特定實例　　　　普遍現象
↓　　　　　　　　↓　　　　　　　↓

例1 **不景気なのは何もうちの会社に限ったことではない。**
ふけいき　　　　なに　　　かいしゃ　かぎ

經濟不景氣的並不是只有我們公司。

現在整體大環境都不好，唉，大家日子都很難過啦！

「に限ったことではない」表明經濟衰退的情況，並非只有「我們公司」獨有，顯示這是一個普遍現象。

☞ 文法應用例句

2　像這種霸凌行為並不是只有這次而已。

このようないじめは今回に限ったことではない。
　　　　　　欺凌　　こんかい　かぎ

★「に限ったことではない」表示這樣的欺凌情況，不僅僅局限在「這次」，強調頻繁發生。

3　在我們家，不只是在慶祝的日子才吃紅豆飯。

我が家で赤飯を食べるのは、お祝いの日に限ったことではない。
わ　や　赤飯　た　　　　　　慶賀　いわ　ひ　かぎ
　　せきはん

★「に限ったことではない」描述家中吃紅豆飯的習慣，不僅僅在「特殊慶祝日」，強調其常態化。

4　少子化並不是只發生在日本的現象。

少子化は、日本に限ったことではない。
しょうしか　出生率下降　にほん　かぎ

★「に限ったことではない」表示少子化的問題，並不僅僅是「日本」的情況，突顯其全球普遍性。

5　突然被要求加班並不是一天兩天的事了。

急に残業させられるのは、今日に限ったことではない。
きゅう　延時工作　ざんぎょう　　　　きょう　かぎ

★「に限ったことではない」用來表明被突然要求加班的情況，並非只有「今天」，顯示其頻繁發生。

にかぎる

1. 就是要…、…是最好的;2. 最好…

接續方法 ▶ {名詞（の）;形容詞辭書形（の）;形容動詞詞幹（なの）;動詞辭書形;動詞否定形} ＋に限る

1【最上級】 除了用來表示説話者的個人意見、判斷,意思是「…是最好的」,相當於「が一番だ」,一般是被普遍認可的事情,如例 (1) ～ (3)。還可以用來表示限定,相當於「だけだ」。

2【勸告】 同時也是給人忠告的句型,相當於「たほうがいい」,如例 (4)、(5)。

意思 ～のが一番いい

類語 ～かぎりだ

季節背景　　　　　首選項目　最佳選擇
↓　　　　　　　　　↓　　　　↓

例1 夏はやっぱり冷たいビールに限るね。

夏天就是要喝冰啤酒啊!

夏天還喝什麼熱茶啊!把冰啤酒給我拿來!冰啤酒才是王道!

「に限る」表明在「夏天」飲用「冷啤酒」是最佳選擇,無可取代,凸顯其在夏日的絕佳適合度。

☞ 文法應用例句

2
乳酪蛋糕還是這家店的最好吃!

チーズケーキは、この店のに限る。
　　　　　　　　　　みせ　　かぎ

★「に限る」表示「這家店的起司蛋糕」是獨一無二的,無可匹敵的,突顯了其特殊的美味。

3
嗯,好香喔!榻榻米果然是新的好!

ああ、いい香りだ。やっぱりたたみは、新しいのに限るな。
　　　　　　かお　　　　　　　　　　　　　　あたら　　　　かぎ

★「に限る」表示「新榻榻米」具有最佳品質,其香味無與倫比,突出了新榻榻米獨特的魅力。

4
若不想發胖,最好是不要在家裡放點心零食。

太りたくなければ、家にお菓子を置かないに限る。
ふと　　　　　　　　　いえ　　か　し　　お　　　　かぎ

★「に限る」用於建議「避免在家放置零食」以防止增加體重,強調這是最有效的策略。

5
如果覺得是自己的錯,那就老實地承認自己的錯誤,快點道歉。

悪いと思ったら、素直に自分の非を認め、さっさと謝るに限る。
わる　　おも　　　　すなお　じぶん　ひ　みと　　　　　　あやま　かぎ

★「に限る」表達一旦認為自己有錯,最好的做法是「立即認錯並道歉」,強調這種行為的直接性。

にかこつけて

以…為藉口、托故…

類義文法

せいで
由於…

接續方法▶ {名詞}＋にかこつけて

【原因】前接表示原因的名詞，表示為了讓自己的行為正當化，用無關的事做藉口。後項大多是可能會被指責的事情。

意思 ～を口実にして／～を言い訳にして

類語 ～のせいにして

　　列舉理由　　　藉口使用　　　　　　　行動結果
　　　　↓　　　　　　↓　　　　　　　　　　↓
例1 <u>父の病気</u>にかこつけて、<u>会への出席を断った</u>。

以父親生病作為藉口拒絕出席會議了。

橋本今天怎麼沒來啊？

「にかこつけて」用來表達以「父親的生病」為理由，避免了「參加會議」，顯示以合適的理由達成目的。

👉 文法應用例句

2
以上大學作為藉口，開始了一個人的生活。

大学進学にかこつけて、一人暮らしを始めた。
だいがくしんがく　　　　　　　　ひとりぐ　　　　　　はじ

★「にかこつけて」表以「進入大學」為藉口，開始了「獨立生活」，強調以合理藉口實現目標。

3
以要出席兒子的入學典禮的藉口，妻子好像趁機為自己添購了一套新套裝。

息子の入学式にかこつけて、妻までスーツを新調したらしい。
むすこ　にゅうがくしき　　　　　　つま　　　　　　　　　しんちょう

★「にかこつけて」描述以「兒子入學典禮」為借口，購買「新西裝」，突出了巧妙利用機會的情況。

4
趁著去採買尾牙用的用品的機會，連自己要吃的零食也順道買了回來。

忘年会の買い出しにかこつけて、自分用のおつまみも買ってきました。
ぼうねんかい　か　だ　　　　　　　　　じぶんよう　　　　　　　　か

★「にかこつけて」表明以「購買年終聚會物品」為名義，同時購入了「個人的零食」，顯示利用機會滿足個人需求。

5
假借工作應酬的名義，幾乎天天都流連酒鄉。

仕事の付き合いにかこつけて、毎晩のように飲みに行く。
しごと　つ　あ　　　　　　　　　まいばん　　　　　の　い

★「にかこつけて」描述以「工作應酬」為理由，經常「外出飲酒」，突出合理理由背後的私人動機。

にかたくない

不難…、很容易就能…

接續方法 ▶ {名詞；動詞辭書形}＋に難くない

【難易】表示從某一狀況來看，不難想像，誰都能明白的意思。前面多用「想像する、理解する」等理解、推測的詞，書面用語。

意思 ～（狀況から見て）簡単に～できる

類語 ～するのは難しくない

|經歷對象|思考行為|容易理解|
|↓|↓|↓|

例1 **お産の苦しみは想像に難くない。**

不難想像生產時的痛苦。

女人真是了不起！生小孩時都能忍受那種痛到骨裡苦！

「に難くない」用於表示「生產的痛苦」是容易被理解，突出了這種經歷的普遍性和同理心。

☞ 文法應用例句

2

不難猜想雙方的意見應該是分歧的。

双方の意見がぶつかったであろうことは、推測に難くない。
そうほう　いけん　　　　　　　　　　　　　　　　すいそく　かた

★「に難くない」表無需過多思考，容易推測出「雙方意見衝突」，強調了這種情況的預料性。

3

不難預料會發生這樣的問題。

こうした問題の発生は、予想するに難くない。
　　　　もんだい　はっせい　　よそう　　　　かた

★「に難くない」指出這樣的「問題發生」可以輕易預料的，強調對未來問題的預測能力。

4

不難想像當初困難重重。

困難の連続だったことは、想像するに難くない。
こんなん　れんぞく　　　　　　　そうぞう　　　かた

★「に難くない」用於描述「連續的困難」是容易被想像的，強調過程的複雜性和合理性。

5

不難想像父親嫁女兒的心情。

娘を嫁にやる父親の気持ちは察するに難くない。
むすめ　よめ　　　ちちおや　きも　　　さっ　　　かた

★「に難くない」表示「將女兒嫁出的父親心情」是不難理解的，突出了父親情感的可同情性。

にして

1.在…（階段）時才…；2.是…而且也…；3.雖然…但是…；4.僅僅…

類義文法

なり

剛…就立刻…

接續方法▶ {名詞}＋にして

1 **【時點】** 前接時間、次數、年齡等，表示到了某階段才初次發生某事，也就是「直到…才…」之意，常用「名詞＋にしてようやく」、「名詞＋にして初めて」的形式，如例 (1)、(2)。

2 **【列舉】** 表示兼具兩種性質和屬性，可以用於並列，如例 (3)。

3 **【逆接】** 可以用於逆接，如例 (4)。

4 **【短時間】** 表示極短暫，或比預期還短的時間，表示「僅僅…」的意思。前常接「一瞬、一日」等。如例 (5)。

意思 ～でありながら／～で　　類語 ～でありながら／～で

時間指標　　到達點　　結果達成

例1 結婚5年目にしてようやく子どもを授かった。

結婚 5 週年，終於有了小孩。

太好了！太好了！我盼了 5 年終於當爸爸了！

「にして」用於描述在「結婚第 5 年」這個時間點，終於擁有孩子，強調了時間的特殊意義。

☞ 文法應用例句

2
到了60歲，才開始學英語。

60歳にして英語を学び始めた。
さい　　　えいご　まな　はじ

★「にして」表示在「60 歲」這個年齡點上，開始學英語，突顯年齡與行動的關聯。

3
他既是高中老師，也是研究生。

彼は、高校教師にして大学院生でもある。
かれ　こうこうきょうし　だいがくいんせい

★「にして」用來表明他既是「高中教師」，同時又是「大學研究生」，強調身分的多元性。

4
堂堂一國的元首，那種言行舉止怎麼可以被原諒！

国家元首にして、あのような言動がどうして許されようか。
こっかげんしゅ　　　　　　　げんどう　　　　ゆる

★「にして」用於質疑身為「國家元首」的人，應該避免不適當的行為，強調身分與責任的關聯。

5
看到心儀的人喝得爛醉的樣子，立刻對他沒了感覺。

好きな人の酔っぱらった姿を見て、一瞬にして恋が冷めた。
す　　ひと　よ　　　　すがた　み　　いっしゅん　こい　さ

★「にして」描述在「看到心儀對象醉酒」的那一刻，感情突然冷卻，突顯感情變化的迅速和直接。

にそくして、にそくした

依…（的）、根據…（的）、依照…（的）、基於…（的）

類義文法

をふまえて
根據、在…基礎上

接續方法▶ {名詞}＋に即して、に即した

1 **【基準】**「即す」是「完全符合,不脱離」之意,所以「に即して」接在事實、規範等意思的名詞後面,表示「以那件事為基準」,來進行後項。如例（1）。

2 〖**に即した（A）N**〗常接「時代、実験、実態、事実、現実、自然、流れ」等名詞後面,表示按照前項,來進行後項,如例（2）～（5）。如果後面出現名詞,一般用「に即した＋（形容詞・形容動詞）名詞」的形式。

意思 ～に従って／～に基づいて

類語 ～に合って／～に合わせて～／に合って

　　依據對象　　基於此　　思考行動

例1 **実験結果に即して考える。**

根據實驗結果來思考。

這次針對小學高年級生所做的教學實驗,結果呈現出非常明顯的差距,這也讓教師們重新審視自己教學上的優缺點。

「に即して」表明思考過程需基於「實驗結果」的證據和數據,突出實驗數據在決策中的關鍵角色。

🖝 文法應用例句

2 渴望能創造出符合時代需求的新制度。

時代に即した新たなシステム作りが求められている。

★「に即した」表明系統需要根據「時代」的特點、需求或趨勢來創建,強調適應當下的必要性。

3 他的辯解與事實不符。

彼の弁解は事実に即していない。

★「に即して」指出他的辯解並未基於「事實」,而是無根據的,顯示其辯解缺乏真實性和信憑度。

4 有必要根據現狀來重新擬定戰略。

実態に即して戦略を練り直す必要がある。

★「に即して」表示戰略規劃需要根據「實際狀況」進行調整,強調靈活適應當下情況的必要。

5 請做出一個切合現狀的計畫。

現状に即して、計画を立ててください。

★「に即して」表示應基於「當前狀況」來制定計劃,強調計畫應符合現實需求的重要性。

にたえる、にたえない

1. 經得起…、可忍受…；2. 值得…；3. 不堪…、忍受不住…；4. 不勝…

類義文法
にかたくない
不難…

1【可能】{名詞；動詞辭書形} ＋にたえる；{名詞} ＋にたえられない。表示可以忍受心中的不快或壓迫感，不屈服忍耐下去的意思。否定的説法用不可能的「たえられない」，如例 (1)、(2)。

2【價值】{名詞；動詞辭書形} ＋にたえる；{名詞} ＋にたえない。表示值得這麼做，有這麼做的價值，如例 (3)。這時候的否定説法要用「たえない」，不用「たえられない」。

3【強制】{動詞辭書形} ＋にたえない。表示情況嚴重得不忍看下去，聽不下去了。這時候是帶著一種不愉快的心情。前面只能接「読む、聞く、見る」等為數不多的幾個動詞，如例 (4)。

4【感情】{名詞} ＋にたえない。前接「感慨、感激」等詞，表示強調前面情感的意思，一般用在客套話上，如例 (5)。

意思 ～に値する／～を抑えることができない

類語 ～に値する／～を我慢する／～を抑えることができない

挑戰類型　忍耐要求　所需素質
　　↓　　　↓　　　↓

> 「にたえる」表明進入社會需具備能夠承受「各種挑戰」的堅強心態，強調了面對困難的耐力。

例1 社会に出たら様々な困難にたえる神経が必要です。
しゃかい　で　　　　さまざま　こんなん　　　　　　　しんけい　ひつよう

出了社會之後，就要有經得起遇到各種困難的心理準備。

☞ 文法應用例句

2
胸口的疼痛難以忍受，叫了救護車。

胸の痛みにたえられず、救急車を呼んだ。
むね　いた　　　　　　　　きゅうきゅうしゃ　よ
〔救急車〕

★「にたえられず」表示無法忍受「胸痛」，因此不得不呼叫救護車，突顯疼痛的嚴重性。

3
這作品值得成人閱讀。

この作品は大人の鑑賞にもたえるものです。
さくひん　おとな　かんしょう
〔欣賞〕

★「にもたえる」表明這部作品具有能夠滿足「成人觀眾」的高品質，突顯了作品的深度和吸引力。

4
這間老房子直到不久前還是一副慘不忍睹的破敗模樣。

この古い家は、つい最近まで、見るにたえない荒れようだった。
ふる　いえ　　　　　さいきん　　　み　　　　　　　　あ
〔剛剛〕　　　　　　　　　　　　〔荒蕪難堪〕

★「にたえない」表示這棟老房子的破敗狀況令人「無法直視」，強調其破舊程度的嚴重。

5
能夠舉辦展覽會，真是不勝感慨。

展覧会を開催することができて、感慨にたえない。
てんらんかい　かいさい　　　　　　　　　　かんがい
〔舉辦〕　　　　　　　　　　　〔感慨〕

★「にたえない」用來描述舉辦展覽會所帶來的「深刻感慨」，突出深刻的情感反應。

にたる、にたりない

1. 可以…、足以…、值得…；2. 不夠…；2. 不足以…、不值得…；
3. 可以…、足以…、值得…

接續方法▶{名詞；動詞辭書形}＋に足る、に足りない

1**【價值】**「に足る」表示足夠，前接「信頼する、語る、尊敬する」等詞時，表示很有必要做前項的價值，那樣做很恰當，如例 (1)、(2)。

2**【無價值】**「に足りない」含又不是什麼了不起的東西，沒有那麼做的價值的意思，如例 (3)。

3**【足夠】**表示具體事物的標準足夠，如例 (4)、(5)。

意思 〜に値する／〜に値しない

類語 〜に値する／〜できない

評價主體　　　值得的　對象描述

例1 あの人は信頼する に足る 人間だ。

那個人值得你信任。

你要請調到公司本部啊！那邊不僅競爭激烈，而且人人各懷鬼胎。我來介紹山田先生給你認識吧！我們認識很久了，他是一個可以信任的人！

「に足る」用以表明那人是值得「信頼」的，突顯了對方的可靠性和信任度。

☞ 文法應用例句

2 我的一生沒有什麼好說的。

私の人生は語るに足るほどのものではない。

★「に足る〜ない」表示我的人生並不值得「提及」，用於謙遜地表示自己的人生並不特別。

3 區區一個齋藤根本不足為懼。

斎藤なんか、恐れるに足りない。

★「に足りない」用來表明齊藤並不具備讓人「感到恐懼」的能力，突出其能力的有限。

4 只有這些證據，是無法證明他是被冤枉的。

これだけでは、彼の無実を証明するに足る証拠にはならない。

★「に足る〜ない」表示現有的證據不足以「證明」他的無辜，突顯證據的不足。

5 以現在的收入實在入不敷出。

今の収入では、生活していくに足りない。

★「に足りない」表示現有的收入不足以「維持生活」，突顯財務的緊迫。

にとどまらず（～も）

不僅…還…、不限於…、不僅僅…

接續方法▶ {名詞（である）；動詞辭書形}＋にとどまらず（～も）

【非限定】表示不僅限於前面的範圍，更有後面廣大的範圍。前接一窄狹的範圍，後接一廣大的範圍。有時候「にとどまらず」前面會接格助詞「だけ、のみ」來表示強調，後面也常和「も、まで、さえ」等相呼應。

意思 ～だけでなく、更に広い範囲／その範囲には収まらず

類語 ～だけでなく

問題源頭	首要影響群	不僅限於	影響擴展
↓	↓	↓	↓

例1 テレビの悪影響は、子どもたちのみにとどまらず大人にも及んでいる。

電視節目所造成的不良影響，不僅及於孩子們，甚至連大人亦難以倖免。

> 不管是大人還是小孩，都喜歡看電視，當然影響所及就可想而知了。

> 「にとどまらず」表明電視的負面影響不只對「兒童」，也波及到了「成人」，強調其廣泛的影響範圍。

☞ 文法應用例句

2 和田先生不僅會英文，還會說中文、俄文等超過10國語言。

和田さんは、英語にとどまらず、中国語、ロシア語[俄羅斯]など10か国語以上を操れる[精通]。

★「にとどまらず」不僅限於「英語」，還能操縱「中文、俄語」等多種語言，強調語言能力廣泛。

3 上個月開始販售的遊戲軟體，不僅在國內大受歡迎，在海外也狂銷一空。

先月発売した[上市]ゲームは、国内にとどまらず、海外でもバカ売れ[銷售火爆]です。

★「にとどまらず」描述這款遊戲不僅在「國內」熱賣，更在「國外」受到熱捧，顯示其全球性的流行。

4 寺山修司不單在短歌，也在小說、戲曲、電影等許多領域留下了作品。

寺山修司は、短歌[日本短詩]にとどまらず、小説、戯曲、映画など多方面に作品を遺した[遺留]。

★「にとどまらず」說明不只創作「短歌」，在「小說、戲劇、電影」等多個領域均有貢獻，強調了其多元的創作才能。

5 我女兒不僅有食物過敏，對灰塵也會過敏。

娘は、食物アレルギー[過敏]にとどまらず、ダストアレルギー[塵埃]もあります。

★「にとどまらず」說明女兒不僅對「食物」過敏，還對「灰塵」敏感，強調過敏源的多樣性。

には、におかれましては

在…來說

接續方法▶ {名詞}＋には、におかれましては

【話題】提出前項的人或事，問候其健康或經營狀況等表現方式。前接地位、身分比自己高的人或事，表示對該人或事的尊敬。語含最高的敬意。「におかれましては」是更鄭重的表現方法。前常接「先生、皆様」等詞。

意思 〜は（敬意の対象を表す）

類語 〜は

話題對象　對您來說　　情況詢問

例1 あじさいの花が美しい季節となりましたが、皆様方におかれましてはいかがお過ごしでしょうか。

時值繡球花開始展露嬌姿之季節，各位近來是否安好？

附近的繡球花開了，好大的花球，非常美麗。想到遠方的大家，現在不知可好！

「におかれましては」用於向「各位」表達敬意，並關心他們的近況，詢問他們是否過得愉快。

☞ 文法應用例句

2 　天氣寒冷，務請吉川女士保重玉體。

寒さ厳しい折、吉川様にはくれぐれもご自愛ください。

★「には」表示對「吉川女士」的敬意，並在寒冷時節關懷對方身體健康。

3 　敬祝　老師日日開心。

先生にはお元気でお過ごしのこととお喜び申し上げます。

★「には」用於對「老師」表達尊敬和祝福，希望老師身體健康、生活愉快。

4 　敬祈貴公司能惠予善加處理本件。

貴社におかれましては、所要の対応を行うようお願い申し上げます。

★「におかれましては」用於對「貴公司」表達敬意，並請求對於相關事務的妥善處理。

5 　承蒙各位長官在百忙中撥冗出席，甚感謝意。

役員の皆様におかれましては、ご多忙中のところご出席いただきありがとうございます。

★「におかれましては」用以向「所有出席的長官」表示謝意，並感謝他們在忙碌中蒞臨參加會議。

に（は）あたらない

1.不需要…、不必…、用不著…；2.不相當於…

類義文法

まで（のこと）もない

用不著…、不必…

1【程度】{動詞辭書形}＋に（は）当たらない。接動詞辭書形時，為沒必要做某事，或對對方過度反應到某程度，表示那樣的反應是不恰當的。用在說話人對於某事評價較低的時候，多接「賞賛する」（稱讚）、「感心する」（欽佩）、「驚く」（吃驚）、「非難する」（譴責）等詞之後，如例（1）～（3）。

2【不相當】{名詞}＋に（は）当たらない。接名詞時，則表示「不相當於…」的意思，如例（4）、（5）。

意思 そうすることは適当ではない

類語 ～しなくてもいい／～する必要はない

表現水準 　　　讚揚行為　　　不適合
↓　　　　　　↓　　　　　　↓

例1 **この程度のできなら、称賛するに当たらない。**

若是這種程度的成果，還不值得稱讚。

你竟然一下子就可以解開這個題目！好厲害唷！

「に当たらない」表示這水平的表現並不出色，因此不值得「稱讚」，凸顯成果的普通性或平凡性。

☞ 文法應用例句

2

在那種情況之下，也是迫不得已的吧。不應該責備他。

あの状況ではやむを得ないだろう。責めるには当たらない。
（じょうきょう）　（え）　　　　　　　（せ）　（あ）

★「には当たらない」表在那種情況下是無可奈何的，所以不應「受責備」，強調行為的合理性。

3

用不著討論這種毫無意義的問題。

こんなくだらない問題は討論するに当たらない。
　　　　　（もんだい）（とうろん）　（あ）

★「に当たらない」用來說明這樣低質的問題不值得「討論」，強調了其無足輕重。

4

就算把有漢字的字詞寫成了平假名，也用不著當成是錯字吧？

漢字があるのを平仮名で書いたくらい、間違いには当たらないでしょう。
（かんじ）　　　（ひらがな）（か）　　　　（まちが）　（あ）

★「には当たらない」表示將漢字寫成平假名，並不當作「錯誤」，強調不屬於錯誤的範疇。

5

只不過是對新婚的人稍微開開玩笑而已，算不上是性騷擾。

新婚さんをちょっとからかっただけだ。セクハラには当たらない。
（しんこん）　　　　　　　　　　　　　　　　（あ）

★「には当たらない」用於描述對新婚夫妻的輕鬆玩笑，不應被視為「性騷擾」，突出行為的輕微性。

にはおよばない

1. 不必…、用不著…、不值得…；2. 不及…

接續方法▶ {名詞；動詞辭書形}＋には及ばない

1【不必要】 表示沒有必要做某事，那樣做不恰當、不得要領，如例 (1)、(2)，經常接表示心理活動或感情之類的動詞之後 如「驚く」(驚訝)、「責める」(責備)。

2【不及】 還有用不著做某動作，或是能力、地位不及水準的意思，如例 (3) ～ (5)。常跟「からといって」(雖然…但…) 一起使用。

意思 ～なくてもいい／～必要はない

類語 ～しなくてもいい／～する必要がない

關注對象　　　　　　　當前狀況　擔憂事項　　無需擔心

例1 息子の怪我については、今のところ ご心配 には及びません。

我兒子的傷勢目前暫時穩定下來了，請大家不用擔心。

聽說你兒子受傷了，現在情況如何呢？

「には及ばない」用於表示對兒子的傷勢不須「過度擔心」，因為目前不算嚴重，強調不必過度憂慮。

☞ 文法應用例句

2 他只會耍嘴皮子而已，沒什麼好怕的。

彼は口頭だけだから、恐れるには及ばない。

★「には及ばない」表示不必「擔心」，因他「只是說說而已」，強調無需過分擔憂。

3 雖說已經通過日檢N1級測驗了，畢竟還是無法像本國人那樣道地。

Ｎ１に合格したとは言っても、やはりまだネイティブには及ばない。

★「には及ばない」指即便通過 N1，仍不及「母語者水平」，強調語言能力尚未達到最高標準。

4 不管天氣再怎麼冷，都不及北海道的凍寒。

いくら寒いといっても、北海道の寒さには及ばない。

★「には及ばない」意味著無論多寒冷，仍不如「北海道的極端寒冷」，凸顯相對較低的冷度。

5 就機能上而言，還是比不上最新型的電腦。

機能的には、やはり最新のパソコンには及ばない。

★「には及ばない」表示功能上不比「最新型電腦」，強調技術水準未達最新水準。

にひきかえ〜は

與…相反、和…比起來、相較起、反而…

接續方法▶ {名詞 (な)；形容動詞詞幹な；[形容詞・動詞] 普通形} ＋ (の) に
ひきかえ

【對比】比較兩個相反或差異性很大的事物。含有説話人個人主觀的看法。書面用語。跟站在客觀的立場，冷靜地將前後兩個對比的事物進行比較「に対して」比起來，「にひきかえ」是站在主觀的立場。

意思 〜とは逆に
類語 〜とは反対に／〜とは逆に／〜とは打って変わって

對比對象一　　　對比連接　　　　　　對比對象二

例1 <u>彼の動揺振り</u> <u>にひきかえ</u>、<u>彼女は冷静そのものだ</u>。

和慌張的他比起來，她就相當冷靜。

花子！妳千萬不要丟下我一個人不管喔！知…知道沒？哇〜！

「にひきかえ」對比男性的「慌張」與女性的「冷靜」，突出他們之間態度上的鮮明對照。

📖 文法應用例句

2 相較於男性的草食化，女性似乎有愈來愈肉食化的趨勢。

男子の草食化にひきかえ、女子は肉食化しているようだ。

★「にひきかえ」表示對比男子「被動」，而女子則「主動」，強調性別間的對照。

3 有錢人多半都很節儉，相較之下，窮人一拿到錢就馬上花光了。

金持ちには倹約家が多いのにひきかえ、貧乏人はお金があるとすぐ使ってしまう。

★「にひきかえ」用以對比富人的「節約」與窮人的「揮霍」，揭示不同經濟狀況下的消費對比。

4 相較於哥哥的沈默寡言，弟弟可真多話呀！

兄が無口なのにひきかえ、弟はおしゃべりだ。

★「にひきかえ」指出哥哥的「沈默寡言」與弟弟的「健談」之間的對比，強調兄弟間性格的差異。

5 姐姐的食量很大，相反地，妹妹的食量卻很小。

姉はよく食べるのにひきかえ、妹は食が細い。

★「にひきかえ」對比姐姐的「大食量」與妹妹的「小食量」，突出姐妹間飲食習慣的不同特點。

によらず

不論…、不分…、不按照…

をよそに

不管…、無視…

接續方法 ▶ {名詞}＋によらず

【無關】表示該人事物和前項沒有關聯、不對應，不受前項限制，或是「在任何情況下」之意。

意思 ～に関係なく

類語 ～にかかわらず

外觀描述　不相符　　實際特質
↓　　　　↓　　　　↓

例1 彼女は見かけによらず、力持ちです。

她人不可貌相，力氣非常大。

她的小腿比我的手臂還細，沒想到能搬這麼重的東西！

「によらず」用於表達她的「力氣」與「外表」不符，顯示外貌與實際能力間的差異。

文法應用例句

2 這種病不分年齡和性別，誰都有可能罹患。

この病気は、年齢や性別によらず、誰にでも起こり得ます。

★「によらず」表示不受「年齡或性別」限制，任何人都可能患病，強調普遍性。

3 不要依照以往的慣例常規，讓我們採用新的做法吧！

これまでのしきたりによらず、新しいやり方を試してみましょう。

★「によらず」強調打破「舊有規範」，嘗試「新的方法」，凸顯創新的必要性。

4 不要動用武力，而應該透過會談來解決。

武力によらず、話し合いで解決すべきだ。

★「によらず」用於推崇透過「對話」解決問題，非依賴「武力」，突出和平解決的重要性。

5 本店的商品不是機器生產的，全部都是手工打造的。

当店の商品は、機械によらず全て手作りしています。

★「によらず」強調本店商品非「機械製造」，而是「純手工製作」，彰顯產品的手工獨特與精細。

にもまして

1.更加地…、加倍的…、比…更…、比…勝過…；2.最…、第一

1【強調程度】{名詞}＋にもまして。表示兩個事物相比較。比起前項，後項更為嚴重，更勝一籌，前面常接時間、時間副詞或是「それ」等詞，後接比前項程度更高的內容，如例 (1)～(3)。

2【最上級】{疑問詞}＋にもまして。表示「比起其他任何東西，都是程度最高的、最好的、第一的」之意，如例 (4)、(5)。

意思 ～よりも、更に／～以上に
類語 ～よりも／～よりずっと／～以上に

主體人物　過去比較　更加地　　　　行為描述

例1 高校3年生になってから、彼は以前にもまして真面目に勉強している。
上了高三，他比以往更加用功。

為了考上東大，隔壁的阿剛很拼。

「にもまして」用以表達他現在「比從前更專注於學業」，強調更加努力的學習態度。

☞ 文法應用例句

2 工作雖然辛苦，但是更辛苦的是得拍主管的馬屁。

仕事は大変だが、それにもまして大変なのは上司のご機嫌取りだ。
しごと　たいへん　　　　　　　　　　　　　　たいへん　　　　じょうし　　　　きげんと

★「にもまして」表示「比工作更困難」是討好上司，強調更大的挑戰。

3 開發部門打算招攬比以往更優秀的人才。

開発部門には、従来にもまして優秀な人材を投入していく所存です。
かいはつぶもん　　　じゅうらい　　　　　　　　ゆうしゅう　じんざい　とうにゅう　　　　　しょぞん

★「にもまして」表示開發部門將尋找「超越以往」的優秀人才，突顯對高質量人力的追求。

4 妳比任何人都要美麗。

君は誰にもまして美しい。
きみ　だれ　　　　　　　うつく

★「にもまして」用來形容她的「美貌」無人能及，凸顯其無與倫比的美麗。

5 對我來說，沒有什麼是比孩子更重要的。

私には何にもまして子どもが大切です。
わたし　　なに　　　　　　　こ　　　　　　たいせつ

★「にもまして」表示「孩子的重要性」無可比擬，突出對孩子的極致珍視。

のいたり（だ）

1. 真是…到了極點、真是…、極其…、無比…；2. 都怪…、因為…

類義文法

のきわみ（だ）
真是…極了

接續方法▶ {名詞}＋の至り（だ）

1【強調感情】 前接「光栄、感激」等特定的名詞，表示一種強烈的情感，達到最高的狀態，多用在講客套話的時候，通常用在好的一面，如例（1）～（3）。

2【原因】 表示由於前項的某種原因，而造成後項的結果。如例（4）、（5）。

意思 非常に～だ

類語 この上なく

獲得事實　　　　榮譽感受　最高程度

例1〉 こんな賞をいただけるとは、光栄の至りです。

能得到這樣的大獎，真是光榮之至。

> 山田先生得到日本的芥川文學獎，感到非常光榮。

> 「の至りです」用以表達得獎的「無上光榮」，突顯了對此榮譽的深切感激。

☞ 文法應用例句

2

> 承蒙諸位的熱烈支持，委實不勝感激。

皆様には熱烈なご支持をいただき、感謝感激の至りです。
みなさま　　ねつれつ　　　しじ　　　　　　かんしゃかんげき　いた

★「の至りです」表示「感激之情」達到了極致，用於表達對支持的深切感謝。

3

> 能夠迎接創刊50週年，真是值得慶祝。

創刊50周年を迎えることができ、慶賀の至りです。
そうかん　しゅうねん　むか　　　　　　　けいが　いた

★「の至りです」表明對於「慶祝」創刊50周年的喜悅達到極點，表達對這成就深切的慶賀之情。

4

> 事態演變到這種地步，一切都怪我們的督導不周。

このような事態になったのは、すべて私どもの不明の至りです。
じたい　　　　　　　　　　わたくし　　　ふめい　いた

★「の至りです」用於表示事態的惡化，是由「我們的無能」，表達了深切的自我反省。

5

> 雖說是血氣方剛，但也不能因為這樣就饒了他。

若気の至りとて許されるものではない。
わかげ　いた　　　ゆる

★「の至り」用來指出某事是由於「年輕的衝動」引起，即使如此，也無法被輕易原諒。

のきわみ（だ）

真是…極了、十分地…、極其…

類義文法

をかぎりに
以…為最大限度

接續方法▶ {名詞}＋の極み（だ）

【極限】形容事物達到了極高的程度。強調這程度已經超越一般，到達頂點了。大多用來表達説話人激動時的那種心情。前面可接正面或負面、或是感情以外的詞。前接情緒的詞表示感情激動，接名詞則表示程度極致。「感激の極み」（感激萬分）、「痛恨の極み」（極為遺憾）是常用的形式。

意思 〜非常に〜だ

類語 〜のかぎり／この上なく

失敗事例　　　　　　　　　　能力評價　　程度強調
　↓　　　　　　　　　　　　　　↓　　　　↓

例1〉 **大の大人がこんなこともできないなんて、無能の極みだ。**

堂堂的一個大人連這種事都做不好，真是太沒用了。

只不過叫你上台講幾句話，連這點事都辦不好，真是的！

「の極みだ」用以表示成年人連小事也辦不成，已達「無能」的極限，凸顯極端的無能狀態。

👉 文法應用例句

2　連日來的加班已經疲憊不堪了。

連日の残業で、疲労の極みに達している。
れんじつ　ざんぎょう　　ひろう　きわ　　たっ

★「の極み」因連日加班，「疲労」已經達到了極限，強調狀態已到最高點。

3　您如此為我設想周到，真是令我感激萬分。

そこまでよくしてくださって、感激の極みです。
かんげき　きわ

★「の極みだ」表示由於別人的好意，「感激之情」已經達最高潮，凸顯極度的感激。

4　國家的舉債居然增加了這麼多，現在的政府簡直不負責任到了極點！

国の借金をこんなに増やすなんて、今の政府は無責任の極みだ。
くに　しゃっきん　　ふ　　いま　せいふ　むせきにん　きわ

★「の極みだ」用於批評政府因大量舉債，已達「不負責任」的極點，強調極端不負責任。

5　那家飯店實在是奢華到了極點。

あのホテルは贅の極みを尽くしている。
ぜい　きわ　つ

★「の極み」表明該飯店的「奢華程度」，達到了難以想像的極端，強調其無與倫比的奢侈。

はいうにおよばず、はいうまでもなく

不用說…（連）也、不必說…就連…

接續方法 ▶ {名詞}＋は言うに及ばず、は言うまでもなく；{[名詞・形容動詞詞幹]な；
[形容詞・動詞]普通形}＋は言うに及ばず、のは言うまでもなく

【不必要】表示前項很明顯沒有說明的必要，後項強調較極端的事例當然就也不例外。是一種遞進、累加的表現，正、反面評價皆可使用。常和「も、さえも、まで」等相呼應。古語是「は言わずもがな」。

意思 ～はもちろん、～更に～も

類語 ～言うまでもなく

時間範例一　更不用說　　時間範例二　狀態說明

例1 年始 は言うに及ばず、年末も お休みです。

元旦時節自不在話下，歲末當然也都有休假。

休息是為了走更遠的路，過年過節公司當然都會放假的。

「は言うに及ばず」不用特別強調的「元旦」休假，連一般不放假的「年末」也會休息，強調休假的普遍性。

☞ 文法應用例句

2 總經理就不用說了，包括所有的董事，腦子裡也只想著賺錢這一件事。

社長は言うに及ばず、重役も皆、金もうけのことしか考えていない。
しゃちょう い およ　　じゅうやく みな　かね　　　　　　　　　　かんが

━「高管」━　━「賺錢」━

★「は言うに及ばず」表示不用提及「社長」，就是連高級管理層，也只關注賺錢，強調普遍現象。

3 不只是著名的餐廳，也將介紹只有當地人才知道的私房景點。

有名なレストランは言うに及ばず、地元の人しか知らない穴場もご紹介します。
ゆうめい　　　　　　　　　　い　およ　　　じもと ひと　　し　　　あなば　　しょうかい

━「本地」━　　　　　私房景點━

★「は言うに及ばず」指無需特別提到「知名餐廳」，甚至連隱密的私房景點也會推薦，展現介紹的全面性。

4 別說是營養均衡了，就連熱量也經過精細的計算。

栄養バランスは言うまでもなく、カロリーもしっかり計算してあります。
えいよう　　　　　　い　　　　　　　　　　　　　　　　けいさん

━「均衡」━　　　━「卡路里」━　━「確實地」━

★「は言うまでもなく」表示不止計算「營養均衡」，連麻煩的卡路里也精準計算，顯示食品的嚴格控管。

5 男性就不用說了，甚至廣受女性的歡迎，真不愧是國民偶像！

男性は言うまでもなく、女性にも人気のある、まさに国民的アイドルです。
だんせい　い　　　　　　じょせい　　にんき　　　　　　　　こくみんてき

━「國民級」━「偶像」━

★「は言うまでもなく」表達無需專門談及「男性」，連女性也十分喜愛的全民偶像，突顯廣泛的人氣。

はおろか

不用說…、就連…

接續方法▶｛名詞｝＋はおろか

1【附加】後面多接否定詞。意思是別說程度較高的前項了，就連程度低的後項都沒有達到。表示前項的一般情況沒有說明的必要，以此來強調後項較極端的事例也不例外。

2〔はおろか〜も 等〕後項常用「も、さえ、すら、まで」等強調助詞。含有說話人吃驚、不滿的情緒，是一種負面評價。不能用來指使對方做某事，所以不接命令、禁止、要求、勸誘等句子。

意思 〜はもちろん〜も〜

類語 〜は言うまでもなく／〜はもちろん

可能行為　　更別提　　　　更嚴重狀況

例1 **退院はおろか、意識も戻っていない。**

別說是出院了，就連意識都還沒有清醒過來。

> 「はおろか」強調不僅「出院」遙遙無期，連最基本的「意識」也未恢復，突顯病情的極端嚴重。

> 田中遇到一場大車禍，不僅斷了一條腿，還昏迷不醒。

☞ 文法應用例句

2 在這場戰爭中，別說房子沒了，連全家人也統統喪命了。

戦争で、住む家はおろか家族までみんな失った。
せんそう　　す　　いえ　　　　　　かぞく

★「はおろか」表不僅失去「家園」之外，甚至連更重要的「家人」也失去，強調損失的嚴重性。

3 別說是後悔了，就連反省都沒有。

後悔はおろか、反省もしていない。
こうかい　　　　　　はんせい

★「はおろか」表示不只是缺乏「懺悔」，甚至連最基礎的「反思」也沒有，反映其對行為的漠視。

4 生活困苦，別說是學費，就連電費和瓦斯費都付不出來。

生活が困窮し、学費はおろか、光熱費も払えない。
せいかつ　こんきゅう　　がくひ　　　　　　こうねつひ　はら

★「はおろか」用於不僅支付不起「學費」，甚至連基本的「生活開銷」也負擔不起，凸顯窮困的深度。

5 我別說去國外，就連國內也不曾到過比大阪更東邊的地方。

私は、海外はおろか、国内ですら大阪より東に行ったことがない。
わたし　　かいがい　　　　　　こくない　　　　おおさか　　ひがし　い

★「はおろか」表明不僅未曾涉足「國外」，即使在「國內」也未曾遠行，強調旅遊的稀缺性。

ばこそ

就是因為…才…、正因為…才…

類義文法

ものだから

就是因為…，所以…

接續方法 ▶ {[名詞・形容動詞詞幹] であれ；[形容詞・動詞] 假定形} ＋ばこそ

1 【原因】強調原因。表示強調最根本的理由。正是這個原因，才有後項的結果。強調説話人以積極的態度説明理由。

2 〔ばこそ～のだ〕句尾用「のだ」、「のです」時，有「加強因果關係的説明」的語氣。一般用在正面的評價。書面用語。

意思 ～からこそ
類語 ～からこそ

前提條件　　　　　因此　　　　　結果說明
　↓　　　　　　　　↓　　　　　　　↓

例1 地道な努力があれ ばこそ、成功できたのです。

正因為有踏實的努力，才能成功。

太棒了！我們的產品被搶購一空了！

「ばこそ」表示只有通過「堅持不懈的努力」，才能取得成功，凸顯堅持不懈的努力至關重要。

☞ 文法應用例句

2 正因為疼愛孩子，才愈應該訓斥他。

子どもがかわいければこそ、叱ったのだ。

★「ばこそ」表示正因為「孩子可愛」，做錯事才叱責他，用以教導他們，強調愛的表達方式。

3 就是因為擔心你，所以才要訓你呀！

あなたのことを心配すればこそ、言っているんですよ。

★「ばこそ」表明正是因為「關心你」，才會不斷提醒與關切，強調關心的真摯。

4 就是因為有健康的身體，才能工作打拼。

健康であればこそ、働くことができる。

★「ばこそ」指出只有在「身體健康」，才得以全力投入工作，突顯健康作為基礎條件的重要性。

5 正因為有貴公司的鼎力相助，計畫才能夠成功。

御社のご助力があればこそ、計画が成功したのです。

★「ばこそ」由於有了「貴公司的支持」，計劃得以順利成功，展現合作夥伴的助力至關重要。

はさておき、はさておいて

暫且不說…、姑且不提…

接續方法▸ {名詞}＋はさておき、はさておいて

【除外】表示現在先不考慮前項，排除前項，而優先談論後項。

意思 ～は一旦保留して／～は今は考えの外に置いて

類語 それはそれとして～

話題指定　　暫且擱置　　　　　轉移注意
　↓　　　　　↓　　　　　　　　↓

例1 **仕事の話はさておいて、さあさあまず一杯。**
　　しごと　はなし　　　　　　　　　　　　　　　　いっぱい

別談那些公事了，來吧來吧，先乾一杯再說！

今晚就好好喝它兩杯，就把公事放一旁吧！

「はさておいて」表示先不談「工作」這一議題，優先享受「喝一杯」的時光，強調暫時放鬆重心。

☞ 文法應用例句

2 先不論是真是假，這就是媒體報導的內容。

真偽のほどはさておき、これが報道されている内容です。
しんぎ　　　　　　　　　　　　　　ほうどう　　　　　　ないよう

★「はさておき」表示暫時不論某條件「真實性」，先討論重點「已報導的內容」，強調焦點轉移。

3 先不論勝負成敗，請為這些帶給我們感動的運動員們鼓掌喝采！

勝ち負けはさておき、感動を与えてくれたアスリート達に拍手を。
か　ま　　　　　　　　かんどう　あた　　　　　　　　　　　　たち　はくしゅ

★「はさておき」意味暫時擱置「勝負」這一因素，優先向「感動人心的運動員」致敬，突顯對運動員的肯定。

4 先不說我的事了，你呢？最近和女朋友過得如何？

僕のことはさておいて、お前の方こそ彼女と最近どうなんだ。
ぼく　　　　　　　　　　　まえ　ほう　　　かのじょ　さいきん

★「はさておいて」表示先不談「我的事」這一主題，轉而關注「你和女友的近況」，強調轉換討論重點。

5 結婚這件事就先擱到一旁，反正我就是想要交女朋友。

結婚はさておき、とりあえず彼女が欲しいです。
けっこん　　　　　　　　　　　　　かのじょ　ほ

★「はさておき」暫不討論「結婚」這個目標，而是先著眼於「交女友」，凸顯目前的主要目標。

ばそれまでだ、たらそれまでだ

…就完了、…就到此結束

類義文法
だけだ
頂多只是…

接續方法 ▶ {動詞假定形}＋ばそれまでだ、たらそれまでだ

1【主張】 表示一旦發生前項情況，那麼一切都只好到此結束，以往的努力或結果都是徒勞無功之意，如例 (1) ～ (3)。

2〔強調〕 前面多採用「も、ても」的形式，強調就算是如此，也無法彌補、徒勞無功的語意，如例 (4)、(5)。

意思 ～たら、それで全てが終わりだ

類語 ～したら、それで終わりだ

比賽形式 → 　　　　　敗北條件 → 　　　　結果終結 →

例1 トーナメント試合では、1回負けれ ばそれまでだ。

淘汰賽只要輸一場就結束了。

只有一路贏上去，才能稱霸！

「ばそれまでだ」意指一旦遭遇「一敗」，所有努力「隨之終止」，突出比賽的殘酷規則。

☞ 文法應用例句

2
萬一這件事被傳播媒體發現的話，一切就完了。

このことがマスコミに嗅ぎつけられたらそれまでだ。
（媒體）（察覺）

★「たらそれまでだ」表如果某事發生「被媒體察覺」，所有努力或保密狀態「就完了」，強調情況的嚴重後果。

3
如果被講「你真是笨手笨腳」的話，那就沒戲唱了。

単なる不手際と言われればそれまでだ。
（僅僅）（不當處理）

★「ばそれまでだ」表達若被認為是「笨拙失誤」，原本的地位和尊重「立即瓦解」，強調這種情況的不堪。

4
不管多棒的房子，只要發生火災也就全毀了。

立派な家も火事が起ればそれまでだ。
（氣派的）（火災）

★「ばそれまでだ」指一旦發生「火災」，對家居的所有投資或努力「即刻化為灰燼」，突顯火災的毀滅性。

5
人不管擁有再多錢，一旦死掉也就用不到了。

人間、どれだけお金があっても、死んでしまえばそれまでだ。
（人類）（無論多麼）

★「ばそれまでだ」不論累積多少財富，當「死亡」降臨時，所有財富將「毫無價值」，強調生命的終極真理。

はどう（で）あれ

不管…、不論…

類義文法
はいざしらず
姑且不論…

接続方法▶ {名詞}＋はどう（で）あれ

【譲歩】 表示前項不會對後項的狀態、行動造成什麼影響。是逆接的表現。

意思 ～でも／～であっても

真實想法　不論如何　　　　　　表面行動

例1 本音 はどうであれ、表向きはこう言うしかない。
　　　ほん ね　　　　　　　おもて む　　　　　　　い

不管真心話為何，對外都只能這樣説。

為了公司的利益考量，即便對客戶的無理要求有諸多不滿，但還是只能壓抑自己的真實感情，用場面話來解決。

「はどうであれ」無論「真實想法如何」，表面上都必須遵循「某種説法」，突出行動與內心的區隔。

👉 文法應用例句

2　不管結果如何，畢竟是自己決定的事，所以不會後悔。

結果はどうであれ、自分で決めたことなので後悔はしていない。
けっか　　　　　　　　じぶん　き　決定　　　　　　こうかい　懊悔

★「はどうであれ」不管情況「結果如何」，都不改某立場「不後悔自己的決定」，強調堅持自己的選擇。

3　不管成績如何，只要能拿到學分就行。

成績はどうであれ、単位さえもらえればいい。
せいせき　成績　　　　　　たん い　學分

★「はどうであれ」不論「成績如何」，也堅持原決定「能拿到學分」，強調保持較低目標的決心。

4　不管理由為何，觸法這點都是不變的。

理由はどうであれ、法を犯したことに変わりありません。
りゆう　原因　　　　　　ほう　おか　違反　　　か

★「はどうであれ」不管「理由為何」，也不會改變「違反法律的事實」，突顯法律的絕對性。

5　不管有什麼樣的苦衷，做了那種事就是不對。

事情はどうあれ、そんなことをしたのはよくなかった。
じじょう　緣由

★「はどうであれ」無論「背後原因為何」，都不改變「做了不當之事的判斷」，凸顯對正義的堅定執著。

ひとり～だけで (は) なく

不只是…、不單是…、不僅僅…

類義文法

ひとり～のみならず ～ (も)

不單是…、不僅僅…

接續方法 ▶ ひとり＋{名詞}＋だけで (は) なく

【附加】表示不只是前項，涉及的範圍更擴大到後項。後項內容是說話人所偏重、重視的。一般用在比較嚴肅的話題上。書面用語。口語用「ただ～だけでなく～」。

意思 ～単にそれだけでなく

類語 ～だけではなく／～のみならず

少子化はひとり 女性 だけの 問題ではなく、社会全体の 問題だ。

例1 問題主題　僅限　特定群體　非單一問題　　　廣泛問題

少子化不單是女性的問題，也是全體社會的問題。

出生率年年下降耶！老婆啊！我們就多生幾個吧！

「ひとり～だけではなく」某議題不只關乎「女性」這一群體，亦牽涉「整個社會」，突出其廣泛的影響範圍。

☞ 文法應用例句

2

抽菸不單對本人有害，也會危害身邊人們的健康。

喫煙は、ひとり本人だけでなく、周囲の人にも健康被害をもたらす。

★「ひとり～だけでなく」某事物不僅影響個人「吸煙者本人」，還影響到其他人「周圍人」，強調影響範圍廣泛。

3

油價上漲不只是中東國家的問題，也是全球性的課題。

石油の値上がりは、ひとり中東だけの問題でなく世界的な問題だ。

★「ひとり～だけでなく」某現象不僅對「中東國家」有所影響，更波及「全球」，凸顯其全球廣泛的影響。

4

這件事不僅和日本有關，也是全球性的重大問題。

このことはひとり日本だけでなく、地球規模の重大な問題である。

★「ひとり～だけでなく」某事態不僅影響「日本」這個國家，也擴及「全世界」，強調其普遍性。

5

不單是他一個人而已，同樣有那種感覺的人很多。

ひとり彼だけでなく、そのように感じている人は多い。

★「ひとり～だけでなく」某觀點不僅局限於「他一個人」，還共鳴於「許多人」，表明其普遍共感。

129

Track129

ひとり～のみならず～（も）

不單是…、不僅是…、不僅僅…

類義文法

だけでなく～も
不僅…而且～

接續方法▸ ひとり＋{名詞}＋のみならず（も）

【附加】 比「ひとり～だけでなく」更文言的説法。表示不只是前項，涉及的範圍更擴大到後項。後項內容是説話人所偏重、重視的。一般用在比較嚴肅的話題上。書面用語。口語用「ただ～だけでなく～」。

意思 ひとり～だけでなく

類語 ～のみならず

例1 明日のマラソン大会は、ひとり プロの選手 のみならず、アマチュア選手も参加可能だ。
　　僅限　一方參與者　　不僅限於　　　　　　另方參與資格

明天的馬拉松大賽，不僅是職業選手，就連業餘選手也都可以參加。

為了市民的健康，政府特地提供豐富的獎金，舉辦馬拉松大賽。有規定參加資格嗎？

「ひとり～のみならず」不只開放給「專業選手」，甚至「業餘選手」也能參加，突出參與者的多樣性。

👉 文法應用例句

2
這起事件，不單加害人要負責，包括整個社會都必須共同承擔責任。

今回の事件は、ひとり加害者のみならず、社会全体に責任がある。

★「ひとり～のみならず」不僅是某個人「加害者」，而是更廣泛的「社會整體」也應負責，凸顯問題的廣泛性。

3
他的演技，不僅影迷，連評審也為之傾倒。

彼の演技は、ひとりファンのみならず、審査員まで魅了した。

★「ひとり～のみならず」不僅涵蓋眾支持者「粉絲」的讚賞，甚至連嚴苛「評審」也給予肯定，突顯演技卓越。

4
他不只認識批發商，也認識了市場相關人物。

彼はひとり問屋のみならず、市場関係者も知っている。

★「ひとり～のみならず」不限於商業參與者「批發商」關注，連「市場相關人士」也認識，顯示社交廣泛。

5
他的人脈不僅僅在警界，甚至遍及法界的檢察官和法官。

彼は、ひとり警察のみならず、検察や裁判官にまで人脈がある。

★「ひとり～のみならず」不只涉及專業人員「警界」，甚至「檢察官和法官」也熟識，展示人脈廣泛。

べからず、べからざる

不得…（的）、禁止…（的）、勿…（的）、莫…（的）

類義文法

てはならない
不能…、不得…

接續方法▶ {動詞辭書形}＋べからず、べからざる＋{名詞}

1 **【禁止】**「べし」否定形。表示禁止、命令。是較強硬的禁止説法，文言文式説法，故常有前接文言動詞的情形，多半出現在告示牌、公佈欄、演講標題上。現在很少見。禁止的內容就社會認知來看不被允許。口語説「てはいけない」。「べからず」只放在句尾，或放在括號（「 」）內，做為標語或轉述內容，如例 (1)、(2)。

2 **〔べからざる N〕**「べからざる」後面則接名詞，這個名詞是指不允許做前面行為、事態的對象，如例 (3)、(4)。

3 **〔諺語〕** 用於諺語，如例 (5)。

4 **〔前接古語動詞〕** 由於「べからず」與「べく」、「べし」一樣為古語表現，因此前面常接古語的動詞，如例 (1) 的「忘る」等，便和現代日語中的有些不同。前面若接サ行變格動詞，可用「すべからず／べからざる」、「するべからず／べからざる」，但較常使用「すべからず／べからざる」（「す」為古日語「する」的辭書形）。

意思 ～べきではない（の）　類語 ～てはいけない（の）／～ることを禁ずる（の）

核心概念　不應忘記

例1 入社式で社長が「初心忘るべからず」と題するスピーチをした。

社長在公司的迎新會上，發表了一段以「莫忘初衷」為主題的演講。

☞ 文法應用例句

> 「べからず」入社式上社長強調，不應該做出的行為「遺忘初衷」，凸顯出保持原始目標的重要性。

2　雖然上面寫的是「禁止摘花」，但是包括果實也不可以摘。

「花を採るべからず」と書いてあるが、実も採ってはいけない。

★「べからず」表示禁止進行某行為「不應採花」，強調禁止的規定。

3　什麼是做為一個經營者不可或缺的要素呢？

経営者として欠くべからざる要素はなんであろうか。

★「べからざる」提出一個問題，探討「身為經營者」必須具備某些特質，強調不可或缺的核心要素。

4　居然殺死我那幼小的孩子，這種行為絕對不能饒恕！

幼い我が子を殺すとは、許すべからざる行為だ。

★「べからざる」這表達「殘害幼子」的行為，是絕不「容忍」的，強調其堅決反對的立場。

5　有句老話是「君子遠庖廚」。

昔は、「男子厨房に入るべからず」と言った。

★「べからず」指過去的禁忌行為「男子不得進入廚房」，顯示傳統的社會規範。

べく

為了…而…、想要…、打算…

類義文法

んがため（に）
為了…而…

接續方法▶｛動詞辭書形｝＋べく

1【目的】表示意志、目的。是「べし」的ます形。表示帶著某種目的，來做後項。語氣中帶有這樣做是理所當然、天經地義之意。雖然是較生硬的說法，但現代日語有使用。後項不接委託、命令、要求的句子。

2〔サ変動詞すべく〕前面若接サ行變格動詞，可用「すべく」、「するべく」，但較常使用「すべく」（「す」為古日語「する」的辭書形）。

意思 ～するために

類語 ～するために／～うと思って／するつもりで

目標指向　　　目的表達　　　　　　行動決策

例1 消費者の需要に対応す べく、生産量を増加することを決定した。

為了因應消費者的需求，而決定增加生產量。

這個月的商品，才上市就大受歡迎，訂量節節高升。

「べく」為了達到「滿足消費者需求」的目的，採取「增加生產量」的決策，強調策略的目標導向。

☞ 文法應用例句

2

夫婦兩人為了還債都出外工作。

┌債款┐　　　　　┌共同賺錢┐
借金を返すべく、共働きをしている。
しゃっきん　かえ　　　　ともばたら

★「べく」表為達成某目的「還清借款」，而採取行動「一起工作」，強調行動的目的。

3

為了跟對方的勢力抗衡，而出動了所有人員。

┌威勢┐　┌對抗┐　　　　┌全面動員┐
相手の勢力に対抗すべく、人員を総動員した。
あいて　せいりょく　たいこう　　じんいん　そうどういん

★「べく」為了實現「跟對手抗衡」的目標，採取了「全員出動」的策略，強調行動的目的性。

4

為了維持一家人的生計，就算是討厭的工作也必須做下去。

┌生活┐
家族に食べさせるべく、嫌な仕事でも続けている。
かぞく　た　　　　　いや　しごと　つづ

★「べく」為了達成「養活一家人」的目的，即使是「不喜歡的工作」也要堅持，強調了責任和目的。

5

這不是天災，而是不該發生卻發生了的人禍。

┌自然災害┐　　　　　　　　　┌人為災害┐
これは天災ではなく、起こるべくして起きた人災だ。
てんさい　　　　　　お　　　　お　　　じんさい

★「べく」表示這不是「天災」，而是「人為造成的災難」，突顯這是一個可預見且可避免的結果。

べくもない

無法…、無從…、不可能…

接續方法▶{動詞辭書形}＋べくもない

1【否定】表示希望的事情，由於差距太大了，當然是不可能發生的意思。也因此，一般只接在跟說話人希望有關的動詞後面，如「望む、知る」。是比較生硬的表現方法。

2〖サ変動詞すべくもない〗前面若接サ行變格動詞，可用「すべくもない」、「するべくもない」，但較常使用「すべくもない」（「す」為古日語「する」的辭書形）。

意思 ～当然ながら～できない／～することは、とてもできない

類語 ～わけがない

難達目標　　　擁有能力　完全不可能
　↓　　　　　　↓　　　　↓

例1 都心に一戸建てなど持てるべくもない。

別妄想在市中心擁有獨棟樓房了。

最近想買房子，但房價越來越貴，老婆跟小孩想要獨棟樓房，可是在市中心根本就買不起。

「べくもない」在市中心擁有一棟獨立房子，根本就是「不可能實現」的事，強調不應抱持的期望。

☞ **文法應用例句**

2 那時候，連想都沒有想過自己居然生了那種病。

そのときは、まさか自分がそんな病気だとは知るべくもなかった。
（無法想像）

★「べくもない」當時由於症狀不明顯等原因，無法預知「自己已患有那種疾病」，強調無法預料的情況。

3 我被甩了。情敵是型男醫師，根本沒有勝算。

ふられた。イケメンの医者が相手では、勝つべくもなかった。
（帥哥）（對手）

★「べくもない」反映面對條件優越的情敵，無法「與之相比」的無力感，突顯無可奈何的情況。

4 既然是人做的事，就不該追求完美。

人間のやることだから、完璧は求めるべくもない。
（十全十美）

★「べくもない」表明因為是人類所做，不能期望「完美無瑕」，強調對完美的不切實際期待。

5 我壓根不知道妻子的性命竟然已是風中殘燭了。

まさか妻の命が風前の灯だとは、知るべくもなかった。
（危在旦夕）

★「べくもない」當時由於症狀不明顯，完全不知道「妻子生命危在旦夕」，突顯情況的不可預見性。

べし
應該…、必須…、值得…

接續方法▶ {動詞辭書形}＋べし

1【當然】 是一種義務、當然的表現方式。表示說話人從道理上、公共理念上、常識上考慮，覺得那樣做是應該的，理所當然的，如例 (1) ～ (3)。用在說話人對一般的事情發表意見的時候，含有命令、勸誘的語意，只放在句尾。是種文言的表達方式。

2〔サ変動詞すべし〕 前面若接サ行變格動詞，可用「すべし」、「するべし」，但較常使用「すべし」（「す」為古日語「する」的辭書形），如例 (4)。

3〔格言〕 用於格言，如例 (5)。

意思 ～「べきだ」の書面語　　類語 ～するべきだ／～しなさい

責任主體　　　　具體任務　　　　　　　行動要求　應當做到

例1 親たる者、子どもの弁当ぐらい自分でつくるべし。
おや　もの　　　　　　べんとう　　　じぶん

親自為孩子做便當是父母責無旁貸的義務。

小孩透過父母親手作便當等動作，可以感受到父母的關懷喔！

「べし」根據角色責任「作為父母」，應該執行「為孩子準備便當」，顯示適當的行動建議。

☞ 文法應用例句

2
明天要早起，所以現在該睡了。

明日は朝早いから、今日はもう寝るべし。
あした　あさはや　　　　　きょう　　　　ね

★「べし」由於特定情況「明天需早起」，採取行動「早點睡覺」是合適的，突顯合理的行動建議。

3
外文不單要學文字，也應該透過耳朵和嘴巴來學習。

外国語は、文字ばかりでなく耳と口で覚えるべし。
がいこくご　もじ　　　　　　　みみ　くち　おぼ

★「べし」鑑於學習目的「掌握外語」，實施「口說與聽覺記憶」更為高效，強調適宜的行動策略。

4
上面有指令下來要我們在一年內將年成本壓低百分之十。

１年間でコストを10％削減すべしとの指示があった。
ねんかん　　　　　　　　さくげん　　　　しじ

★「べし」面對具體要求「一年內」，採納「減少成本 10%」是必須的，強化行動的必要性。

5
後生可畏。

後生おそるべし。
こうせい

★「べし」考慮到情境變化「後輩的迅速成長和不同見解」，表現「懼怕」是合情合理的，顯示恰當的行動反應。

まぎわに（は）、まぎわの

迫近…、…在即

類義文法
にさいして
在…之際

接続方法▶｛動詞辞書形｝＋間際に（は）、間際の＋｛名詞｝

1【時點】表示事物臨近某狀態，或正當要做什麼的時候，如例（1）～（3）。

2〔間際のN〕後接名詞，用「間際の＋名詞」的形式，如例（4）、（5）。

意思 ～する直前に／～する寸前に

類語 ～直前に／～寸前の

事件時點 緊臨時刻 突然察覺
↓ ↓ ↓

例1 後ろに問題が続いていることに気づかず、試験終了間際に気づいて慌ててしまいました。

没有發現考卷背後還有題目，直到接近考試時間即將截止時赫然察覺，頓時驚慌失措了。

糟了！我太粗心，沒看到後面還有題目！慌～！

「まぎわに」提及在「考試快結束」的瞬間，出現「未答題目被發現」的情況，突顯時間的緊迫感。

👉 文法應用例句

2

臨出門前接了一通電話，結果來不及搭電車了。

家を出る間際に電話がかかってきて、電車に乗り遅れた。

★描述某行為「出門」即將發生時，發生另一事「接到電話」，強調時間的緊急性。

3

睡前不要吃太多比較好喔！

寝る間際には、あまり食べない方がいいですよ。

★「まぎわに」闡述在「準備入睡」之際，不宜「過度進食」，強調適當的飲食習慣。

4

在比賽即將結束的時刻突然逆轉勝利，觀眾們全都陷入了激動瘋狂的情緒。

試合終了間際の逆転勝利に、観客は大いに盛り上がった。

★「まぎわの」敘述當「比賽即將收尾」之時，發生的「逆轉勝利」，強調激動人心的時刻。

5

那場火災就發生在即將下班的時刻。

火事が起きたのは、勤務時間終了間際のことでした。

★「まぎわの」描述在「即將下班」時刻，意外遭遇「火災發生」，突出無法預見的突發狀況。

まじ、まじき

不該有（的）…、不該出現（的）…

類義文法

ものではない
不該…

1【指責】{動詞辭書形}＋まじき＋{名詞}。前接指責的對象，多為職業或地位的名詞，指責話題中人物的行為，不符其身分、資格或立場，後面常接「行為、発言、態度、こと」等名詞，而「する」也有「すまじ」的形式。多數時，會用 [名詞に；名詞として]＋あるまじき。如例 (1)～(3)。

2〔動詞辭書形まじ〕{動詞辭書形}＋まじ。為古日語的助動詞，只放在句尾，是一種較為生硬的書面用語，較不常使用，如例 (4)、(5)。

意思 ～てはならない／～べきではない

類語 ～にあってはならない／～としてあってはならない／～てはならない

角色立場　允許動作　不應發生　行為描述
　↓　　　　↓　　　　↓　　　　↓
例1 それは父親として 許す まじき ふるまいだ。

　那是身為一個父親不該有的言行。

隔壁的那個人又犯酒癮了，當他小孩也真可憐，每天有一餐沒一餐的。

「まじき」表示該行為作為「父親」，所不「容許」，突顯其嚴重違背父職責任的性質。

☞ 文法應用例句

2
竟然發表虛假的實驗報告，真是作為一個科學家不該有的行為。

嘘の実験結果を公表するとは、科学者としてはあるまじきことだ。

★某行為「公布虛假實驗結果」是違反道德等，作為「科學家」不應該做的，強調絕對不可接受。

3
那項新法案是關於不該出現在民主國家的限制言論自由。

新法案は、民主国家にあるまじき言論統制だ。

★「まじき」指出「新法案」中，「言論統制」與民主國家的原則背道而馳，強調其不容接受性。

4
那些卑鄙的恐怖份子絕對不可原諒！

卑劣なテロリストを許すまじ。

★「まじ」表示對「卑劣的恐怖份子」的行為，絕不「寬恕」，突顯其行為的嚴重不當性。

5
那場災害絕對不容遺忘。

あの災害を忘るまじ。

★「まじ」表示對於「那場災難」的記憶，必須永遠「銘記」，強調其深遠影響與警示意義。

までだ、までのことだ

1. 大不了…而已、只是…、只好…、也就是…；2. 純粹是…

類義文法
ことだ
就得…、就該…

接續方法▸ {動詞辭書形；動詞た形；それ；これ}＋までだ、までのことだ

1【主張】 接動詞辭書形時，表示現在的方法即使不行，也不沮喪，再採取別的方法。有時含有只有這樣做了，這是最後的手段的意思。表示講話人的決心、心理準備等，如例 (1) ～ (3)。

2【理由】 接動詞た形時，強調理由、原因只有這個。表示理由限定的範圍。表示説話者單純的行為。含有「説話人所做的事，只是前項那點理由，沒有特別用意」，如例 (4)、(5)。

意思 ただ～だけだ／～すれば済むことだ

類語 ～だけだ／～に過ぎない

無進展情況　　　　　　目的説明　　　　　行動計略　必要極限
↓　　　　　　　　　　↓　　　　　　　　↓　　　↓

例1 議論が平行線をたどるなら、事態を打開するために、何らかの措置をとるまでだ。

爭論如果始終僵持不下，為了要解決現狀，就必須採取某種措施才行。

為了分公司地點是否設在青山，雙方各持己見，但這樣下去也不是辦法，必須想其他辦法才行。

「までだ」表示在「議論無進展」的困境下，為了突破僵局仍需「採取某些措施」，強調解決問題的決心。

☞ 文法應用例句

2

就算一而再、再而三的壞掉，只要重新做一個就好了。

壊されても壊されても、また作るまでのことです。

★「までのことです」即使面對困難「反覆遭到破壞」，也會堅持目標「重新建造」，強調毅力和決心。

3

如果沒辦法和解，大不了就告上法院啊！

和解できないなら訴訟を起こすまでだ。

★「までだ」表示若「無法達成和解」，則不得不走上「提起訴訟」的一步，突顯堅持正義的必要性。

4

難道我説錯了嗎？我只不過是説出事實而已啊！

何が悪いんだ。本当のことを言ったまでじゃないか。

★「までじゃないか」通過反問來表示僅僅是「陳述事實」，強調所言合情合理的性質。

5

這沒什麼大不了的，只不過是盡了自己的本分而已。

大したことではなく、ただ自分の責務を果たしたまでのことです。

★「までのことです」表明所做的一切僅僅是「履行自己的職責」，強調行為的必要性和合適性。

まで (のこと) もない
用不著…、不必…、不必說…

接續方法▶ {動詞辭書形}＋まで (のこと) もない

【不必要】前接動作，表示沒有必要做到前項那種程度。含有事情已經很清楚了，再說或做也沒有意義，前面常和表示說話的「言う、話す、說明する、教える」等詞共用。

意思 ～なくてもいい／～必要がない

類語 ～する必要がない／～しなくてもいい

例1
非兒童比喻　　　逐一指導　　　不必要
　↓　　　　　　　↓　　　　　　↓
子どもじゃあるまいし、一々教えるまでもない。

你又不是小孩子，我沒必要一個個教的。

房間怎麼又弄亂了！不是跟你說要物歸原處嗎？還有髒衣服我說過要放到洗衣籃！…奇怪？你又不是小孩子了，為什麼還要我一個一個講啊！

「までもない」表示對於「成年人」，不需要過度「逐一指導」，強調自理能力的重要性。

☞ 文法應用例句

2 那種小事，根本用不著向上級逐一報告。

　そのくらい、いちいち上に報告するまでのこともない。
　　　　　　　　　　　　うえ　ほうこく

★「までのこともない」對於不關鍵的「那種小事」，無需過度「每次都向上級報告」，強調不必要的行為。

3 只要看了就知道，所以用不著一一說明。

　見れば分かるから、わざわざ説明するまでもない。
　み　わ　　　　　　　　　　　　せつめい

★「までもない」表示對於顯而易見的「事情」，不需要額外「詳細解釋」，突顯事情的明顯性。

4 不用說這背後必隱藏了許多重要的因素。

　さまざまな要因が背後に隠れていることは言うまでもない。
　　　　　　よういん　はいご　かく　　　　　　　　　　い

★「までもない」表明對於眾所周知的「隱藏原因」，無需特別「提及」，強調已是共識的事實。

5 這一位是物理學家湯川振一郎教授，我想應該不需要鄭重介紹了。

　改めてご紹介するまでもありませんが、物理学者の湯川振一郎先生です。
　あらた　しょうかい　　　　　　　　　　　ぶつりがくしゃ　ゆかわしんいちろうせんせい

★「までもない」對於廣為人知的「物理學家」，無需再次「介紹」，強調其名聲的普及性。

まみれ
沾滿…、滿是…

接續方法 ▶ {名詞}＋まみれ

1【樣態】 表示物體表面沾滿了令人不快或骯髒的東西，非常骯髒的樣子，前常接「泥、汗、ほこり」等詞，表示在物體的表面上，沾滿了令人不快、雜亂、負面的事物，如例 (1) ～ (3)。

2〔困擾〕 表示處在叫人很困擾的狀況，如「借金」等令人困擾、不悦的事情，如例 (4)、(5)。

意思 ～が付着して汚れている状態

類語 ～がいっぱい／～だらけ

汚染物質　　覆蓋狀態　　結果轉變
↓　　　　↓　　　　↓
例1 サッカーの試合中、雨が降り出し、泥 まみれ になった。

足球比賽時下起雨來，場地成了一片泥濘。

今天是小茂的足球比賽，小茂，加油！…咦？怎麼突然下起雨來了，地上都成泥地了啦！

「まみれ」用來描述在足球賽中，場地因雨水而充斥「泥濘」，強調比賽環境的惡劣。

☞ 文法應用例句

2

只要有這個，就算是沾滿油垢的通風扇也可以輕輕鬆鬆煥然一新！

これさえあれば、油まみれの換気扇もお掃除ラクラク。

★「まみれ」形容通風扇的表面，附著著大量的「油污」，突顯清潔工作的效果。

3

當時聽到了聲響過去一看，有個人倒臥在血泊之中。

物音がしたので行ってみると、人が血まみれで倒れていた。

★「まみれ」形容人物被大量「血跡」覆蓋，顯示事故的嚴重性和緊急狀況。

4

他總是想買什麼就買什麼，最後欠了一屁股的債。

好きなものを好きなだけ買って、彼は借金まみれになった。

★「まみれ」表示因不節制購物，人物深陷「巨額債務」，突出財務狀態的危險性。

5

大家對他擺明就是一派胡言的詭辯感到真是服了。

明らかに嘘まみれの弁解にみんな辟易した。

★「まみれ」用以形容某人的解釋充滿了「謊言」，讓聽者感到厭煩，強調不誠實的程度。

めく

像…的樣子、有…的意味、有…的傾向

類義文法

げ

好像…的樣子

接續方法 ▶ {名詞}＋めく

1【傾向】「めく」是接尾詞，接在詞語後面，表示具有該詞語的要素，表現出某種樣子，如例 (1)～(3)。前接詞很有限，習慣上較常說「春めく」(有春意)、「秋めく」(有秋意)。但「夏めく」、「冬めく」就較少使用。

2〔めいた〕 五段活用後接名詞時，用「めいた」的形式連接，如例 (4)、(5)。

意思 〜の感じや雰囲気に満ちている

類語 〜らしい／〜のように見える

主體對象　　神秘特質　　似乎如此
　↓　　　　　↓　　　　　↓

例1 あの人はどこか謎めいている。

總覺得那個人神秘兮兮的。

班上來了位新同學，不管我們問什麼話，她都不回應，而且一下課就馬上不見人影，不知道都去了哪裡，好神祕啊！

「めく」用來形容某人帶有一種「不可捉摸」的神秘感，強調其個性的獨特及迷人之處。

☞ 文法應用例句

2　進入３月，陽光也變得和煦如春了。

３月になり、日差しも春めいてきた。

★「めく」指隨著３月的到來，「陽光」的感覺開始與春天相似，強調季節轉變。

3　在人群吵雜之中，首相開始了他的演講。

群集がざわめく中、首相は演説を始めた。

★「めく」描述在嘈雜的人群中，首相開始演講，場面呈現一種「喧鬧」的氣氛，突顯了場合的熱鬧與混亂。

4　他發出粗暴聲音，且用一副威脅人的語氣向我逼問。

声を荒げ、脅かしめいた言い方で詰め寄ってきた。

★「めく」描述某人語氣粗暴，帶有「威脅」之意，突出他的言語攻擊性和侵略性。

5　一看見年輕人，就忍不住訓起話來了。

若い者を見ると、ついお説教めいたことを言ってしまう。

★「めく」表示在看到年輕人時，不自覺地說出帶有「說教」意味的話，反映出一種長輩式的關心。

もさることながら〜も

不用說…、…（不）更是…

接續方法 ▶ {名詞}＋もさることながら

【附加】前接基本的內容，後接強調的內容。含有雖然不能忽視前項，但是後項比之更進一步、更重要。一般用在積極的、正面的評價。跟直接、斷定的「よりも」相比，「もさることながら」比較間接、婉轉。

意思 〜ももちろんだが、それだけでなく／〜も無視できないが、〜も〜

類語 Aよりも、むしろBのほうが〜（ないでしょうか）

　首要因素　　　更不用說　　　　　　　其他需求
　　↓　　　　　　↓　　　　　　　　　　↓
例1 **技術 もさることながら、体力と気力も要求される。**
　　　ぎじゅつ　　　　　　　　　たいりょく　きりょく　　ようきゅう

技術層面不用說，更是需要體力和精力的。

你會衝浪啊！？哇！好厲害喔！衝浪需要很好的技術吧！

「もさることながら」表明儘管「技術」很重要，「體力和精力」的需求更為關鍵，強調全面能力的必要性。

☞ 文法應用例句

2
關於錄用考試，筆試固然不可輕忽，面試也很重要。

採用試験では、筆記試験もさることながら、面接が重視される。
さいよう しけん　　　ひっき しけん　　　　　　　　　　めんせつ　じゅうし

★「もさることながら」指雖然「筆試」也重要，但更重要的是「面試」，突顯面試的重要性。

3
美味自不待言，充滿美感的擺盤更是令人折服。

味のよさもさることながら、盛り付けの美しさもさすがだ。
あじ　　　　　　　　　　　　も　つ　　　うつく

★「もさることながら」表示雖然「味道」吸引人，但「擺盤」的美觀更加讓人驚艷，凸顯擺盤藝術的價值。

4
成果本身固然要緊，從那個過程中學到什麼，更是重要。

成果そのものもさることながら、その過程で何を学んだかが重要だ。
せいか　　　　　　　　　　　　　　　かてい　なに　まな　　　　じゅうよう

★「もさることながら」指出雖然「成果」本身重要，但「過程中的學習」更關鍵，強調學習過程的價值。

5
不僅要追求勝利，最重要的是具備運動家的精神。

勝敗もさることながら、スポーツマンシップこそ大切だ。
しょうはい　　　　　　　　　　　　　　　　　　　たいせつ

★「もさることながら」表明雖然「勝負」重要，但「體育精神」的重要性更高，突顯體育精神的重要性。

もなんでもない、もなんともない

也不是…什麼的、也沒有…什麼的、根本不…

接續方法▶ {名詞；形容動詞詞幹}＋でもなんでもない；{形容詞く形}＋もなんともない

【否定】用來強烈否定前項。含有批判、不滿的語氣。

　　　　指定對象　　　　感情狀態　　　　否定表達
　　　　　↓　　　　　　　↓　　　　　　　↓

例1　別に、あなたのことなんて好きで もなんでもない。

沒有啊，我也沒有喜歡你還是什麼的。

「ツンデレ」（傲嬌）的人愛面子，明明就喜歡人家，還要說這種反話。

「もなんでもない」表明對於「喜歡你」這種感情，實際上「完全不存在」，突出對情感的堅決否認。

👉 文法應用例句

2　你這種人根本算不上是朋友！我要和你絕交！

もうお前なんか友達でもなんでもない。絶交だ。

〔斷絕交往〕

★「もなんでもない」與對方的某種關係「朋友」，毫無關聯「已經完全破裂」，強調關係的斷絕。

3　雖然是高額消費，但和利益相關，所以也不會覺得可惜還是什麼的。

高い買い物だが、利益に繋がるものなので惜しくもなんともない。

〔好處〕〔連接〕〔惋惜的〕

★「もなんともない」對於「高額消費」並不覺得「可惜」，因其帶來利益，強調實用性超越成本的觀點。

4　看起來雖然傷得很重，但神奇的是，也不會覺得痛還是什麼的。

見た目はひどい傷なんですが、不思議なことに痛くもなんともないんです。

〔外觀〕〔傷口〕

★「もなんともない」表明雖然「外觀是嚴重傷口」，但奇怪地「完全不疼痛」，強調疼痛感的缺失。

5　那種現象有科學上的解釋，不是什麼不可思議的事情

それは科学的に説明できる。不思議でもなんでもない。

〔科學的〕

★「もなんでもない」對於科學能解釋的事物，排除了「不可思議」的可能性，強調現實與理性的看法。

（〜ば／ても）〜ものを

1. 可是…、卻…、然而卻…；2. …的話就好了，可是卻…

接續方法▶ {名詞である；形容動詞詞幹な；[形容詞・動詞]普通形}＋ものを

1 **【讓步】** 逆接表現。表示說話者以悔恨、不滿、責備的心情，來說明前項的事態沒有按照期待的方向發展。跟「のに」的用法相似，但說法比較古老。常用「ば（いい、よかった）ものを、ても（いい、よかった）ものを」的表現，如例（1）～（3）。

2 **【指責】**「ものを」也可放句尾（終助詞用法），用「すればいいものを」的形式，表示因為沒有做前項，所以產生了不好的結果，為此心裡感到不服氣、感嘆的意思，如例（4）、（5）。

意思 〜のに（不満、非難の気持ちで）　　類語 〜のに

應提前行動　如果做了　後悔表達　但是未做　　　　　結果說明
　↓　　　　　↓　　　↓　　　↓　　　　　　　　　↓

例1 先にやっておけばよかったものを、やらないから土壇場になって慌てることになる。

先把它做好就沒事了，可是你不做才現在事到臨頭慌慌張張的。

糟了！明天我女朋友要來，我家像垃圾屋…！完啦！我女友有潔癖！

「ば〜ものを」若「提前完成」可避免麻煩，卻未實行，造成了急迫與混亂，強調後悔的情境。

☞ 文法應用例句

2 說一聲抱歉就沒事了，你卻只是在那裡鬧彆扭。

　一言謝ればいいものを、いつまでも意地を張っている。

★「ば〜ものを」如果做某事「一聲道歉」就有好結果，但實際上沒做「堅持己見」，強調不合理行為。

3 老實講就沒事了，你卻要隱瞞才會落到這種下場。

　正直に言えばよかったものを、隠すからこういう結果になる。

★「ば〜ものを」如果「坦誠道歉」能避免不良後果，但因隱瞞而導致不利結果，突顯後悔的情況。

4 早點去看醫生就好了，偏要拖那麼久！

　もっと早く医者に行けばよかったものを。

★「ば〜ものを」若是「早些就醫」可以避免健康惡化，但未能做到，強調猶豫導致的後果。

5 既然肚子不舒服，為何又偏偏要勉強吃下去！

　お腹の調子が悪いなら、無理して食べなければいいものを。

★「ば〜ものを」若在腸胃不適時「不勉強進食」會更好，但實際未能做到，強調不當行為帶來不良後果。

や、やいなや

剛…就…、一…馬上就…

接續方法 ▶ {動詞辭書形}＋や、や否や

【時間前後】表示前一個動作才剛做完，甚至還沒做完，就馬上引起後項的動作。兩動作時間相隔很短，幾乎同時發生。語含受前項的影響，而發生後項意外之事。多用在描寫現實事物。書面用語。前後動作主體可不同。

意思 ～と、すぐ（人の行為・現象）

類語 ～とすぐに、～なり、～か～ないかのうちに

事件起因　　　　　　隨即　　　　　結果發生
　↓　　　　　　　　　↓　　　　　　　↓

例1 **合格者の番号が掲示板に貼られる や、黒山の人だかりができた。**

當公佈欄貼上及格者的號碼時，就立刻圍上大批的人群。

快！工作人員出來貼榜單了！

「や」描述當「合格者名單」一張貼出後，立刻出現了「擁擠的人群」，強調事件的迅速發展。

🖝 文法應用例句

2

當財政部長發表聲明後，股市立刻大幅回升。

財務長官が声明を発表するや、市場は大きく反発した。
ざいむちょうかん　せいめい　はっぴょう　　しじょう　おお　はんぱつ

★「や」一件事剛發生「一發表聲明」，緊接著「市場大幅反彈」，強調事件的迅速連接。

3

一公開了肖像畫，犯人馬上就被逮捕了。

似顔絵が公開されるや、犯人はすぐ逮捕された。
にがおえ　こうかい　　　はんにん　　　たいほ

★「や」表示「肖像」一公開後，犯人立刻「被逮捕」，突顯事件連續性的快速進展。

4

阿茂一到家就把書包一扔，出門玩耍去了。

茂は、家に帰るや、ランドセルを放り出して遊びに行った。
しげる　いえ　かえ　　　　　　　ほう　だ　　あそ　い

★「や」用來表明一「到家」後，孩子馬上「扔下書包外出玩耍」，突出行動的迅速轉換。

5

才剛一發售，立刻掀起了搶購熱潮。

発売されるや否や、大ブームを巻き起こした。
はつばい　　いな　　だい　　　　　ま　お

★「や否や」表示「商品」一上市，就立刻「掀起搶購熱潮」，強調市場反應的極速反應。

を～にひかえて
臨進…、靠近…、面臨…

1【即將】{名詞}＋を＋{時間；場所}＋に控えて。「に控えて」前接時間詞時，表示「を」前面的事情，時間上已經迫近了；前接場所時，表示空間上很靠近的意思，就好像背後有如山、海、高原那樣宏大的背景。

2〔Ｎがひかえて〕{名詞}＋が控えて。一般也有使用「が」的用法，如例 (4)。

3〔をひかえたＮ〕を控えた＋{名詞}。也可以省略「{時間；場所}＋に」的部分。還有，後接名詞時用「を～に控えた＋名詞」的形式，如例 (5)。

意思 (空間的・時間的) に迫っている
類語 ～を間近にして／～が～に近づいて

即將發生事件　目標指示　時間指定　待發生狀態　　　　　忙碌狀態

例1 **結婚式 を 明日 に 控えている ため、大忙しだった。**

明天即將舉行結婚典禮，所以忙得團團轉。

明天就要結婚了！剛去會場確認婚宴流程啦、買小禮物啦，好忙啊！

「を～に控えて」表示在關鍵時刻「婚禮前夕」，經歷的「忙碌準備期」，突出重大事件前的忙碌氛圍。

☞ **文法應用例句**

2 距離公司成立已進入倒數階段，每天都異常繁忙。

会社の設立を目前に控えて、慌ただしい日が続いています。

★「を～に控えて」指在重要時刻「公司成立」前，所經歷的「持續忙碌」狀態，強調重大事件前的繁忙。

3 妻子即將於下週生產，我已經讓她回到娘家了。

妻は出産を来週に控えて、実家に帰りました。

★「を～に控えて」描述在關鍵階段「臨盆前」，所做決定「送她回娘家」，強調重大時刻前的準備。

4 由於我家後面就有一片山坡，因此蚊蟲之類的特別多。

うちはすぐ後ろに山が控えているので、蚊だの何だのが多い。

★「が控えて」指出「家後面有山」，導致「蚊蟲繁多」的情況，凸顯地理位置對周邊環境的影響。

5 為了即將參加高中升學考試的孩子做了消夜。

高校受験を控えた子どもに、夜食を作ってやった。

★「を控えた」為了迎接重要時刻「高中入學考試」的孩子，而製作的「夜宵」，突出考前的支持與關懷。

をおいて、をおいて～ない

1.除了…之外（沒有）；2.以…為優先

接續方法 ▶ {名詞}＋をおいて、をおいて～ない

1【限定】 限定除了前項之外，沒有能替代的，這是唯一的，也就是在某範圍內，這是最積極的選項。多用於給予很高評價的場合，如例（1）～（3）。

2【優先】 用「何をおいても」表示比任何事情都要優先，如例（4）、（5）。

意思 ～以外に～ない

類語 ～しか～ない

能力描述　　　　　　　　唯一人選　　不可或缺
　↓　　　　　　　　　　　↓　　　　↓

例1 この難題に立ち向かえるのは、彼 をおいていない。

能夠挺身面對這項難題的，捨他其誰！

對於這次所發生的問題，我想只有營業部的成田先生有能力解決這個問題了！

「をおいて～ない」突出「他」在「解決該問題」這一領域中無可匹敵，突出其在該領域的卓越地位。

☞ 文法應用例句

2 要說不會造成環境汙染的交通工具，除了自行車就沒有別的了。

環境に優しい乗り物といったら、自転車をおいてほかにない。

★「をおいて～ない」強調「自行車」，是特定範疇「環保交通工具」中的最佳選擇，凸顯其優越性。

3 同事裡會講英語的人，除了鈴木小姐就沒有別人了。

同僚で、英語ができる人といえば、鈴木さんをおいていない。

★「をおいて～ない」突出「鈴木小姐」在「精通英語」這一領域中的無可替代，凸顯其在該領域的獨特優勢。

4 好不容易來到了這裡，不管怎樣都要去博物館才是。

せっかくここに来たなら、何をおいても博物館に行くべきだ。

★「何をおいても」突出「參觀博物館」作為「來此地」時的首要活動，強調其在該情境下的優先性。

5 她的生活不管怎樣，都以音樂為第一優先。

彼女の生活は、何をおいてもまず音楽だ。

★「何をおいても」突出「音樂」作為「日常生活」中的首要元素，強調其在生活中的核心重要性。

をかぎりに、かぎりで

從…起…、從…之後就不（沒）…、以…為分界

類義文法

ばそれまでだ
…就到此結束

接續方法 ▶ {名詞}＋を限りに、限りで

【限定】前接某時間點，表示在此之前一直持續的事，從此以後不再繼續下去。多含有從説話的時候開始算起，結束某行為之意。表示結束的詞常有「やめる、別れる、引退する」等。正、負面的評價皆可使用。

意思 ～を最後に

類語 ～を最後に～をやめる／～を機会に～をやめる

特定日期　起始點　　　　無聯絡狀況描述
↓　　　　↓　　　　　　　　↓

例1 あの日を限りに彼女から何の連絡もない。

自從那天起，她就音訊全無了。

> 花子四處找百合子，百合子怎麼啦？

> 「を限りに」自那特定時刻「那天」起，「與她失去聯繫」這一事件延續至今，凸顯了該決定的時間性。

☞ 文法應用例句

2　我決定事業做到這個月後就收起來。

今月を限りに事業から撤退することを決めた。
こんげつ　かぎ　じぎょう　てったい　　　　　　き

★「を限りに」指某事件「停止業務」，在特定時間點「這個月」之後一直繼續，突顯決定的時限性。

3　我決定了從今天開始戒菸。

私は今日を限りにタバコをやめる決意をした。
わたし　きょう　かぎ　　　　　　　　　けつい

★「を限りに」自定下的那一刻「今天」起，「戒菸」這一決定持續進行中，突出決定起始的具體時間。

4　和壞朋友的往來，這是最後一次了。

悪い仲間との付き合いは、これを限りに終わりにする。
わる　なかま　　つ　あ　　　　　　　　かぎ　お

★「を限りに」自那特殊時刻「這次」之後，「不再和壞朋友交往」這一自覺即刻生效，強調明確終止時刻。

5　我所喜歡的棒球選手宣布了將於本球季結束後退休。

私の好きなプロ野球選手が、今季を限りに引退すると発表した。
わたし　す　　　やきゅうせんしゅ　　こんき　かぎ　いんたい　　はっぴょう

★「を限りに」從那一特定時期「本球季」之後，「退休」退休的情況持續發展，突顯生涯轉折的重要性。

をかわきりに、をかわきりにして、をかわきりとして

以…為開端開始…、從…開始

接續方法▶ {名詞}＋を皮切りに、を皮切りにして、を皮切りとして

【起點】前接某個時間、地點等，表示以這為起點，開始了一連串同類型的動作。後項一般是繁榮飛躍、事業興隆等內容。

意思 ～を (一連の物事の) 始めとして
類語 ～を出発点として～を始める

起始地點　　開始之始　　　　　　連續情況

例1 **沖縄を皮切りに、各地が梅雨入りしている。**
おきなわ　　かわき　　　　　かくち　　　つゆい

從沖繩開始，各地陸續進入梅雨季。

> 今天早上看電視才知道已經到了梅雨季節啦，難怪最近老覺得濕濕黏黏的！

> 「を皮切りに」表示「沖繩」作為開端，其後「各地」依次步入梅雨季，強調季節更迭的序幕。

☞ 文法應用例句

2 從5號的煙火晚會揭開序幕，開始了為期3天的慶典。

５日の花火大会を皮切りに、３日間の祭りの幕が開ける。
いつか　はなび たいかい　かわき　　　みっかかん　まつ　　まく　あ

★「を皮切りに」表「5日煙火大會」開啟後，接續的「3天祭典活動」接踵而至，突顯活動的序幕。

3 以這起事件為引爆點，引發了各地的叛亂。

この事件を皮切りにして、各地で反乱が起こった。
　　じけん　かわき　　　　かくち　はんらん　お

★「を皮切りにして」表示「這起事件」發生後，緊隨其後「各地」接連爆發叛亂，凸顯了叛亂的觸發點。

4 將以香港為首站，展開世界巡迴演出。

香港を皮切りとしてワールドツアーを行う。
ホンコン　かわき　　　　　　　　　　　　　おこな

★「を皮切りとして」描述以「香港」為起點，其後「世界各地」巡迴演出相繼展開，突出活動的啟動與延續。

5 以這部作品為開端，她一躍而成暢銷作家了。

この作品を皮切りとして、彼女は売れっ子作家になった。
　　さくひん　かわき　　　　　かのじょ　う　　こさっか

★「を皮切りとして」描述自「這部作品」起，隨後「她的作品」連續熱賣，凸顯作品作為成功序幕的重要性。

をきんじえない
不禁…、禁不住就…、忍不住…

接續方法 ▶ {名詞}＋を禁じえない

【強調感情】前接帶有情感意義的名詞，表示面對某種情景，心中自然而然產生的、難以抑制的心情。這感情是越抑制感情越不可收拾的。屬於書面用語，正、反面的情感都適用。口語中不用。

意思 ～という感情が自然に湧き上がる

類語 ～ずにはいられない

特質強調　　　讚美行為　不可避免

例1 デザインの素晴らしさと独創性に賞賛を禁じえない。

看到設計如此卓越又具獨創性，令人讚賞不已。

每次看到歐美的建築物，都令人嘆為觀止！

「を禁じえない」表示對於「創意與卓越的設計」無法克制的讚賞，凸顯了對創新美學的高度讚揚。

☞ 文法應用例句

2 為她悲慘的身世而忍不住掉下了眼淚。

彼女の哀れな身の上に、涙を禁じ得なかった。
　　　　┌可憐的┐┌個人遭遇┐

★「を禁じえない」顯示對「她不幸遭遇」的激烈悲傷，無法抑制落淚，突顯情感的強烈。

3 那種缺乏常識的發言，真叫人感到不快。

常識に欠ける発言に不快感を禁じえない。
　　　┌欠缺┐　　　　┌反感┐

★「を禁じえない」表明對「缺乏常識的言論」極度的不悅，凸顯了強烈的反感。

4 事情發生得太突然了，令人不禁大吃一驚。

あまりに突然の出来事に驚きを禁じえない。
　　　　　　　┌事件┐

★「を禁じえない」描述對「突如其來的事件」的巨大驚訝，凸顯了意外的衝擊。

5 聽到了地震受災戶的經歷，不由得深感同情。

地震の被災者の話を聞いて、同情を禁じ得なかった。
　　　┌災民┐　　　　　　┌憐憫┐

★「を禁じえない」表示在聽到「地震災民的經歷」時的深切同情，凸顯了人與人之間的共鳴。

をふまえて

根據…、以…為基礎

類義文法

をもとに
以…為根據、以…為參考

接續方法▶ {名詞}＋を踏まえて

【依據】表示以前項為前提、依據或參考，進行後面的動作。後面的動作通常是「討論する」（辯論）、「話す」（說）、「検討する」（討論）、「抗議する」（抗議）、「論じる」（論述）、「議論する」（爭辯）等和表達有關的動詞。多用於正式場合，語氣生硬。

意思 〜を根拠・前提に
類語 〜に基づいて

基礎依據　　　　根據此　　　　　表達意向

例1 **自分の経験 を踏まえて 話したいと思います。**

我想根據自己的經驗來談談。

有機農業正夯～兩年前我辭掉了工程師的高薪工作，選擇回鄉下種田！想跟大家分享一下我的心路歷程。

「を踏まえて」表明基於「個人經驗」，進行的「發言」，突顯經驗帶來的深刻見解和價值。

👉 文法應用例句

2 應當基於現實狀況來修訂法規。

現実を踏まえて、法を改正すべきだ。

★「を踏まえて」表示基於「現實情況」，進行決定「法律的改正」，強調實際情況的重要性。

3 我想依據這個結果來討論今後的對應措施。

この結果を踏まえて今後の対応を検討したいと思います。

★「を踏まえて」擬根據「目前結果」，來制定「未來的對策」，凸顯結果分析對策略制定的重要。

4 學生們的抗議行動缺乏法源根據。

学生たちの抗議行動は、法的な根拠を踏まえていない。

★「を踏まえて」指出抗議行動「缺乏法律根據」，強調合法性的重要性和根據的缺失。

5 根據使用者的意見而改善服務品質。

利用者の声を踏まえてサービスを改善する。

★「を踏まえて」意指將依據「用戶反饋」，來改進「服務」，突顯用戶意見在服務改進中的價值。

をもって

1. 以此…、用以…；2. 至…為止

類義文法

をもってすれば
只要用…

接續方法▶ {名詞}＋をもって

1. **【手段】** 表示行為的手段、方法、材料、中介物、根據、仲介、原因等，用這個做某事之意，如例 (1) ～ (3)。
2. **【界線】** 表示限度或界線，接在「これ、以上、本日、今回」之後，用來宣布一直持續的事物，到那一期限結束了，常見於會議、演講等場合或正式的文件上，如例 (4)。
3. 〖禮貌－をもちまして〗較禮貌的説法用「をもちまして」的形式，如例 (5)。

意思 で (手段／終点・限界)

類語 ～によって／～でもって／～を使って (も) ／で

反應來源　處理態度　以此方式　回應行動
　↓　　　↓　　　↓　　　↓
例1 顧客からの苦情に誠意をもって対応する。

心懷誠意以回應顧客的抱怨。

服務業就是要全心全意為顧客著想，所以當顧客跟我們反應任何問題時，我們也要誠心誠意地為顧客服務！

「をもって」表示用「誠意和認真」，來處理「顧客的投訴」，強調對客服事務的認真態度。

☞ 文法應用例句

2 親身體驗了雪國生活的嚴峻。

雪国の厳しさを、身をもって体験した。
ゆきぐに　きび　　　み　　　　　たいけん
（多雪之地）　　　　　　　　　（體驗）

★「をもって」以親自體驗，來深刻感受某狀態「雪國的嚴酷」，強調親身感受的深度。

3 到底是基於什麼而得到了那樣的結論呢？

何をもってあのような結論に達したのだろうか。
なに　　　　　　　　けつろん　たつ
　　　　　　　　　　　　　（得出）

★「をもって」用以提問，以「什麼」標準，來達成某個「特定結論」，突顯結論依據的疑問。

4 以上是我個人的致詞。

以上をもって、わたくしの挨拶とさせていただきます。
いじょう　　　　　　　　　　あいさつ
　　　　　　　　　　　　　　（致辭）

★「をもって」表示以「目前為止」的內容，作為「結束發言」的標志，突顯演講或致詞的結尾。

5 到此，2023年的股東大會圓滿結束。

これをもちまして、2023年株主総会を終了いたします。
　　　　　　　　　　ねんかぶぬしそうかい　しゅうりょう
　　　　　　　　　　　　　　　（結束活動）

★「をもって」用來宣告以「此刻」為界，「2023年股東大會正式結束」，強調活動的正式終止。

をもってすれば、をもってしても

1. 只要用…；2. 即使以…也…

類義文法
からといって
即使…，也不能…

接續方法▶ {名詞}＋をもってすれば、をもってしても

1【手段】 原本「をもって」表示行為的手段、工具或方法、原因和理由，亦或是限度和界限等意思。「をもってすれば」後為順接，從「行為的手段、工具或方法」衍生為「只要用…」的意思，如例 (1) ～ (3)。

2【讓步】「をもってしても」後為逆接，從「限度和界限」成為「即使以…也…」的意思，後接否定，強調使用的手段或人選。含有「這都沒辦法順利進行了，還能有什麼別的方法呢」之意，如例 (4)、(5)。

意思 ～を用いれば／～を用いても

類語 ～を用いれば／～を用いたとしても

能力指標　　　　以此狀態　　　　　　確定結果

例1 あの子の実力 をもってすれば、全国制覇は間違いない。

他只要充分展現實力，必定能稱霸全國。

進入全國決賽了，再一步就冠軍了！加油啊！

「をもってすれば」憑借特定優勢「孩子的實力」，確信能實現「全國冠軍」，凸顯對其潛力的高度肯定。

☞ 文法應用例句

2 只要運用現代科技，或許能夠加以證明。

現代の科学をもってすれば、証明できないとも限らない。
げんだい　かがく　　　　　　　　　　しょうめい　　　　　　　かぎ

★「をもってすれば」以特定手段「現代科學」，探討「證明某事」的可能性，突出科技潛力。

3 只要握有國家權力，竊聽一般民眾電話之類的小事，想必易如反掌吧。

国家権力をもってすれば、一般人の電話を盗聴するくらい簡単にできるだろう。
こっかけんりょく　　　　　　いっぱんじん　でんわ　とうちょう　　　　　かんたん

★「をもってすれば」憑藉特定狀況「掌控國家政權」，竊聽「民眾電話」似乎易如反掌，突出國家的權力範疇。

4 這種疾病，即使採用最新的醫療技術，仍舊無法醫治痊癒。

この病気は、最新の医療技術をもってしても完治することはできない。
びょうき　　さいしん　いりょうぎじゅつ　　　　　　　　　かんち

★「をもってしても」即便運用「最新醫療」技術，仍然無法「完全醫治」該病，強調疾病的棘手程度。

5 就算徹底執行刪減成本，也沒有辦法讓公司重新站起來。

徹底的なコスト削減をもってしても、会社を立て直すことはできなかった。
てっていてき　　　さくげん　　　　　　　　　かいしゃ　た　なお

★「をもってしても」即使採取「徹底削減成本」措施，仍未能「挽救公司」，凸顯形勢極度不樂觀。

をものともせず (に)

不當…一回事、把…不放在眼裡、不顧…

接續方法 ▶ {名詞}＋をものともせず (に)

【無關】表示面對嚴峻的條件，仍然毫不畏懼，含有不畏懼前項的困難或傷痛，仍勇敢地做後項。後項大多接正面評價的句子。不用在説話者自己。跟含有譴責意味的「をよそに」比較，「をものともせず (に)」含有讚歎的意味。

意思 ～を恐れないで

類語 ～を恐れないで／～気にもとめないで

障礙因素　　不受影響　　　　　　積極態度
　↓　　　　　↓　　　　　　　　　　↓
例1 <u>病気</u> をものともせず、<u>前向きに生きている</u>。
びょうき　　　　　　　　　まえむ　　い

不在意身上的病痛，過著樂觀的人生。

田中獲知自己得到癌症，但是他還是很樂觀的面對人生。

「をものともせず」即使面臨身體「病痛」的困難，仍保持「樂觀」，彰顯其堅韌精神。

☞ 文法應用例句

2

他不顧周遭的不理解，兀自埋首於研究。

周囲の無理解をものともせずに、彼はひたすら研究に没頭した。
しゅうい　むりかい　　　　　　　　かれ　　　　　　けんきゅう　ぼっとう

★「をものともせずに」某人不顧外界障礙「不理解」，堅持繼續「全心投入研究」，顯示堅定態度。

3

兩人不顧周圍的反對，結婚了。

周囲の反対をものともせず、二人は結婚した。
しゅうい　はんたい　　　　　　　ふたり　けっこん

★「をものともせず」不理會外在的「反對意見」，仍執著於「結婚」，展現其堅定決心。

4

電玩事業完全不受景氣低迷的影響，持續成長著。

不況をものともせず、ゲーム業界は成長を続けている。
ふきょう　　　　　　　　　　　ぎょうかい　せいちょう　つづ

★「をものともせず」即便在「經濟衰退」的逆境下，「遊戲產業」仍持續成長，表現出驚人的韌性。

5

他完全不受醜聞的影響當選了。

スキャンダルの逆風をものともせず、当選した。
ぎゃくふう　　　　　　　　　とうせん

★「をものともせず」無視新聞「醜聞」的負面影響，最終依然「成功當選」，顯示了強大的支持度。

をよぎなくされる、をよぎなくさせる

只得…、只好…、沒辦法就只能…；迫使…

類義文法
ざるをえない
只好…；不得不…

1 【強制】{名詞}＋を余儀なくされる。「される」因為大自然或環境等，個人能力所不能及的強大力量，不得已被迫做後表示項。帶有沒有選擇的餘地、無可奈何、不滿，含有以「被影響者」為出發點的語感，如例 (1) ～ (3)。

2 【強制】{名詞}＋を余儀なくさせる、を余儀なくさせられる。「させる」使役形是強制進行的語意，表示後項發生的事，是叫人不滿的事態。表示情況已經到了沒有選擇的餘地，必須那麼做的地步，含有以「影響者」為出發點的語感，如例 (4)、(5)。書面用語。

意思 ～するよりほかなくなる

類語 ～するしかなくなる／しかたなく～することになる／～やむをえず

原因説明　　　　　強制行動　　　無奈選擇
↓　　　　　　　　　↓　　　　　　↓

例1 機体に異常が発生したため、緊急着陸 を余儀なくされた。
きたい　いじょう　はっせい　　　　きんきゅうちゃくりく　よぎ

因為飛機機身發生了異常，逼不得已只能緊急迫降了。

下午 3 點，飛往東京的班機因機身發生問題，而迫降在鹿兒島。

「をよぎなくされる」由於「機身異常」的外部條件，飛機被迫進行「緊急迫降」，突顯了無奈且必要的決定。

☞ 文法應用例句

2
由於天候不佳，船班只得被迫停駛。

荒天のため欠航を余儀なくされた。
こうてん　　　　けっこう　　よぎ

★「をよぎなくされる」表因外在因素「惡劣天氣」，被迫決定「取消航班」，強調無奈的決策。

3
因為車禍留下的後遺症，所以只能過著坐輪椅的生活。

交通事故の後遺症により、車椅子生活を余儀なくされた。
こうつうじこ　こういしょう　　　くるまいすせいかつ　よぎ

★「をよぎなくされる」受「交通事故後遺症」的限制，無奈選擇「輪椅生活」，凸顯了被迫接受的現實。

4
父親驟逝的噩耗，使他不得不向大學辦理休學。

父の突然の死は、彼に大学中退を余儀なくさせた。
ちち　とつぜん　し　　かれ　だいがくちゅうたい　よぎ

★「をよぎなくさせる」因「父親突然離世」這一外部事件，不得不選擇「中途休學」，顯示了迫不得已的處境。

5
由於景氣低迷而不得不重新修改了開發計畫。

景気の低迷により、開発計画の見直しを余儀なくさせられた。
けいき　ていめい　　　かいはつけいかく　みなおし　よぎ

★「をよぎなくされる」受「經濟衰退」這一外部環境影響，被迫進行「計劃調整」，突出了被動改變的必要性。

をよそに

不管…、無視…

接續方法 ▶ {名詞}＋をよそに

【無關】表示無視前面的狀況，進行後項的行為。意含把原本跟自己有關的事情，當作跟自己無關，多含責備的語氣。前多接負面的內容，後接無視前面的狀況的結果或行為。相當於「を無視にして」、「をひとごとのように」。

意思 ～を無視して
類語 ～を無視にして／～をひとごとのように

環境因素　　不受影響　　　　　個人狀態

例1 周囲の喧騒をよそに、彼は自分の世界に浸っている。
しゅう い　けんそう　　　　　かれ　じぶん　せ かい　ひた

他無視於周圍的喧嘩，沉溺在自己的世界裡。

隔壁又在大唱卡拉OK了！你看田中先生…。

「をよそに」在不顧「周遭喧鬧」的環境中，依然保持「沉浸於個人世界」，凸顯對外部干擾的漠視。

☞ 文法應用例句

2　無視於當地居民的反對，遷移計畫仍舊持續進行。

　　地元の反発をよそに、移転計画は着々と実行されている。
　　じ もと　はんぱつ　　　　　　い てんけいかく　ちゃくちゃく　じっこう

★「をよそに」無視外界反應「居民反對」，仍堅持執行「搬遷計劃」，突出對反對意見的忽視。

3　他毫不在意同班同學從早到晚忙著準備升學考試，天天都沉溺在電玩遊戲之中。

　　受験勉強に明け暮れる同級生をよそに、彼は毎日ゲームにふけっている。
　　じゅけんべんきょう　あ　く　　どうきゅうせい　　　　　　かれ　まいにち

★「をよそに」對「同學考試準備」情境視而不見，仍沉迷於「每日玩遊戲」，反映對常規生活規劃的漠然。

4　他沒把家人和朋友對他的期待放在心上，還是照著自己的步調過日子。

　　期待に膨らむ家族や友人をよそに、彼はマイペースだった。
　　き たい　ふく　　　か ぞく　ゆうじん　　　　　　かれ

★「をよそに」不理會「親友」的滿懷期待，依然遵循「自己的節奏」，突出忽略他人情感的態度。

5　她無視於警察的追問，仍保持沉默。

　　警察の追及をよそに、彼女は沈黙を保っている。
　　けいさつ　ついきゅう　　　　　かのじょ　ちんもく　たも

★「をよそに」忽視來自「警方追問」的壓力，依舊選擇「保持沉默」，顯示對權威逼迫的不理睬。

んがため（に）、んがための

為了…而…（的）、因為要…所以…（的）

類義文法
ために
為了…、以…
為目的，做…

接續方法▶ {動詞否定形（去ない）}＋んがため（に）、んがための

【目的】 表示目的。用在積極地為了實現目標的説法，「んがため（に）」前面是想達到的目標，後面常是雖不喜歡，不得不做的動作。含有無論如何都要實現某事，帶著積極的目的做某事的語意。書面用語，很少出現在對話中。要注意前接サ行變格動詞時為「せんがため」，接「来る」時為「来（こ）んがため」；用「んがための」時後面要接名詞。

意思 ～する目的を持って

類語 ～するために／～すにための

目標動作　　　　目的說明　　　　具體行為
↓　　　　　　　　↓　　　　　　　　↓

例1 浮気現場を押さえ んがために、彼女を尾行した。
為了抓姦而跟蹤了她。

我老婆最近行蹤很可疑，是不是在外面有了男人？

「んがために」為實現「捉姦」的目標，採取了「監視女友」的行動，突顯了行動的意圖。

☞ 文法應用例句

2
為了提高營業額，而四處奔走拉客戶。

売り上げを伸ばさんがため、営業に奔走している。
う　　あ　　の　　　　　　えいぎょう　ほんそう

★「んがため」為達到某目標「提高銷售額」，而採取行動「積極銷售」，突出行動的目的。

3
單純只是為了買醉而喝酒。

ただ酔わんがために酒を飲む。
よ　　　　　　　さけ　の

★「んがために」為達成「醉酒」的目的，選擇了「飲酒」這一行為，突出了行動背後的目的。

4
我其實一點都不想做這種事。這一切的一切都是為了活下去呀！

本当はこんなことはしたくない。それもこれも生きんがためだ。
ほんとう　　　　　　　　　　　　　　　　　　　い

★「んがため」為實現「存活」的目標，不得不做出「違背自己意願的事」，突出了行動的迫切和必要。

5
那不過是為了促銷的宣傳文案而已。

それは売らんがための宣伝文句にすぎない。
う　　　　　　　せんでんもんく

★「んがための」為達成「促銷宣傳」的目的，製作了「廣告文案」，凸顯了策略的目的和功能。

んばかり（だ／に／の）

簡直是…、幾乎要…（的）、差點就…（的）

類義文法
かのようだ
像…一樣的、似乎…

接續方法 ▶ {動詞否定形（去ない）}＋んばかり（に／だ／の）

1 **【比喻】** 表示事物幾乎要達到某狀態，或已經進入某狀態了。前接形容事物幾乎要到達的狀態、程度，含有程度很高、情況很嚴重的語意。「んばかりに」放句中，如例（1）、（2）。

2 **〔句尾－んばかりだ〕**「んばかりだ」放句尾，如例（3）。

3 **〔句中－んばかりの〕**「んばかりの」放句中，後接名詞，如例（4）、（5）。口語少用，屬於書面用語。

意思 いかにも～といった様子での　　**類語** 今にも～しそうなほどの

景色主體 → 　　　　強烈動作 → 　　極致形容 → 　　　狀態描述 →

例1 夕日を受けた山々が、燃え上がらんばかりに赤く輝いている。

照映在群山上的落日彤霞，宛如燃燒一般火紅耀眼。

這次去群馬縣住的溫泉旅館，黃昏時可以看到夕陽餘暉染紅了天際、染紅了山脈，那真可說是撼人心弦最美的景致了。

「んばかりに」描述夕陽下的山峰，好似「燃燒起來」一般通紅，強調景象的壯麗和色彩鮮明。

☞ 文法應用例句

2

反敗為勝讓人欣喜若狂到簡直就要跳了起來。

逆転優勝に跳び上がらんばかりに喜んだ。

★「んばかりに」指因逆轉勝利，而過度興奮到，幾乎要跳起來般地「高興」，強調極度的喜悅。

3

情人對我提出分手，我的胸口幾乎要被猛烈的悲傷給撕裂了。

恋人に別れを告げられて、僕の胸は悲しみに張り裂けんばかりだった。

★「んばかりだ」表明因分手而感到心痛到幾乎「心碎」，強調分手帶來的深切悲傷。

4

她熱淚盈眶。

彼女の瞳は溢れんばかりの涙でいっぱいだった。

★「んばかりの」描述她的眼中充滿了幾乎要溢出的「淚水」，突顯悲傷或喜悅的情感極度飽滿。

5

滿場聽眾如雷的掌聲經久不息。

満場の聴衆から、割れんばかりの拍手がわき起こった。

★「んばかりの」表示聽眾的掌聲之響亮，幾乎如同「雷鳴」，強調熱烈的讚賞和感動。

MEMO

N1

JLPT

新制對應手冊

一、什麼是新日本語能力試驗呢

    1. 新制「日語能力測驗」

    2. 認證基準

    3. 測驗科目

    4. 測驗成績

二、新日本語能力試驗的考試內容

    N1　題型分析

一、什麼是新日本語能力試驗呢

1. 新制「日語能力測驗」

從2010年起實施的新制「日語能力測驗」（以下簡稱為新制測驗）。

1－1　實施對象與目的

新制測驗與舊制測驗相同，原則上，實施對象為非以日語作為母語者。其目的在於，為廣泛階層的學習與使用日語者舉行測驗，以及認證其日語能力。

1－2　改制的重點

改制的重點有以下4項：

1　測驗解決各種問題所需的語言溝通能力

新制測驗重視的是結合日語的相關知識，以及實際活用的日語能力。因此，擬針對以下兩項舉行測驗：一是文字、語彙、文法這3項語言知識；二是活用這些語言知識解決各種溝通問題的能力。

2　由4個級數增為5個級數

新制測驗由舊制測驗的4個級數（1級、2級、3級、4級），增加為5個級數（N1、N2、N3、N4、N5）。新制測驗與舊制測驗的級數對照，如下所示。最大的不同是在舊制測驗的2級與3級之間，新增了N3級數。

N1	難易度比舊制測驗的1級稍難。合格基準與舊制測驗幾乎相同。
N2	難易度與舊制測驗的2級幾乎相同。
N3	難易度介於舊制測驗的2級與3級之間。（新增）
N4	難易度與舊制測驗的3級幾乎相同。
N5	難易度與舊制測驗的4級幾乎相同。

＊「N」代表「Nihongo（日語）」以及「New（新的）」。

3 施行「得分等化」

由於在不同時期實施的測驗，其試題均不相同，無論如何慎重出題，每次測驗的難易度總會有或多或少的差異。因此在新制測驗中，導入「等化」的計分方式後，便能將不同時期的測驗分數，於共同量尺上相互比較。因此，無論是在什麼時候接受測驗，只要是相同級數的測驗，其得分均可予以比較。目前全球幾種主要的語言測驗，均廣泛採用這種「得分等化」的計分方式。

4 提供「日本語能力試驗Can-do自我評量表」（簡稱JLPT Can-do）

為了瞭解通過各級數測驗者的實際日語能力，新制測驗經過調查後，提供「日本語能力試驗Can-do自我評量表」。該表列載通過測驗認證者的實際日語能力範例。希望通過測驗認證者本人以及其他人，皆可藉由該表格，更加具體明瞭測驗成績代表的意義。

1-3 所謂「解決各種問題所需的語言溝通能力」

我們在生活中會面對各式各樣的「問題」。例如，「看著地圖前往目的地」或是「讀著說明書使用電器用品」等等。種種問題有時需要語言的協助，有時候不需要。

為了順利完成需要語言協助的問題，我們必須具備「語言知識」，例如文字、發音、語彙的相關知識、組合語詞成為文章段落的文法知識、判斷串連文句的順序以便清楚說明的知識等等。此外，亦必須能配合當前的問題，擁有實際運用自己所具備的語言知識的能力。

舉個例子，我們來想一想關於「聽了氣象預報以後，得知東京明天的天氣」這個課題。想要「知道東京明天的天氣」，必須具備以下的知識：「晴れ（晴天）、くもり（陰天）、雨（雨天）」等代表天氣的語彙；「東京は明日は晴れでしょう（東京明日應是晴天）」的文句結構；還有，也要知道氣象預報的播報順序等。除此以外，尚須能從播報的各地氣象中，分辨出哪一則是東京的天氣。

如上所述的「運用包含文字、語彙、文法的語言知識做語言溝通，進而具備解決各種問題所需的語言溝通能力」，在新制測驗中稱為「解決各種問題所需的語言溝通能力」。

新制測驗將「解決各種問題所需的語言溝通能力」分成以下「語言知識」、「讀解」、「聽解」等3個項目做測驗。

語言知識	各種問題所需之日語的文字、語彙、文法的相關知識。
讀　解	運用語言知識以理解文字內容，具備解決各種問題所需的能力。
聽　解	運用語言知識以理解口語內容，具備解決各種問題所需的能力。

作答方式與舊制測驗相同，將多重選項的答案劃記於答案卡上。此外，並沒有直接測驗口語或書寫能力的科目。

2. 認證基準

新制測驗共分為N1、N2、N3、N4、N5，5個級數。最容易的級數為N5，最困難的級數為N1。

與舊制測驗最大的不同，在於由4個級數增加為5個級數。以往有許多通過3級認證者常抱怨「遲遲無法取得2級認證」。為因應這種情況，於舊制測驗的2級與3級之間，新增了N3級數。

新制測驗級數的認證基準，如表1的「讀」與「聽」的語言動作所示。該表雖未明載，但應試者也必須具備為表現各語言動作所需的語言知識。

N4與N5主要是測驗應試者在教室習得的基礎日語的理解程度；N1與N2是測驗應試者於現實生活的廣泛情境下，對日語理解程度；至於新增的N3，則是介於N1與N2，以及N4與N5之間的「過渡」級數。關於各級數的「讀」與「聽」的具體題材（內容），請參照表1。

級數	認證基準
	各級數的認證基準，如以下【讀】與【聽】的語言動作所示。各級數亦必須具備為表現各語言動作所需的語言知識。
N1	能理解在廣泛情境下所使用的日語 【讀】•可閱讀話題廣泛的報紙社論與評論等論述性較複雜及較抽象的文章，且能理解其文章結構與內容。 　　•可閱讀各種話題內容較具深度的讀物，且能理解其脈絡及詳細的表達意涵。 【聽】•在廣泛情境下，可聽懂常速且連貫的對話、新聞報導及講課，且能充分理解話題走向、內容、人物關係、以及說話內容的論述結構等，並確實掌握其大意。
N2	除日常生活所使用的日語之外，也能大致理解較廣泛情境下的日語 【讀】•可看懂報紙與雜誌所刊載的各類報導、解說、簡易評論等主旨明確的文章。 　　•可閱讀一般話題的讀物，並能理解其脈絡及表達意涵。 【聽】•除日常生活情境外，在大部分的情境下，可聽懂接近常速且連貫的對話與新聞報導，亦能理解其話題走向、內容、以及人物關係，並可掌握其大意。
N3	能大致理解日常生活所使用的日語 【讀】•可看懂與日常生活相關的具體內容的文章。 　　•可由報紙標題等，掌握概要的資訊。 　　•於日常生活情境下接觸難度稍高的文章，經換個方式敘述，即可理解其大意。 【聽】•在日常生活情境下，面對稍微接近常速且連貫的對話，經彙整談話的具體內容與人物關係等資訊後，即可大致理解。
N4	能理解基礎日語 【讀】•可看懂以基本語彙及漢字描述的貼近日常生活相關話題的文章。 【聽】•可大致聽懂速度較慢的日常會話。
N5	能大致理解基礎日語 【讀】•可看懂以平假名、片假名或一般日常生活使用的基本漢字所書寫的固定詞句、短文、以及文章。 【聽】•在課堂上或周遭等日常生活中常接觸的情境下，如為速度較慢的簡短對話，可從中聽取必要資訊。

困難　＊（左側，N1→N5方向）
＊容易（左側，N4、N5）

＊N1最難，N5最簡單。

3. 測驗科目

　　新制測驗的測驗科目與測驗時間如表2所示。

■ 表2　測驗科目與測驗時間＊①

級數	測驗科目 （測驗時間）			
N1	語言知識（文字、語彙、文法）、讀解 （110分）		聽解 （55分）	→ 測驗科目為「語言知識（文字、語彙、文法）、讀解」；以及「聽解」共2科目。
N2	語言知識（文字、語彙、文法）、讀解 （105分）		聽解 （50分）	→
N3	語言知識 （文字、語彙） （30分）	語言知識 （文法）、讀解 （70分）	聽解 （40分）	→ 測驗科目為「語言知識（文字、語彙）」；「語言知識（文法）、讀解」；以及「聽解」共3科目。
N4	語言知識 （文字、語彙） （25分）	語言知識 （文法）、讀解 （55分）	聽解 （35分）	→
N5	語言知識 （文字、語彙） （20分）	語言知識 （文法）、讀解 （40分）	聽解 （30分）	→

　　N1與N2的測驗科目為「語言知識（文字、語彙、文法）、讀解」以及「聽解」共2科目；N3、N4、N5的測驗科目為「語言知識（文字、語彙）」、「語言知識（文法）、讀解」、「聽解」共3科目。

　　由於N3、N4、N5的試題中，包含較少的漢字、語彙、以及文法項目，因此當與N1、N2測驗相同的「語言知識（文字、語彙、文法）、讀解」科目時，有時會使某幾道試題成為其他題目的提示。為避免這個情況，因此將「語言知識（文字、語彙、文法）、讀解」，分成「語言知識（文字、語彙）」和「語言知識（文法）、讀解」施測。

＊①：聽解因測驗試題的錄音長度不同，致使測驗時間會有些許差異。

4. 測驗成績

4－1 量尺得分

舊制測驗的得分，答對的題數以「原始得分」呈現；相對的，新制測驗的得分以「量尺得分」呈現。

「量尺得分」是經過「等化」轉換後所得的分數。以下，本手冊將新制測驗的「量尺得分」，簡稱為「得分」。

4－2 測驗成績的呈現

新制測驗的測驗成績，如表3的計分科目所示。N1、N2、N3的計分科目分為「語言知識（文字、語彙、文法）」、「讀解」、以及「聽解」3項；N4、N5的計分科目分為「語言知識（文字、語彙、文法）、讀解」以及「聽解」2項。

會將N4、N5的「語言知識（文字、語彙、文法）」和「讀解」合併成一項，是因為在學習日語的基礎階段，「語言知識」與「讀解」方面的重疊性高，所以將「語言知識」與「讀解」合併計分，比較符合學習者於該階段的日語能力特徵。

■ 表3　各級數的計分科目及得分範圍

級數	計分科目		得分範圍
N1	語言知識（文字、語彙、文法）		0～60
	讀解		0～60
	聽解		0～60
		總分	0～180
N2	語言知識（文字、語彙、文法）		0～60
	讀解		0～60
	聽解		0～60
		總分	0～180
N3	語言知識（文字、語彙、文法）		0～60
	讀解		0～60
	聽解		0～60
		總分	0～180

N4	語言知識（文字、語彙、文法）、讀解	0〜120
	聽解	0〜60
	總分	0〜180
N5	語言知識（文字、語彙、文法）、讀解	0〜120
	聽解	0〜60
	總分	0〜180

　　各級數的得分範圍，如表3所示。N1、N2、N3的「語言知識（文字、語彙、文法）」、「讀解」、「聽解」的得分範圍各為0〜60分，3項合計的總分範圍是0〜180分。「語言知識（文字、語彙、文法）」、「讀解」、「聽解」各占總分的比例是1：1：1。

　　N4、N5的「語言知識（文字、語彙、文法）、讀解」的得分範圍為0〜120分，「聽解」的得分範圍為0〜60分，2項合計的總分範圍是0〜180分。「語言知識（文字、語彙、文法）、讀解」與「聽解」各占總分的比例是2：1。還有，「語言知識（文字、語彙、文法）、讀解」的得分，不能拆解成「語言知識（文字、語彙、文法）」與「讀解」2項。

　　除此之外，在所有的級數中，「聽解」均占總分的3分之1，較舊制測驗的4分之1為高。

4-3　合格基準

　　舊制測驗是以總分作為合格基準；相對的，新制測驗是以總分與分項成績的門檻二者作為合格基準。所謂的門檻，是指各分項成績至少必須高於該分數。假如有一科分項成績未達門檻，無論總分有多高，都不合格。

新制測驗設定各分項成績門檻的目的，在於綜合評定學習者的日語能力，須符合以下２項條件才能判定為合格：①總分達合格分數（＝通過標準）以上；②各分項成績達各分項合格分數（＝通過門檻）以上。如有一科分項成績未達門檻，無論總分多高，也會判定為不合格。

　　N1～N3及N4、N5之分項成績有所不同，各級總分通過標準及各分項成績通過門檻如下所示：

級數	總分		分項成績					
			言語知識 （文字・語彙・文法）		讀解		聽解	
	得分範圍	通過標準	得分範圍	通過門檻	得分範圍	通過門檻	得分範圍	通過門檻
N1	0～180分	100分	0～60分	19分	0～60分	19分	0～60分	19分
N2	0～180分	90分	0～60分	19分	0～60分	19分	0～60分	19分
N3	0～180分	95分	0～60分	19分	0～60分	19分	0～60分	19分

級數	總分		分項成績					
			言語知識 （文字・語彙・文法）		讀解		聽解	
	得分範圍	通過標準	得分範圍	通過門檻	得分範圍	通過門檻	得分範圍	通過門檻
N4	0～180分	90分	0～120分	38分	0～60分	19分	0～60分	19分
N5	0～180分	80分	0～120分	38分	0～60分	19分	0～60分	19分

※上列通過標準自2010年第1回(7月)【N4、N5為2010年第2回(12月)】起適用。

　　缺考其中任一測驗科目者，即判定為不合格。寄發「合否結果通知書」時，含已應考之測驗科目在內，成績均不計分亦不告知。

4－4 測驗結果通知

依級數判定是否合格後，寄發「合否結果通知書」予應試者；合格者同時寄發「日本語能力認定書」。

■ N1, N2, N3

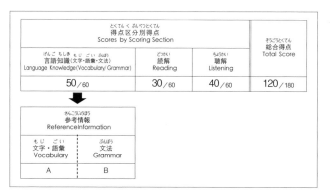

■ N4, N5

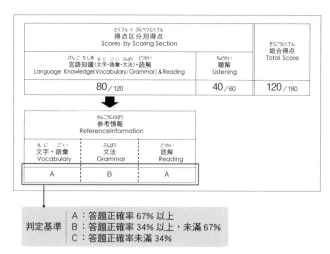

※ 各節測驗如有一節缺考就不予計分，即判定為不合格。雖會寄發「合否結果通知書」但所有分項成績，含已出席科目在內，均不予計分。各欄成績以「＊」表示，如「＊＊／60」。
※ 所有科目皆缺席者，不寄發「合否結果通知書」。

二、新日本語能力試驗的考試內容

N1 題型分析

測驗科目 （測驗時間）			試題內容		
			題型	小題 題數 ＊	分析
語言知識、讀解（110分）	文字、語彙	1	漢字讀音 ◇	6	測驗漢字語彙的讀音。
		2	選擇文脈語彙 ○	7	測驗根據文脈選擇適切語彙。
		3	同義詞替換 ○	6	測驗根據試題的語彙或說法，選擇同義詞或同義說法。
		4	用法語彙 ○	6	測驗試題的語彙在文句裡的用法。
	文法	5	文句的文法1 （文法形式判斷）○	10	測驗辨別哪種文法形式符合文句內容。
		6	文句的文法2 （文句組構）◆	5	測驗是否能夠組織文法正確且文義通順的句子。
		7	文章段落的文法 ◆	5	測驗辨別該文句有無符合文脈。
	讀解＊	8	理解內容 （短文）○	4	於讀完包含生活與工作之各種題材的說明文或指示文等，約200字左右的文章段落之後，測驗是否能夠理解其內容。
		9	理解內容 （中文）○	9	於讀完包含評論、解說、散文等，約500字左右的文章段落之後，測驗是否能夠理解其因果關係或理由。
		10	理解內容 （長文）	4	於讀完包含解說、散文、小說等，約1000字左右的文章段落之後，測驗是否能夠理解其概要或作者的想法。
		11	綜合理解 ◆	3	於讀完幾段文章（合計600字左右）之後，測驗是否能夠將之綜合比較並且理解其內容。

		12	理解想法 （長文）	◇	4	於讀完包含抽象性與論理性的社論或評論等，約1000字左右的文章之後，測驗是否能夠掌握全文想表達的想法或意見。
		13	釐整資訊	◆	2	測驗是否能夠從廣告、傳單、提供各類訊息的雜誌、商業文書等資訊題材（700字左右）中，找出所需的訊息。
聽解（55分）		1	理解問題	◇	5	於聽取完整的會話段落之後，測驗是否能夠理解其內容（於聽完解決問題所需的具體訊息之後，測驗是否能夠理解應當採取的下一個適切步驟）。
		2	理解重點	◇	6	於聽取完整的會話段落之後，測驗是否能夠理解其內容（依據剛才已聽過的提示，測驗是否能夠抓住應當聽取的重點）。
		3	理解概要	◇	5	於聽取完整的會話段落之後，測驗是否能夠理解其內容（測驗是否能夠從整段會話中理解說話者的用意與想法）。
		4	即時應答	◆	11	於聽完簡短的詢問之後，測驗是否能夠選擇適切的應答。
		5	綜合理解	◇	3	於聽完較長的會話段落之後，測驗是否能夠將之綜合比較並且理解其內容。

* 「小題題數」為每次測驗的約略題數，與實際測驗時的題數可能未盡相同。此外，亦有可能會變更小題題數。

* 有時在「讀解」科目中，同一段文章可能會有數道小題。

* 符號標示：「◆」舊制測驗沒有出現過的嶄新題型；「◇」沿襲舊制測驗的題型，但是更動部分形式；「○」與舊制測驗一樣的題型。

資料來源：《日本語能力試驗JLPT官方網站：關於N1的測驗時間、試題題數基準的變更》。2022年08月05日，取自：https://www.jlpt.jp/tw/topics/20220805116659678895.html

N1
JLPT
3回模擬試題

問題 5　應試訣竅

　　N1的問題５，預測會考10題。這一題型基本上是延續舊制的考試方式。也就是給一個不完整的句子，讓考生從４個選項中，選出自己認為正確的選項，進行填空，使句子的語法正確、意思通順。

　　過去文法填空的命題範圍很廣，包括助詞、慣用型、時態、體態、形式名詞、呼應和接續關係等等。應試的重點是掌握功能詞的基本用法，並注意用言、體言、接續詞、形式名詞、副詞等的用法區別。另外，複雜多變的敬語跟授受關係的用法也是構成日語文法的重要特徵。

文法試題中，常考的如下：

（１）副助詞、格助詞…等助詞考試的比重相當大。這裡會考的主要是搭配（如「なぜか」是「なぜ」跟「か」搭配）、接續（「だけで」中「で」要接在「だけ」的後面等）及約定俗成的關係等。在大同中辨別小異（如「なら、たら、ば、と」的差異等），及區別語感。判斷關係（如「心を込める」中的「込める」是他動詞，所以用表示受詞的「を」來搭配等）。

（２）形式名詞的詞意判斷（如能否由句意來掌握「せい、くせ」的差別等），及形似意近的辨別（如「わけ、はず、ため、せい、もの」的差異等）。

（３）意近或形近的慣用型的區別（如「について、に対して」等）。

（４）區別過去、現在、未來３種時態的用法（如「調べたところ、調べているところ、調べるところ」能否區別等）。

（５）能否根據句意來區別動作的開始、持續、完了３個階段的體態，一般用「～て＋補助動詞」來表示（如「ことにする、ことにしている、ことにしてある」的區別）。

（6）能否根據句意、助詞、詞形變化，來選擇相應的語態（主要是
　　「れる、られる、せる、させる」），也就是行為主體跟客體間
　　的關係的動詞形態。

　從新制概要中預測，文法不僅在這裡，常用漢字表示的，如「次第、
気味」…等，也可能在語彙問題中出現；而口語部分，如「もん、
といったらありゃしない」…等，可能會在著重口語的聽力問題中出
現；接續詞（如ながらも）應該會在文法問題6出現。當然閱讀中出
現的頻率絕對很高的。

　總而言之，無論在哪種題型，文法都是掌握高分的重要角色。

問題5　次の文の（　　　　）に入れるのに最もよいものを、1・2・3・4から一つ選びなさい。

1 年をとったせいか、以前（　　　　）涙もろくなった気がします。
1　にもまして　　　　　　　　　　2　をものともせずに
3　おいて　　　　　　　　　　　　4　はおろか

2 親しい仲（　　）、言っていいことと悪いことがある。
1　なりに　　　　2　とばかりに　　　3　と思いきや　　4　といえども

3 実現の可能性（　　　　）、検討する価値のある提案だと思います。
1　ではあるまいし　　　　　　　　2　のいかんにかかわらず
3　とはいえ　　　　　　　　　　　4　にひきかえ

4 貴団体（　　　　　）、日頃から格別のご理解とご協力を賜り、厚く
御礼申し上げます。
1　におかれましては　　　　　　　2　につきましては
3　にもたれましては　　　　　　　4　に至りましては

5 5回目の公演（　　　　）、慣れていつの間にか余裕も出てくるものです。

1 ともなると　　2 ともあれば　　　3 ともすれば　　　4 ともなしに

6 実験の最中は、一瞬（　　　　）気を抜くことができません。

1 ときり　　　　2 たりとも　　　　3 に至っても　　4 に即しても

7 無料ソフト（　　　　）、必要な機能はそろっているので、本格的な映像も創ることができる。

1 ともあれ　　　　　　　　2 をおいては

3 あるからこそ　　　　　　4 とはいえ

8 社員（　　　　）会社ですから、社長は社員を大事にすべきです。

1 あっての　　2 あった上での　　3 あるかぎり　　4 なくしては

9 長年の夢がかなって、嬉しい（　　　　）。

1 にたえない　　　　　　　2 に至る

3 までのことだ　　　　　　4 といったらありはしない

10 私のリラックス法は、お風呂、ショッピング（　　）。

1 といったところです　　　　2 でなくてなんなんだろう

3 いかんだ　　　　　　　　　4 にかかわる

問題 6　應試訣竅

問題 6 是「部分句子重組」題，出題方式是在一個句子中，挑出相連的 4 個詞，將其順序打亂，要考生將這 4 個順序混亂的字詞，跟問題句連結成為一句文意通順的句子。預估出 5 題。

應付這類題型，考生必須熟悉各種日文句子組成要素（日語語順的特徵）及句型，才能迅速且正確地組合句子。因此，打好句型、文法的底子是第一重要的，也就是把文法中的「助詞、慣用型、時態、體態、形式名詞、呼應和接續關係等等」弄得滾瓜爛熟，接下來就是多接觸文章，習慣日語的語順。

問題 6 既然是在「文法」題型中，那麼解題的關鍵就在文法了。因此，做題的方式，就是看過問題句後，集中精神在 4 個選項上，把關鍵的文法找出來，配合它前面或後面的接續，這樣大致的順序就出來了。接下再根據問題句的語順進行判斷。這一題型往往會有一個選項，不知道要放在哪裡，這時候，請試著放在最前面或最後面的空格中。這樣，文法正確、文意通順的句子就很容易完成了。

＊請注意答案要的是標示「★」的空格，要填對位置喔！

問題6 次の文の __★__ に入る最もよいものを、1・2・3・4から 一つ選びなさい。

（問題例）

　　1週間前に_____　_____　__★__　_____届いていないようです。

　　1　が　　　2　送った　　　3　まだ　　　4　はがき

（解答の仕方）

1. 正しい文はこうです。

> 1週間前に_____　_____　__★__　_____届いていないようです。
> **2 送った　4 はがき　1 が　3 まだ**

2. __★__ に入る番号を解答用紙にマークします。

　　　　　　　（解答用紙）　　　（例）　❶ ② ③ ④

1　_____　_____　__★__　_____花の香りが漂ってきた。

　　1　どこ　　　　2　とも　　　　3　から　　　　4　なく

2　時には不便なこともありますが _____　_____　__★__　_____もい ろいろありますよ。

　　1　良さ　　　　2　の　　　　3　田舎　　　　4　ならでは

3　年のせいか、人の名前も地名 _____　_____　__★__　_____ いく気がします。

　　1　覚える　　　2　忘れて　　　3　そばから　　　4　も

4 あん␣なに元気だった社長が ＿＿＿ ＿＿＿ ＿★＿ ＿＿＿ にも思いませんでした。

　　1　夢　　　　　2　突然　　　　　3　倒れる　　　　4　とは

5 もういい年なのに、うちの ＿＿＿ ＿＿＿ ＿★＿ ＿＿＿ してばかり。

　　1　と　　　　　2　息子　　　　　3　おどおど　　　　4　きたら

問題7　應試訣竅

問題7考的是「文章的文法」，這一題型是先給一篇文章，隨後就文章內容，去選詞填空，選出符合文章脈絡的文法問題。預估出5題。

做這種題，要先通讀全文，好好掌握文章，抓住文章中一個或幾個要點或觀點。第2次再細讀，尤其要仔細閱讀填空處的上下文，就上下文脈絡，並配合文章的要點，來進行選擇。細讀的時候，可以試著在填空處填寫上答案，再看選項，最後進行判斷。

由於做這種題型，必須把握前句跟後句，甚至前段與後段之間的意思關係，才能正確選擇相應的文法。也因此，前面選擇的正確與否，也會影響到後面其他問題的正確理解。

做題時，要仔細閱讀▢▢▢的前後文，從意思上、邏輯上弄清楚是順接還是逆接、是肯定還是否定，是進行舉例說明，還是換句話說。經過反覆閱讀有關章節，理清枝節，抓住關鍵之處後，再跟選項對照，抓出主要，刪去錯誤，就可以選擇正確答案。另外，對日本文化、社會、風俗習慣等的認識跟理解，對答題是有絕大助益的。

問題7　次の文章を読んで、▢1▢ から ▢5▢ の中に入る最もよいものを、1・2・3・4から一つ選びなさい。

考えてみれば、人間はみな、＜ふり＞をして生活している。

子どもは、その発達にともなって、＜ふり＞ができるようになる。子どもは母親と接するとき、父親に接するとき、もしくは近所のおばさんや先生、きょうだい、お友達……と接する相手によって態度を▢1▢に変えている。これは＜ふり＞をしている証左である。

たとえばＡさんがＢさんに接するとき、ＡさんはＢさんに感化されてＡ１という人格の＜ふり＞をする。

　わたしたちが日々接している $\boxed{\text{2-a}}$ は複数存在するわけだから、したがって、Ｃさん、Ｄさん、Ｅさんといった他者との関係性の中で次々に新たな $\boxed{\text{2-b}}$ が現れることになる。Ａさんは接する対象に合わせて＜ふり＞をして、Ａ１さんにも、Ａ２さんにも、Ａ３さんにも、Ａ４さんにも $\boxed{3}$ 。

　わたしたちは自分たちには「$\boxed{4}$自己」があると思いがちである。

　しかし、$\boxed{5}$他者との関係性において自己のあり様は大きく左右されている。他者との関係性が変わるたびに、ある＜ふり＞からもう一つの＜ふり＞へと切り替わり、そこに新しい自分も生まれている。

『化粧する脳』茂木健一郎

$\boxed{1}$

　1　無意識的　　　　2　意識的　　　　　3　意図的　　　　　4　故意

$\boxed{2}$

　1　a子ども／b人格　　　　　　　　2　a対象／b子ども

　3　a他者／b人格　　　　　　　　　4　a人格／b他者

$\boxed{3}$

　1　なり得るわけだ　　　　　　　　2　なる傾向がある

　3　なるべきである　　　　　　　　4　ならざるを得ない

$\boxed{4}$

　1　確固である　　　2　確固になる　　　3　確固とする　　　4　確固とした

$\boxed{5}$

　1　本来なら　　　2　場合によっては　　3　実際には　　　　4　時には

問題5 次の文の（　　　）に入れるのに最もよいものを、1・2・3・4から一つ選びなさい。

1 ここまで財政状況が悪化すれば、会社が倒産（　　　）。
  1　するきらいがある　　　　　　　2　してやまない
  3　するしまつだ　　　　　　　　　4　しかねない

2 こんな基本的なことも理解しておらず、お恥ずかしい（　　　）。
  1　かぎりです　　　　　　　　　　2　までのことだ
  3　を余儀なくされる　　　　　　　4　にかたくない

3 酒のせいで、財産（　　　）、家族さえも失った。
  1　はおろか　　　2　なくしては　　　3　といい　　　　4　たりとも

4 夢を実現（　　　）、少々の犠牲は払う覚悟です。
  1　するためとなれば　　　　　　　2　するためとあれば
  3　するためであれ　　　　　　　　4　するためであろうと

5 東京（　　　）、沖縄は物価が安い。
  1　をおいて　　　2　をものともせず　3　のごとく　　　4　にひきかえ

6 授業終了のチャイムが（　　　）、子供たちはグラウンドに駆け出して行った。
  1　鳴ったとあって　　　　　　　　2　鳴るや否や
  3　鳴ったとあいまって　　　　　　4　なってからというもの

7 商品の売れ行き（　　　　）、当初の計画通りの生産量を維持するそうです。

1 のいかんにかかわらず 　　　　2 にもまして

3 のみならず 　　　　　　　　4 にひきかえ

8 先日のお礼（　　　　）貴社に伺いたいと存じますが、お時間いただけます でしょうか。

1 かたがた 　　　　　　　　　2 もさることながら

3 ながら 　　　　　　　　　　4 ゆえ

9 彼の言い分は（　　　　）。

1 理解できないものでもない 　　2 理解するわけにはいかない

3 理解するといったところです 　4 理解するまでもない

10 そういう噂は以前にも聞いたことがあるので、いまさら（　　　　）。

1 驚かずにおくものか 　　　　　2 驚かないではおかない

3 驚くにはあたらない 　　　　　4 驚くとは限らない

問題6 次の文の ★ に入る最もよいものを、1・2・3・4から一つ選びなさい。

（問題例）

小さく＿＿＿ ＿＿＿ ★ ＿＿＿がある家に住みたいです。

1 ので　　2 ても　　3 良い　　4 庭

（解答の仕方）

1. 正しい文はこうです。

小さく＿＿＿ ＿＿＿ ★ ＿＿＿がある家に住みたいです。
　　2 ても　3 良い　1 ので　4 庭

2. ★ に入る番号を解答用紙にマークします。

（解答用紙）　（例）　❶ ② ③ ④

---

1 こんなハイテクの ＿＿＿ ＿＿＿ ★ ＿＿＿ 彼はパソコンができない。

1 至って　　2 時代　　　3 も　　　　4 に

2 確かに画期的で面白そうな方法だが、＿＿＿ ＿＿＿ ★ ＿＿＿
判断できる実験結果はない。

1 に　　　　2 と　　　　3 信用する　4 足る

3 市長は、反対する市民グループとの ＿＿＿ ＿＿＿ ★ ＿＿＿
を見せている。

1 対話　　2 構え　　3 応じる　　4 に

4　____ ____ ★ ____ が浮気するなんて、信じられない。

　1　とも　　　2　人　　　　　3　伊藤さん　　　4　あろう

5　娘____ ____ ★ ____、ネックレスを買いました。

　1　かこつけて　　　　　　　2　入学式
　3　の　　　　　　　　　　　4　に

好青年というのが東垣内豊のあだ名だった。

最初の頃、彼がはじめてタイにやって来た二十代後半、当時はもちろん当然 1-a 意味を込めて付けられたのだ。彼がタイ国日本人会の人々に好青年と呼ばれるになったきっかけは、婦人部が毎月九月に行っているチャリティバザーに、会社からの寄付品であるテレビを持って出掛けて行ったことによる。学生時代から野球の選手で、身長も高く、しかも大きな体躯の割には甘いマスクの持ち主の豊を在留邦人の奥様方が 2 。

端正で清楚な雰囲気や気取らない性格が人々の気持ちを引きつけ、それからはことあるごとに婦人会のイベントの手伝いを申し込まれることとなり、彼女らを通して好青年というあだ名はバンコク中の日本人の間に広まった。その人気は 3 オーバー気味に言えば、まさに歌舞伎役者並みと言えるもので、婦人会にはファンクラブさえあった。

しかしその名誉あるあだ名も沓子が現れ、彼女が彼の周囲にまとわりつくようになってからは違った意味で、つまりたっぷりと 1-b を込めて、言われるようになってゆく。光子が後にバンコクにやって来てからも、彼女はこの好青年というあだ名を何度も 4 にすることになるが、しかしそこに含まれたもう一つの意味に光子はとうとう 5 。

『サヨナライツカ』辻仁成

1

1 aいい／b尊敬　　　　　2 a皮肉／bいい

3 aいい／b皮肉　　　　　4 aいい／b親しみ

2

1 ほうっておくに相違なかった

2 ほうっておくには及ばなかった

3 ほうっておいてはたまらなかった

4 ほうっておくわけがなかった

3

1 いささか　　2 少しも　　3 まさに　　4 むろん

4

1 目　　　　　2 耳　　　　3 顔　　　　4 身

5

1 気がつかされた　　　　2 気をつこうとした

3 気がついてしまった　　4 気がつくことはなかった

問題5　次の文の（　　　　）に入れるのに最もよいものを、1・2・3・4から一つ選びなさい。

1 この機械は、効率（　　　　　）、環境への影響も十分配慮している。
　1　にひきかえ　　　　　　　　　2　のみならず
　3　はさておき　　　　　　　　　4　と相まって

2 子どもが生まれてから（　　　　　）、育児に追われて自分の時間がとれない。
　1　とあって　　　　　　　　　　2　とあれば
　3　というもの　　　　　　　　　4　といっても

3 あなたがいくら不満に（　　　　　）、会社のルールですから従うしかないでしょう。
　1　思うほど　　　　　　　　　　2　思うかたわら
　3　思おうとも　　　　　　　　　4　思うことなしに

4 親を納得させる（　　　　　）固い意志としっかりしたプランがあります。
　1　めいた　　　　2　にたる　　　　3　っぽい　　　　4　まじき

5 チャンスが全くなくなったわけ（　　　　　）、そんなに落ち込まないでよ。
　1　じゃあるまいし　　　　　　　2　だろうが
　3　をふまえて　　　　　　　　　4　とあいまって

6 祖父の話は毎回同じ内容なので、退屈（　　　　　）うとうとしてしまった。
　1　を限りに　　　　　　　　　　2　きわまって
　3　とはいえ　　　　　　　　　　4　がさいご

7 夫は、パソコン（　　　）カメラ（　　　）、新製品が出るとすぐ買ってくる。

1　だの／だの
2　と／と
3　なり／なり
4　というか／というか

8 わが社が報道しようが（　　　　　）、いずれどこかのメディアが報じることでしょう。

1　するともなく
2　しないまでも
3　したとしても
4　しまいが

9 かわいがっていた犬を亡くしたばかりの彼女が落ち込んでいるであろうことは（　　　）。

1　想像にかたくない
2　想像にすぎない
3　想像をかえりみない
4　想像に限る

10 子どもにとって、お正月の楽しみといえば、お年玉（　　　　）。

1　にすぎない
2　のとおりだ
3　をおいてほかにない
4　のきらいがある

問題6　次の文の　★　に入る最もよいものを、1・2・3・4から一つ
　　　　選びなさい。

（問題例）

＿＿＿　＿＿＿　★　＿＿＿　のだから、そんなに落ち込まないで。

　1　では　　　　　2　大した　　　　　3　ない　　　　　4　ミス

（解答の仕方）

1.　正しい文はこうです。

＿＿＿　＿＿＿　★　＿＿＿　のだから、そんなに落ち込まないで。
2　大した　4　ミス　　1　では　　3　ない

2.　★　に入る番号を解答用紙にマークします。

（解答用紙）　　（例）　　❶ ② ③ ④

1　応募の年齢制限　＿＿＿　＿＿＿　★　＿＿＿　に、不採用です。
　1　越えている　　　2　ゆえ　　　　　3　を　　　　　　4　が

2　ご飯を＿＿＿　＿＿＿　★　＿＿＿　、祖母にひどく怒られたものだ。
　1　なら　　　　　2　少しでも　　　3　もの　　　　　4　残そう

3　歩き方といい、臭い息といい、＿＿＿　＿＿＿　★　＿＿＿　。
　1　分かる　　　　　　　　　　　2　までもなく
　3　検査する　　　　　　　　　　4　酔っ払っていると

4　彼女は　＿＿＿　＿＿＿　★　＿＿＿　優勝を飾った。
　1　見事な　　　　　　　　　　　2　厳しい
　3　ものともせず　　　　　　　　4　向かい風を

210

5 兄は周囲の ＿＿＿＿ ＿＿＿＿ ＿★＿ ＿＿＿＿を興した。

1 会社　　　　　2 反対　　　　　3 よそに　　　　4 を

問題7　次の文章を読んで、 1 から 2 の中に入る最もよいものを、1・2・3・4から一つ選びなさい。

　　現代の日本の社会は、猛烈な上昇志向に貫かれた「管理社会」である。たとえばかつての共産主義社会よりもずっと社会主義的な相続税等の管理が、私たちの生活をがんじがらめに 1 。すべての社会生活の分野で、 2-a は意識するにせよしないにせよ、日本人の生活の隅々に行きわたっている。時間までが完全に管理されている。

　　この管理社会のありとあらゆる領域にわたって、およそ 3 ほど激しい競争原理が支配している。経済生活だけではない。幼稚園から大学までの教育の面でもそうだ。

　　これを言いかえて、能力主義社会と呼んでもよかろう。人間性より経済的能力と効率がものをいい、それのみが高く評価される社会だ。現代の日本人はこういった社会のシステムに、 4 、逃れようもなく囚われてしまっているのだが、実はそれをけっして心地よくは感じていない。「寅さん」映画は、このような 2-b 主義の管理社会に対するアンチテーゼである。

　　 5 フランス映画の題ではないが、「自由を我等に」という希求が、ほろ苦い喜劇の形でこの映画にこめられている。能力主義の管理社会からの「自由」を求めて。

　　　　　　　　　『フィレンツェの空に夜が青く花咲くころ』小塩節

1

1 しばりさげている　　　　2 しばりおろしている

3 しばりあげている　　　　4 しばりあかしている

2

1 a管理／b能力　　　　　2 a管理／b社会

3 a社会主義／b共産　　　4 a共産主義／b社会

3

1 考えもつかぬ　　　　　　2 考えもつかず

3 考えもつく　　　　　　　4 考えもついた

4

1 いやも応もなく　　　　　2 幸か不幸か

3 恐る恐る　　　　　　　　4 好き好んで

5

1 「寅さん」あっての　　　2 よくも悪くも

3 古きよき　　　　　　　　4 よかれあしかれ

第一回

問題 5

| 1 | 1 | 2 | 4 | 3 | 2 | 4 | 1 | 5 | 1 |
| 6 | 2 | 7 | 4 | 8 | 1 | 9 | 4 | 10 | 1 |

問題 6

| 1 | 2 | 2 | 2 | 3 | 3 | 4 | 4 | 5 | 4 |

問題 7

| 1 | 1 | 2 | 3 | 3 | 1 | 4 | 4 | 5 | 3 |

第二回

問題 5

| 1 | 4 | 2 | 1 | 3 | 1 | 4 | 2 | 5 | 4 |
| 6 | 2 | 7 | 1 | 8 | 1 | 9 | 1 | 10 | 3 |

問題 6

| 1 | 1 | 2 | 4 | 3 | 3 | 4 | 4 | 5 | 4 |

問題 7

| 1 | 3 | 2 | 4 | 3 | 1 | 4 | 2 | 5 | 4 |

第三回

問題 5
| 1 | 2 | 2 | 3 | 3 | 3 | 4 | 2 | 5 | 1 |
| 6 | 2 | 7 | 1 | 8 | 4 | 9 | 1 | 10 | 3 |

問題 6
| 1 | 4 | 2 | 3 | 3 | 4 | 4 | 3 | 5 | 3 |

問題 7
| 1 | 3 | 2 | 1 | 3 | 1 | 4 | 1 | 5 | 3 |

文法精解

例句 生字 注解

完全自學版型

これ 1冊で 大丈夫！

新制對應！

破繭成蝶，自學神器

絕對合格
日檢必背文法

[25K＋QR碼線上音檔]

【自學制霸 05】

- 發行人　　林德勝

- 著者　　　吉松由美、田中陽子、林勝田、山田社日檢題庫小組

- 出版發行　山田社文化事業有限公司
　　　　　臺北市大安區安和路一段112巷17號7樓
　　　　　電話　02-2755-7622
　　　　　傳真　02-2700-1887

- 郵政劃撥　19867160號　大原文化事業有限公司

- 總經銷　　聯合發行股份有限公司
　　　　　新北市新店區寶橋路235巷6弄6號2樓
　　　　　電話　02-2917-8022
　　　　　傳真　02-2915-6275

- 印刷　　　上鎰數位科技印刷有限公司

- 法律顧問　林長振法律事務所　林長振律師

- 書＋QR碼　定價　新台幣 415 元

- 初版　　　2024年 2 月